KB045436

가면무도회

仮面舞踏会

1

가면무도회

1

요코미조 세이시 지음
정명원 옮김

시공사

* 본문 내 모든 주석은 옮긴이가 작성한 것입니다.

차례

에도가와 란포에게 바친다

때
쇼와 35년 여름

장소
가루이자와

등장인물
오토리 지요코(鳳千代子) 네 번 결혼, 네 번 이혼한 전력이 있는 영화계의 대스타.
후에노코지 야스히사(笛小路泰久) 지요코의 첫 번째 남편. 전쟁 전 영화계의 미남스타.
아쿠쓰 겐조(阿久津謙三) 지요코의 두 번째 남편. 신극배우.
마키 교고(槙恭吾) 지요코의 세 번째 남편. 서양화가.
쓰무라 신지(津村真二) 지요코의 네 번째 남편. 작곡가.
아스카 다다히로(飛鳥忠熙) 전 공작의 아들. 전쟁 후 재계의 거물이 된 인물로, 고고학
    에 흥미가 있음. 현재 지요코와 연애 중.
후에노코지 미사(笛小路美沙) 지요코와 후에노코지 야스히사 사이에 태어난 딸.
후에노코지 아쓰코(笛小路篤子) 후에노코지 야스히사의 호적상 어머니. 미사를 어릴
    때부터 맡아 키움.
사쿠라이 데쓰오(桜井鉄雄) 아스카 다다히로의 사위. 신몬산업의 엘리트.
사쿠라이 히로코(桜井熙子) 다다히로의 딸. 데쓰오의 부인.
마토바 히데아키(的場英明) 고고학자. 아스카 다다히로에게 발굴비용을 지원받고자 함.
무라카미 가즈히코(村上一彦) 아스카 다다히로가 아끼는 청년. 현재 마토바 히데아키의 제자.
아키야마 다쿠조(秋山卓造) 아스카 다다히로의 심복. 다다히로를 위해서라면 물불을
    가리지 않는 남자.
다치바나 시게키(立花茂樹) 쓰무라 신지의 제자인 음악학도. 무라카미 가즈히코의 친구.
다시로 신키치(田代信吉) 파멸형 음악학도. 자살 미수 전력이 있음. 시게키의 친구.
후지무라 나쓰에(藤村夏江) 오토리 지요코의 두 번째 남편인 아쿠쓰 겐조의 전처.
히구치 미사오(樋口操) 후지무라 나쓰에의 학교 선배로, 가루이자와에 거주 중.
히비노(日比野) 경부보. 이 사건의 수사담당. 젊고 공명심에 불타는 인물.
도도로키(等々力) 경시청 수사과 소속 경부. 긴다이치 코스케의 짝꿍.
긴다이치 코스케(金田一 耕助) 다들 이미 아실 더벅머리의 탐정.

프롤로그

이즈미노사토(泉の里)에서 천천히 30분 정도 올라가면 그 지방 사람들이 니도아게 고갯길이라고 부르는 지점을 지나면서부터 차츰 훤해진다.

날씨는 아주 맑았다.

구 가루이자와(軽井沢) 거리 너머로 보이는 이치몬지(一文字) 산이나 하나마가리(鼻曲) 산은 기념품가게에서 팔던 엽서의 컬러사진처럼 선명한 연갈색으로 물들어 있었다.

"어때, 여기서 하룻밤 묵을래?"

"아사마(浅間)는 아직 안 보여?"

"아사마는 정상까지 가지 않으면 안 보여."

"자도 되기는 한데, 누가 오면 어쩌지?"

"오면 어때. 신경 쓸 거 없잖아."

부근은 잡목이 섞인 적송림이다. 숲속 나무 그늘의 잡초 속에는 칡과 땅두릅이 큰 촌락을 이루고 있다. 땅두릅의 흰 꽃에 섞여 보랏빛 칡꽃이 유독 눈에 띈다. 여자는 길에서 조금 들어간 숲속에 비닐 보를 깔고는 길을 등지고 앉는다.

"어, 심하게 긁혔잖아?"

"입으면 덥고 옷을 벗긴 그렇고, 번거로운 길이네. 좀 더 편한 길은 없었어?"

"팔자 편한 소리 하지 마. 천국 가는 데 편한 길이 있을 리 있겠어."

남자는 퉁명스럽게 말하며 하늘을 향해 벌렁 드러누웠다. 비닐 보 아래 잡초가 포삭한 소리를 내며 바스라지고 남자의 몸은 낙엽부스러기 속에 파묻혔다. 여자는 땀을 훔치며 쓰라린 듯 양팔의 긁힌 상처를 어루만진다.

길이라는 것은 이용하지 않으면 황폐해진다. 전에는 이 길도 자동차가 다닐 정도로 넓었지만 전쟁을 거치며 사람들의 발길이 닿지 않아 점점 못쓰게 되었고, 이제는 겨우 두 사람이 나란히 걸을 만큼 좁은 길이 되었다. 그런 길 양쪽에 잔뜩 관목이 튀어나와 있으니, 반소매 블라우스 차림으로 다니다가는 이렇게 긁힐 수밖에 없다. 그렇다고 카디건을 걸치자니, 바로 위에서 햇빛이 가차 없이 내리쬔다.

길 자체도 지독하다. 2, 3일 전에 호우가 내렸던 듯, 그렇지 않아도 불에 탄 돌이 데굴데굴 굴러다니는 아사마의 이 험한 길은 빗줄기에 골이 패여 잎맥처럼 주름까지 져 있다. 게다가 곳곳에 노출된 옛 아사마의 대분화 흔적인 커다란 바위가 험악한 이 길을 더욱 거칠게 만든다.

여자는 구두를 벗고 발톱 끝을 만지고 있다. 나일론 양말 사이로 비치는 발톱의 기묘한 모양이 이 여자의 옛 직업을 말해 주는 것 같다.

"신, 물 좀 줄래?"

남자는 누운 채 귀찮은 듯 물통을 집어 건넸다. 여자는 한 모금 목을 축였다.

"너는?"

"난 됐어."

남자는 무뚝뚝하게 대답하더니 곧 생각을 고쳐먹은 모양이다.

"그럼 뭐, 한 잔 마실까?"

남자는 누운 채 여자가 내민 컵을 입에 댔지만 반 이상은 옷에 쏟고 말았다.

"내 참, 누워 있으니까 그렇지. 한 잔 더 줄까?"

"됐어."

남자는 머리 밑에 양손을 둔 채 다시금 똑바로 누웠다. 여자로서는 그게 불평하는 것처럼 느껴져서 괴롭다. 뭔가 이야기하고 싶지만 말을 꺼내고 나면 더 힘들어질 것 같아 잠자코 물통 뚜껑을 닫는다.

남자는 스물 서넛이나 대여섯쯤 되어 보인다. 여자보다 두세 살 어린 것 같다. 아니면 좀 더 차이가 날지도 모르겠다. 여자는 창백한 안색에 비해 부자연스러울 정도로 입술이 붉다. 루주를 발랐기 때문만은 아닌 모양이다. 가냘픈 가슴을 심하게 헐떡이며 숨을 쉬는 모습을 보니, 어딘가 질환이 있는 듯하고 그래서 더 나이가 들어 보이는 듯했다.

여자의 이름은 고미야 유키(小宮ユキ). 그녀도 몇 년 전 가극단에 들어갔을 무렵에는 발칙한 꿈을 갖고 있었다. 그 꿈이 무참히 깨졌을 때는 비참했다. 얼굴이 조금 작고 예쁜 것만으로는 이 세계에서 버티기 힘들었다. 자신이 가수로서도, 댄서로서도, 또 연기자로서도 자질이 부족하다는 사실을 깨달았을 때 유키는 절망감에 풀이 죽었다. 하지만 집안 사정상 계속 일을 하지 않으면 안 되었던 유키는 좀 더 쉽게 돈을 버는 길로 빠져들었다. 그 사실이 발각되어 가극단에서 방출되었

을 무렵, 그녀의 가슴은 심하게 병들어 있었다. 그래도 유키는 계속 일하지 않으면 안 되었다.

"신, 그런 데서 자면 감기 걸려. 여기 좀 춥지 않니?"

바로 정면에서 비치는 햇빛을 받으며 언덕을 오를 때는 땀이 흘렀지만 일단 그늘로 들어오니 땀이 식으며 오한이 느껴진다. 역시 남자는 연거푸 두세 번 재채기를 했다.

"봐, 내가 뭐랬어?"

"그게 뭐 어떻다고?"

퉁명스럽게 말을 내뱉은 남자는 나뭇가지 사이로 모습을 드러낸 하늘을 물끄러미 바라보고 있다. 적송 가지 너머로 보이는 하늘은 너무나 푸르러, 영혼이 빨려 들어갈 것만 같다.

여자는 말없이 남자의 옆모습을 보다가 풍성한 속눈썹을 내리깔았다.

"신, 싫으면 여기서 헤어져도 돼. 그 대신 약만 두고 가."

"누가 싫댔어?"

"하지만 미안해서."

"그런 게 싫어. 그런 데 마음 쓰는 게 맘에 안 든다고. 뭐, 이제 곧 죽을 건데 감기 좀 걸리면 어때?"

"미안해. 이제 그런 말 안 할게."

그렇게 자잘하게 신경을 쓰면 남자가 오히려 귀찮아할 거라는 것을 알면서도 말을 해버리는 성격이다. 그런 성격이 화를 불러 무대에서도 성공하지 못했고, 몸을 팔 때도 남자를 즐겁게 해주지 못했다. 얼굴은 분명 작고 아름답게 정돈되어 있지만 놀아보면 재미없는 여자인 모양이다. 남자에게 향수를 불러일으키는 무언가를 갖고 있는 것 같기는 하지만.

남자의 이름은 다시로 신키치(田代信吉). 예대 작곡과 학생이고, 아버지는 오사카에서 잘나가는 치과의사로 자택에 있는 진료실 외에도 출장소를 두 군데나 운영한다. 이 출장소 두 곳에 각각 세컨드와 서드를 두고 있었고 둘 다 기공사로 키웠다. 첩을 두어도 그저 놀게만 하지는 않는 것이 이 악착스런 아버지의 자랑거리로, 신키치는 어릴 적부터 이런 아버지에게 정이 가지 않았다.

어머니는 좀 잘사는 집에서 시집와서 (신키치의 시각으로 보면) 시집 올 때 피아노를 들고 왔다. 업라이트 피아노이기는 했으나 스타인웨이였다. 신키치는 삼형제 중 막내로 태어났는데 그만이 어머니의 피를 이어받은 듯 어릴 적부터 어머니가 혼수로 가져온 피아노에 빠져 연주를 즐겼다. 아버지의 반대에도 불구하고 작곡가가 되고 싶다는 신키치의 희망이 받아들여진 것은 부자 사이에서 중재를 맡은 어머니의 노력 덕분이었다.

예술대학 음악부의 좁은 관문을 단번에 통과한 신키치는 상당히 의기양양했다. 하지만 금세 벽에 부딪쳤다. 절망적인 생각은 집에 돌아올 때마다 강해졌다. 어머니의 체력이 약하다보니 정력가인 아버지는 매일 밤 두 출장소 중 한 곳에 묵었다. 그는 어쩌다 집에 와도 신키치의 의논 상대가 되어주지 않았다. 돈 이야기는 거의 하지 않았지만 두 형에 비하면 학비가 너무 많이 든다고 생각하는 게 틀림없었다.

어머니가 살아계실 동안은 그나마 괜찮았다. 하지만 어머니가 작년에 위암으로 돌아가시자 신키치의 운명은 어긋나기 시작했다. 아버지는 장례식 후 100일도 지나지 않아 후처를 집에 들였다. 황당하게도 그 후처는 이전부터 아버지와 관계가 있던 기공사 중 한 명이 아니라 재산이 좀 있는 과부로, 어린 여자아이까지 데려왔다. 아버지는 이 과부와의 관계를 어지간히도 잘 숨겨왔던 모양이다.

당연히 아버지와 두 형 사이에는 마찰이 끊이지 않았다. 아버지와 두 애인 사이에도 심각한 다툼이 이어지는 것 같았다. 도쿄에 있는 신키치는 이 분쟁에서는 벗어나 있었지만, 이전처럼 아버지에게 학비를 기대하는 것은 무리였다.

카바레나 나이트클럽에서 피아노를 치는 시간이 차츰 늘었다. 이윽고 신키치는 몸과 마음이 다 지치고 메말라갔다. 지난해 가을, 신키치는 밴드 친구들을 따라가 콜걸들을 불러 놀았다. 그때 온 사람 중 하나가 고미야 유키였다. 가느다란 유키의 몸을 안고 신키치는 동정을 버렸다. 그것은 자기혐오 행위에 지나지 않았다. 그날 밤 신키치는 갑자기 난폭한 발작에 사로잡혔다.

신키치는 사흘이 멀다 하고 유키를 불러 놀았다. 유키는 남자가 무슨 짓을 시켜도 고분고분 따르는 여자였다. 신키치는 여자에게 점점 난폭하게 굴었고 거의 학교에 나가지 않았다. 유키를 안기 위해 아르바이트에 열중해야 했기 때문이다. 남자는 더 난폭해졌고 여자의 가슴은 더욱 홀쭉해졌다.

언덕 위에서 갑자기 떠들썩한 남녀의 목소리와 미끄러지듯 내려오는 발소리가 들렸다. 유키는 당황해서 카디건을 어깨에 걸쳤다.

하얀 암석을 드러낸 낭떠러지를 돌아 남녀 셋이 나타났다. 작은 새처럼 떠들어대며 좁은 길을 미끄러져 내려온 세 사람은 유키와 신키치를 발견하더니 한순간 입을 다물고 발소리를 죽였다. 발소리가 낭떠러지 길 아래로 사라질 때까지 유키는 등이 아플 정도의 따가운 시선을 느꼈다.

"신, 안 갈래? 또 누가 오면 그러니까."

신키치는 풀에 누운 채 눈을 감고 움직이지 않았다. 눈을 감고 있으니 뺨에 난 수염자국이 애처롭다. 머리 위의 나뭇잎 색이 비쳐 얼굴이 초록빛으로 보이는 것도 섬뜩했다.

"참, 나 어제 이상한 남자를 만났다."

신키치는 갑자기 눈을 뜨고 유키 쪽으로 고개를 돌렸다. 잔 인한 웃음을 머금은 눈매였다.

"이상한 남자라니?"

"나, 어제 독하우스에서 잤거든."

"독하우스가 뭔데?"

"말 그대로야. 개집과 똑같이 생긴 숙소지. 그래 봬도 남녀 가 안고 자기에 불편진 않아. 안의 넓이는 다다미 3장 정도 일까. 그런 작은 집이 숲 안 빈터에 30채 정도 있는데, 어떤 집 에 가도 나 같은 손님으로 만원이지."

"어머, 네가 사는 시라카바(白樺) 캠프란 게 그런 곳이었 어?"

"시라카바 캠프 18호 하우스라고 하면 좀 웃기지만 뭐, 그 런 곳이야. 거기서 네가 오길 사흘이나 기다렸다고."

"미안해. 오는 게 겁이 나서……."

"뭐, 그건 됐고. 그 이상한 남자 말인데……."

"응."

"어제 내가 사는 곳 옆집인 17호 하우스에 묵었어. 내가 잠이 안 와서 숲 구석에 있는 작은 언덕에 앉아 멍하니 별들을 보고 있었거든. 구름이 떠 있긴 했는데 구름 한구석에 별이 보여서 말야. 그러던 중에 그놈이 왔어. 위스키 병을 들고 만취해서 말이야."

"그래서?"

"그놈, 나한테서 뭔가 냄새를 맡았는지도 몰라. '끙끙 앓지 마, 실컷 마시면 되지' 그러는 거야. 난 시끄러워서 상대도 안 했는데, 그놈, 참 지겹게 떠들어댔거든. 아무래도 그 남자, 부인이 바람을 피운 것 같아."

"어머."

"그것도 그놈, 한참 눈치를 못 챘다니 꼴좋지 뭐. 아하하."

"신, 그런 얘긴 그만해."

"뭐, 좋잖아? 더 들어봐. 그러더니 그놈이 '눈에는 눈, 이에는 이라는 말도 있지. 난 반드시 그 복수를 하겠어. 오늘 밤에라도 들이닥쳐서 따끔한 맛을 보여주겠다'며 으름장을 놓나 싶더니, 금세 훌쩍훌쩍 우는 거야. 게다가 그 부인이 엄청난 별종으로, 그것도 이름을 대면 일본에서는 누구나 다 알 정도로 유명한 여자라고 하더라고."

"대체 누군데? 그 여자가?"

유키도 잠시 호기심을 보였다.

"아, 아무래도 거기까진 말 안 했지만 그 남자도 꽤 잘생긴 사람이었어. 나이는 마흔 정도일까. 귀공자 스타일에 남자다운 느낌이었는데 그런 사람이 완전히 초라해져서는……. 나, 그렇겐 되고 싶지 않더라고. 가난해지면 사리판단도 흐려지는구나 싶어서 말야. 이래서야 부인이 다른 남자를 만나는 것도 무리가 아니겠다 싶더라. 그렇지, 바람을 피운 상대 이름은 '사스케(佐助)'라는 것 같아."

"그래서 그 부인이란 분, 지금 이 가루이자와에 계시는 거네?"

"응. 그런 모양이야. 정부란 놈도 같이. 참, 그러더니 그놈 엄청 고루한 말을 하더라고."

"고루한 말이라니?"

"일곱 아이를 낳았더라도 여자에게 마음을 허락지 말라*."

"신!"

유키는 날카롭게 소리치더니, 살피듯 남자의 옆모습을 보다가 갑자기 어깨를 축 늘어뜨렸다.

"그만 가자. 왠지 날씨가 안 좋아질 것 같아."

여자가 말한 대로였다. 어딘가에서 번개 치는 소리가 나는

---

* 시경에 나오는 말. 여자에게 방심해서는 안 된다는 뜻.

가 싶더니 지금까지 그토록 맑던 하늘에 무서운 기세로 구름이 퍼져가기 시작했다.

그래도 남자는 여전히 누운 채 머리 위로 빠르게 퍼져가는 구름을 보고만 있었다. 그러다가 갑자기 무언가를 떨쳐내듯 벌떡 일어났다.

"뭐, 됐어. 내가 상관할 일은 아니지."

"신, 뭐 신경 쓰이는 일이라도 있어?"

"아니, 됐어. 됐어. 세상엔 이런저런 일이 있는 거니까. 그놈, 묘한 방정식 애길 했거든. 그게 마음에 걸리긴 하는데……. 하지만 뭐, 됐어. 내가 상관할 바 아냐."

그리고 30분 가까이 남자는 화난 것처럼 입을 열지 않고 여자를 앞서 험한 언덕을 올라갔다. 여자도 헐떡이며 남자를 뒤따라갔다.

번개는 그쳤지만 하늘은 완전히 잿빛구름으로 뒤덮였다. 어디서 나온 건지 희뿌연 안개가 두 사람을 감싸기 시작했다.

하나레(離) 산 봉우리 근처에 다다랐을 때 두 사람은 위에서 내려오던 이상한 남자와 마주쳤다.

그 남자는 흰 무늬가 있는 홑옷 아래에 서늘한 인상을 주는 연한 옥색의 속옷 띠를 드러낸 채 매미 날개처럼 빛나는 갈색

하카마*를 입고 있었다. 하카마 자락은 풀씨투성이였고, 머리에 쓴 벙거지 모자 아래에는 자연스레 말린 더벅머리가 기름기 없이 참새둥지처럼 비어져 나와 있었다. 발에는 먼지를 뒤집어쓴 하얀 여름버선을 신고, 거기에 갈색 끈을 단 짚신을 신고 있었다.

옆을 스쳐 지나가던 남자가 순간 캐묻듯 말을 걸었다.

"지금 올라가시는 건가요?"

신키치는 깔보듯 상대를 훑다가 어깨를 늘어뜨리고는 여자 쪽을 돌아보았다.

"유키, 가자. 조금만 더 가면 돼."

유키는 이상한 남자에게 목례를 하고 신키치 뒤를 따랐다.

벙거지를 쓴 남자는 한동안 두 사람의 뒷모습을 지켜보다가 이윽고 험한 길을 내려가기 시작했다. 왠지 무거운 발걸음이었다. 때때로 신경이 쓰이는 듯 멈추어 서서 언덕 위를 돌아보기도 했다. 안개는 한층 심해져서 벙거지 남자의 모자와 목덜미가 축축하게 젖었다.

5분쯤 후, 벙거지를 쓴 남자가 멈춰 서더니 길 한편에 있는 큰 돌에 앉았다. 그리고 소매에서 담배를 꺼내 불을 붙였다.

---

* 일본 옷의 겉에 입는 주름 잡힌 하의.

벙거지 남자가 꼭 담배를 피우고 싶었던 것은 아니었다. 그저 방금 올라간 두 사람이 신경 쓰이는 듯했다. 담배를 문 채 언덕 위를 주시하고 있노라니 안개는 더욱 짙어졌다. 하나레 산의 꼭대기까지 올라가도 아무것도 보이지는 않을 것이다.

벙거지 남자는 담배 한 개비를 다 피우고는 바로 두 개째에 불을 붙였다. 하지만 두 번째 담배를 반도 피우지 않은 채 휙 던져버리더니 방금 내려온 길을 다시 올라가기 시작했다.

희뿌연 안개가 벙거지 남자 주변에 소용돌이를 그리고 있어서 몇 미터 앞도 분간하기 힘들었다. 벙거지 남자는 이따금 멈추더니 숨을 들이키면서 위에서 들려올지 모르는 발소리에 귀를 기울였다. 하지만 전혀 기척이 없는 것을 확인하고 다시금 걸음을 서둘렀다.

아까 두 사람과 엇갈린 지 20분 뒤, 벙거지 남자는 하나레 산 정상에 다다랐다. 화창하다면 아사마 산이 코앞에 보였겠지만 지금 그곳은 희뿌연 안개가 소용돌이쳐 흐르고 키 작은 적송림이 그 안개 속에 잠겨 있었다. 무릎까지 묻히는 관목으로 뒤덮인 그곳은 한여름이라고는 생각할 수 없을 만큼 서늘한 분위기였다.

"어이, 아까 두 사람, 어디 있어?"

하지만 그 소리는 안개 속에서 공허한 울림이 되어 사라졌다. 벙거지 남자는 그래도 두세 번 부르면서 흡사 자기가 가야 할 길을 아는 양 하카마 자락을 밟으며 관목 속을 걷기 시작했다.

이 하나레 산에는 봉우리가 3개인가 4개 있다. 그 중 한 꼭대기에 혹처럼 땅이 볼록하게 튀어나온 부분이 있는데, 그 혹 안은 동굴이었다. 입구는 사람 하나가 간신히 기어들어갈 정도로 좁았으나 내부는 상당히 넓어서 박쥐의 서식처가 되어 있었다.

그곳은 동반자살이 자주 벌어지는 장소였다.

겨우 잠에서 깨려던 박쥐들은 자신들이 매달린 천장 아래 남자와 여자가 누워 있는 모습을 보고 무심코 시선을 돌렸다.

고미야 유키는 이미 숨이 끊어진 듯했다. 하지만 다시로 신키치는 아직 이승과 저승의 경계를 방황하는 참이었다. 신키치는 단말마의 고통으로 전신을 뒤틀면서도 안개를 뚫고 들려오는 목소리를 알아차릴 정도의 힘은 남아 있었다.

"아까 두 사람, 어디 있어……?"

아득하게 들려오는 외침 속에서 신키치의 의식은 차츰 흐려져갔다.

쇼와 34년(1959년) 8월 16일 오후 4시 무렵의 일이었다.

제1장
대귀족의 아침식사

쇼와 35년(1960년) 8월 14일 일요일 아침, 아스카 다다히로(飛鳥忠熙)의 식사는 실로 눈이 부시도록 비장한 것이었다.

다다히로는 유별난 미식가이거나 먹성이 좋은 사람은 아니다. 오히려 그의 메뉴는 항상 간결했다. 그날 아침에도 토스트 2장과 엷게 우린 홍차, 햄샐러드에 반숙란 2개, 믹서에 간 과일주스를 큰 컵으로 1잔. 단지 그뿐이었다.

몽상가인 아스카 다다히로는 언젠가 또 자신 앞에 찾아올지 모르는 모험의 날을 대비하여 스스로를 거친 음식으로 단련하고 있는지도 모른다. 젊었을 땐 이집트와 우르에서 발굴에 참여했던 경험이 있는 이 옛 귀족은, 최근 또다시 오리엔트의 설형문자나 수메르의 점토판에 은밀한 정열을 불태우고 있는 듯했다. 올 여름 가루이자와의 산장에 틀어박혀서도 트로이를 발굴한 하인리히 슐리만이나 크레타 섬에서 미노스의 미궁을 발굴한 아서 에반즈 경의 전기 등을 몰래 다시 읽는 다다히로다.

재작년 여름까지는 항상, 지금 다다히로가 앉아 있는 식탁 맞은편에 총명한 야스코(寧子) 부인이 앉아 있었다.

신몬(神間)재단의 창시자인 신몬 라이조(神門雷藏)의 장녀로 태어난 야스코 부인은 현명하고 현실적인 사람이라 남편을 이처럼 재미없는 몽상에서 떼어놓는 방법을 알고 있었다. 남편의 몽상가 기질을 잘 달래 현실적인 다다히로로서 수완을 발휘하게 하기 위해, 야스코 부인은 아주 능숙하게 처신했다.

이 총명한 부인이 재작년 가을에 협심증으로 급사했기 때문일까. 다다히로의 마음에는 지금 일종의 공허한 단층 같은 게 생겼다. 겉으로 드러나지는 않았지만 그의 마음은 최근 아주 불안정한 상태가 되었다.

딸인 히로코(熙子)는 결혼해서 지금 이 가루이자와에 따로 별장을 갖고 있고, 아들인 히로야스(熙寧)는 영국에서 유학 중이다. 그 때문에 부인을 먼저 보낸 초로의 남자가 겪을 만한 무료함과 심심함이 최근 다다히로의 마음을 불안하게 만들고 있었다.

"이건⋯⋯."

다다히로는 차츰 어두워져가는 방 안을 둘러보았다.

"다키(多岐), 슬슬 진짜가 오려나본데?"

"주인님, 이게 어찌된 일일까요? 어제 기상 예보에서는 이 근방까지는 안 올 거라고 했는데요."

"아하하, 안 올 거라고 했대도 별 수 없지 않나. 이렇게 오고 말았으니."

"그렇다면 적어도 어제는 알 수 있었을 텐데요. 이 무슨 한심한 예보란 말입니까."

"그렇게 분개해도 소용없네. 설마 기상청이 태풍을 이쪽으로 몰아낸 건 아니겠지."

"하지만 전 수십 년 동안 여기 있었는데 이런 적은 처음이라고요. 가루이자와에 태풍이 오다니⋯⋯. 어머, 저 거대한 낙엽송이⋯⋯."

방금 다다히로가 아침상을 받은 방 밖에서는 더없이 화려하고 장렬한 정경이 전개되는 중이었다.

식당 밖은 테라스다. 테라스 밖 수백 평 잔디밭을 지나면 맞은편에 적송림과 낙엽송림이 있었다. 눈으로 보기에도 지름이 1미터도 넘는 거대한 수목이 마치 잡초처럼 태풍에 휘둘리고 있다. 수령이 100년도 넘는 늙은 나무들이 태어나 처음 조우한 강한 태풍에 비명을 지르며 흔들리는 모습은 정말이지 장렬한 광경이었다. 다키 할멈이 '어멋' 하고 소리친 순간 지름 1.5미터 남짓한 낙엽송이 두 사람의 눈앞에서 멋들어지게 둘로 갈라졌다. 무시무시한 땅울림이 고색창연한 별장 전체를 뒤흔들었다.

태풍은 지금이 절정이리라. 비는 억수로 퍼붓는다는 표현 그대로고, 맹렬한 바람 소리는 마치 천공에서 거대한 채찍을 휘두르는 것과 같다. 테라스 밖에서는 폭포처럼 비가 쏟아지고 있었다.

이 태풍은 며칠 전부터 예보된 것이다. 하지만 속도가 늦고 진로가 확실치 않아 상륙지점이 잡히지 않았다. 적어도 어제까지의 기상예보에서는 신슈(信州)를 덮칠 거라는 예보를 한 번도 들을 수 없었다. 그것이 어젯밤에 관동지방 한곳에 상륙하더니 어리둥절해하는 사이에 속도를 높여 오늘 아침 가루이자와를 정면에서 습격했던 것이다.

태풍은 상륙하면 세력이 쇠약해지는 것이 대부분이다. 게다가 신슈처럼 높은 산이 많은 곳에서는 산에 부딪쳐 그 힘이 약해지니 태풍에 큰 피해를 입는 일은 드물다. 그렇기 때문에 수령이 100년이 넘는 거목이 이제까지 생명을 유지했던 것이리라. 그러므로 오늘 아침 가루이자와를 뒤덮은 태풍은 이례적인 것이라 할 수 있다.

벽난로 선반에 놓인 트랜지스터라디오가 자꾸만 태풍의 진로에 대해 경고를 한다. 이제 와서 경고라니, 늦었다 싶지만 말이다.

"어머, 주인님. 또 낙엽송이, 낙엽송이……."

잠시 잠잠해졌나 싶었던 바람이 다시금 기세를 되찾은 듯 가냘픈 늙은 나무를 닥치는 대로 넘어뜨린다. 두터운 줄기가 부러지는 소리가 어찌나 섬뜩한지, 다키는 테라스의 유리문에 찰싹 달라붙은 채 미친 듯이 소리를 질렀다.

"다키, 진정하게나. 부러지는 건 어쩔 수 없는 게야. 나무도 수명이란 게 있지 않나."

"하지만 아깝습니다. 선대 주인님이 그렇게 사랑하시던 낙엽송이 엉망이 되어버리다니……."

쇼와 10년(1935년)에 반란군에게 암살당한 선대공작 때부터 이 집에서 집안일을 해온 다키였다. 그녀로서는 이 산장이 태풍의 사나운 기세에 무참하게 변해가는 것은 참을 수 없는 모독인 것이다. 무섭다기보다 서운함 같다.

다다히로는 지금 이 늙은 여인의 입에서 나온 아버지 이야기를 듣고 문득 큰 컵을 든 손을 멈췄다. 태풍 앞에 갈라져간 늙은 나무들이 그때 반란군에게 죽임을 당한 아버지의 최후와 비슷하다는 생각이 든다. 다다히로는 그때 일본에 없었다. 고대 오리엔트 발굴에 열중하고 있었기 때문이다.

"다키, 홍차."

"네. 저, 죄송합니다."

다키는 당황해서 식탁 옆으로 돌아왔다.

"설탕은요?"

"하나면 돼."

다다히로는 접시에 놓인 토스트를 들어 버터나이프로 버터를 바르다가 문득 눈썹을 찌푸렸다.

"다키, 이 토스트는?"

"어머, 죄송합니다. 정전으로 토스터를 쓸 수 없어서……. 다시 한 번 구워 올까요?"

"아, 그렇다면 이걸로 됐어."

다다히로는 토스트를 뜯어먹으며 말했다.

"그런데 다키, 아키야마(秋山)는 뭐 하고 있나?"

"아, 아키야마 씨요? 그분 아직 주무시지 않을까요? 깨울까요?"

"아니, 됐네. 자고 있다면 자게 내버려두게."

"하지만 아무리 그래도 너무 태평이시라."

"됐어, 됐어. 그 사람 최근 좀 피곤한 것 같아. 태풍이 그친 뒤에 일을 시키면 돼. 느긋하게 재우도록 하게나."

"네."

"그보다 히로코는 뭘 하고 있으려나. 어린애처럼 겁먹고 있는 건 아닐까?"

"오늘은 일요일이니 사쿠라이(櫻井) 님이 오셨겠죠."

"아, 한데 이번 주말은 사쿠라이가 못 오게 됐어. 히로코는 혼자 있을 거야. 하기야 하녀는 있겠지만……."

"그 아인 아직 진짜 어린애인데……. 전화라도 걸어볼까요?"

"전화는 연결될까?"

"아까까지는 됐는데……."

"그럼 폭풍이라도 그치면 하지. 지금은 뭘 해달라고 해도 도와줄 수가 없잖나."

"네, 그리고 주인님."

다키는 다다히로의 안색을 살폈다.

"오토리(鳳) 님은 어쩔까요?"

"아, 그 사람은 호텔에 있으니 괜찮아. 나중에 걸어보지."

그때 다시금 시커먼 바람이 불어오는가 싶더니 집이 크게 흔들리고 지붕 기와가 나뭇잎처럼 흩날리기 시작했다. 곧 천장에서 우르르 자잘한 것들이 떨어졌다.

"어머, 주인님."

다키는 무심코 의자 등받이에 매달렸다.

"아하하, 다키. 괜찮아. 아무리 낡아도 이 집이 날아갈 일은 없어."

홍차를 젓고 있던 다다히로는 거기 떠 있는 먼지를 발견하자 미련 없이 찻잔을 밀어냈다.

"다키, 자네 몇 살이지?"

"만이 아닌 그냥 나이로 올해 딱 예순이 되었습니다."

"예순인가? 그럼 메이지 34년(1901년) 생인가?"

"네. 그런데 왜 그러십니까?"

"아니, 그럼 자네가 이 만산장보다 10년이나 더 오래 살았다는 거군. 이 집은 메이지 44년(1911년)에 세워졌다고 하니 말이야. 그때 나는 네 살이었다고 하고."

다다히로는 의자를 살짝 뒤로 빼고 새삼스럽게 횅뎅그렁한 주변을 둘러보았다.

그것은 콜로니얼*풍도, 고딕풍도, 또 르네상스풍도 아닌 건축 양식으로, 그 무렵에는 이런 절충주의가 유행한 모양이다.

---

* 식민지 시대풍의 미국 건축 양식.

묵직하고 심하게 장엄한 부분은 고딕식으로 부친의 취향일 것이다. 그런가 하면 벽이나 기둥에 섬세한 문양이 배합된 것은 르네상스식으로, 어머니의 취향이었을지도 모른다. 그리고 외관은 콜로니얼식으로도 보인다. 어느 쪽이든 시대에 비해 예스러운 풍치는 가루이자와에 있는 별장 가운데서도 손꼽히는 편이었다. 아버지인 모토타다(元忠)는 이 별장을 '만산장(万山莊)'이라고 불렀다.

"네, 하지만 주인님. 그게 무슨……?"

"아니, 이 집은 나보다 젊지만 방금 폭풍우에 부러진 저 적송이나 낙엽송은 우리보다 나이를 먹었다는 얘기일세."

다다히로의 눈에 떠오른 깊은 감동의 눈빛을 보고 '아, 그런 뜻이었나' 하고 다키가 다시금 창밖으로 눈을 돌렸을 때, 다시금 집 전체가 커다랗게 삐걱거리더니 갑자기 천장 한구석에서 폭포수처럼 비가 새기 시작했다.

"어머, 주인님!"

"아하하."

다다히로는 소리 높여 웃더니 의자에서 일어섰다.

신장은 180센티미터에 가까울 것이다. 자수 옷을 입은 몸은 균형이 잘 잡혔다. 메이지 44년에 만이 아닌 그냥 나이로 네 살이었으니 올해로 쉰세 살이 되었을 텐데, 옆머리에 살짝 새치가 보일 뿐, 혈색도 좋고 피부도 건강해 보인다. 보기 좋게 볕에 그을린 것은 골프 덕택일 것이다.

다키는 큰소리로 하녀를 부르더니 양동이와 금색 대야를 가져오게 하여 비가 새는 천장 아래 놓았다. 비는 한 군데서만 새는 게 아니라 두 군데, 세 군데로 늘어나 다키도 하녀도 허둥거렸다. 하녀인 도요코(登代子)는 흥분해서 2층에서 보이는 부근의 참상을 큰소리로 떠벌리고 있다.

다다히로는 벽난로 선반 위에서 여송연을 한 개비 뽑아 가위로 그 끝을 잘랐다.

"다키, 집도 이렇게 낡았으니 여기저기 이상이 있을걸세. 인간도 마찬가지이지 않나."

천천히 여송연을 폐에 들이켜면서 여기저기 비가 새어 얼룩이 지는 천장을 보던 다다히로는 무슨 생각을 했는지 문득 눈썹을 찌푸렸다. 어제 처음으로 키스를 나눈 오토리 지요코(鳳千代子)의 젊고 건강한 체취를 떠올렸던 것이다.

오토리 지요코는 지금 바로 근처에 있는 다카하라(高原) 호텔에 와 있다.

오토리 지요코와 아스카 다다히로의 관계가 세간의 입에 오르기 시작한 지 벌써 1년 이상이 지났을 것이다. 지금까지 남편을 넷이나 두었던 오토리 지요코가 이번에는 전후파의 거물 아스카 다다히로의 마음을 빼앗은 것 같다는 가십이 연예 관련 신문과 주간지에 드문드문 눈에 띄기 시작한 것도 벌써 1년 가까이 된다. 작년 여름 가루이자와에서 지요코의 첫 남편, 후에노코지 야스히사(笛小路泰久)가 기묘한 최후를 맞이하지 않았다면 두 사람은 이미 결혼했을지도 모른다는 이야기도 있다.

아스카 다다히로는 다이쇼에서 쇼와에 걸쳐서 활약한 중신, 아스카 모토타다 공작의 차남으로 태어났다. 영국에서 교육을 받았지만 학교는 제쳐놓고 등산이나 여행에 빠져 있었다고 한다. 쇼와 10년, 다다히로는 영국 탐험대에 참여하여 이집트에서 발굴 작업을 하고 있었다. 물론 정식대원은 아니었다. 일종의 청강생 같은 자격으로 참여를 허가받았던 것이다.

고국에서 반란이 일어나 아버지가 암살당했다는 소식을 받았을 때 그는 왕가의 계곡 부근에서 발굴에 참여하고 있었다. 곧바로 귀국하지는 않았다. 일단 런던으로 돌아갔고 중간에 메소포타미아나 인더스 문명의 발굴유적을 견학하면서 반년 정도 지나 귀국했다. 그 2년 전에 이미 신몬 라이조의 장녀 야스코와 결혼했기에, 고국에 반란이 일어났을 때 야스코는 만이 아닌 그냥 나이로 두 살이 된 히로코와 함께 런던에서 고고학 마니아인 남편을 외로이 기다리고 있었다고 한다.

당시 그는 눈에 띄지 않게 행동했다. 당시의 그를 아는 사람은 '그 애호가 말인가?'라며 전쟁 후의 그의 눈부신 활약에 자신의 눈을 의심했을 정도였다. 이렇게 몸가짐을 조심한 덕분에 전쟁 후 형은 자살했지만 그는 자리를 지킬 수 있었다. 전쟁 후 자리에서 밀려난 장인 신몬 라이조는 신몬산업의 모든 사업을 빈둥빈둥 노는 이 사위에게 맡겼다. 그런데 신몬 라이조 역시 사람을 보는 눈이 있었다고들 한다.

다다히로는 먼저 노동조합과의 힘겨루기에서 수완을 발휘했다. 조합 측의 치열한 공세에도 한 발짝도 물러나지 않았던 것이다. 이 일로 옛 귀족 도련님인 다다히로가 때와 상황에 따라서는 냉혹, 비정함과 동시에 강철처럼 강한 의지를 갖고 있는 사람임을 세상에 알렸다. 그는 더없이 노련하게 노조를 와해시켰고 결국 굴복시키는 데 성공했다. 그 노련함이나 교활한 권모술수는 분명 공작 가문으로 대대손손 살아온 조상의 피를 이어받은 거라고들 하였다.

그 후 그는 교묘하게 GHQ*를 집어삼켰다. 그는 영국에서 교육을 받았다는 경력과 유창한 영어 실력, 그리고 수려한 이목구비와 뛰어난 풍채, 게다가 전에 공작가의 자제였다는 이

---

* General Headquarters, 연합군 총사령부.

력을 전부 활용하는 것을 잊지 않았다. 신몬산업은 지금 50개 남짓한 계열사를 거느리며 번영 중이다. 전쟁 후의 재계에 확실히 그 초석을 박은 것은 아스카 다다히로였다.

신몬 라이조는 잘난 사위에게 만족하고 쇼와 32년(1957년) 영면했다. 그 이듬해 부인을 먼저 보낸 것을 계기로, 다다히로는 신몬산업 총수 자리를 처남에게 양보하고 자신은 제1선에서 물러났다. 정계로 오라는 요청도 많았지만 그는 정치에 흥미가 없었다. 몽상가인 다다히로는 차츰 속세의 일에 싫증이 나기 시작한 모양이었다.

그 다다히로가 처음으로 오토리 지요코와 만난 것은 재작년 가을, 부인을 잃고 얼마 지나지 않아서의 일이었는데…….

"야, 완전 늦잠 자버렸네……. 다키 씨, 미안, 미안."

잠이 덜 깬 눈을 비비며 허둥지둥 식당에 들어온 아키야마는 벽난로 선반 앞에 있는 다다히로에게 눈을 돌리더니 직립 부동자세를 취했다.

"엇, 주인님도 여기 계셨습니까?"

"지금까지 잔 건가? 이 폭풍우 속에서?"

다다히로는 하얀 이를 드러내며 웃었다. 건강하고 상대를 매료시키는 미소다.

"네, 죄송합니다. 아무것도 모르고 자고 있었습니다. 아까 엄청나게 땅이 울리는 소리가 나서 겨우 눈을 뜬 참입니다."

전쟁이 끝났을 때 육군대위였던 아키야마 다쿠조(秋山卓造)는 군인 말투를 벗어나지 못했다. 구 막부시대 아스카 가문에서 일하던 낮은 관직의 사무라이 후예로 어릴 때부터 선대 모토타다 자작 아래에서 자라, 전쟁 후에는 다다히로의 운전사로 일하고 있다. 나이는 다다히로와 여덟 살밖에 차이가 나지 않지만 아직 독신이다. 붉은 스웨터를 입은 몸은 땅딸막하고 다부져서, 동물적인 사나움과 단순함이 느껴지는 남자다.

"방금 저 나무가 쓰러졌군요."

테라스 바로 앞에 있는 자작나무 너덧 그루가 장기 말처럼 쓰러졌고 그 중 한 그루는 테라스 위 차양에 박혀 있다.

"야, 이거 정말……. 엄청난 폭풍우군요."

"무슨 말씀을 하세요, 아키야마 씨. 아까는 훨씬 지독했었다고요. 이제는 제법 가라앉은 편이에요."

"우왓, 전혀 몰랐습니다. 주인님, 정말입니까?"

자유주의자인 척하는 다다히로는 이 '주인님'이라는 표현을 싫어한다. 이따금 주의를 주는데도 아무도 고치려고 하지를 않아 내버려두고 있다. 어쩌면 마음속으로는 이 말이 마음에 들었던 것일지도 모르겠다.

"정말이네. 보게나, 저쪽 숲을 보라고. 완전히 쑥대밭이 되어버렸어."

아키야마는 테라스 밖을 보더니 눈을 동그랗게 떴다.

"왓, 대단해. 선대 주인님이 보셨으면 분명 탄식하셨을 겁니다."

"아키야마, 식사는 아직 안 했지?"

"네, 이제 먹겠습니다."

"다키, 이쪽으로 가져와주게."

"아뇨, 주인님. 전 저쪽에서."

"괜찮지 않나. 자네에게 묻고 싶은 것도 있고."

"네."

"아키야마 씨, 주인님이 그렇게 말씀하시니 여기서 드세요. 주방 쪽은 비가 새서 난리니까요."

식당에 새던 비도 한풀 꺾였다. 폭풍우도 진정되어가는 중이다. 다키와 도요코가 나가자 다다히로가 질문을 던졌다.

"아키야마, 아까 다키에게 들었는데, 자네 어제 가즈히코(一彦)와 만났다면서?"

"아, 그렇습니다. 어제 바로 이 아래 스와(諏訪) 신사 광장에서 봉오도리*가 있었는데요, 그걸 보러 갔더니 가즈히코 군이

---

* 우란분재(백중맞이) 밤에 많은 남녀들이 모여서 추는 윤무.

어깨를 툭 치지 뭡니까."

"가즈히코는 왜 이리로 안 왔나?"

"오늘 밤은 정전이라 폐가 되니 내일 뵙겠다고 했습니다."

"정전이라도 봉오도리는 했나 보지?"

"네, 1년에 한 번 있는 행사니까요. 화톳불을 피우니 오히려 풍취가 있어서 좋았습니다."

"자네도 춤을 췄나?"

"아하하, 민망하기 그지없습니다. 그러고 있는데 가즈히코 군이 어깨를 친 겁니다."

"가즈히코는 혼자였나?"

"아뇨, 동행이 한 명 있었습니다. 그, 고고학자인 마토바(的場)인가 하는 사람 말입니다. 그분이 같이 있었는데 북알프스에서 막 돌아온 참이라고 하더군요. 어쩌면 오늘 이리로 올지도 모른다고 했습니다."

"가즈히코의 고고학에 대한 관심도 중증이야."

"그건 전적으로 주인님 덕분 아니겠습니까?"

"바보 같은 소리. 최근엔 내가 밀리는 느낌일세."

그러던 중, 다키가 식사를 가져와서 다다히로는 일어나 테라스 쪽으로 갔다.

이번 메뉴는 일본풍으로 된장국에 쓰쿠다니*, 구운 김에 날

계란이다. 아키야마가 왕성한 식욕을 발휘하는 동안 다다히로는 흐트러진 뜰을 바라보았다. 폭풍우는 이럭저럭 멎었고 이따금 부는 바람이 주변을 흔드는 정도이다. 비도 거의 그쳤다. 잔디밭 저편의 낙엽송 숲은 멋들어지게 쓰러져 있어서 갑자기 하늘이 넓어 보인다.

시간은 오전 10시.

"주인님."

식사가 끝나고 다키가 상을 물리자 아키야마가 생각난 듯 말을 걸었다.

"오토리 씨가…… 오토리 지요코 씨가 여기 오신 것 같더군요."

"그래. 이 일에 대해 자네한테 묻고 싶었는데, 자네 누구한테 그 얘길 들었나?"

"어제 가즈히코 군에게 들었습니다."

"가즈히코에게……? 가즈히코는 어떻게 아는 건가?"

"네, 가즈히코 군은 그분이 자동차에 탄 걸 규도**에서 보았다고 합니다. 역시 그분 지금 가루이자와에?"

---

* 어패류, 해초, 채소 등을 설탕과 간장으로 달짝지근하게 조린 반찬.
** 旧道. 구 도로, 혹은 옛길. 옛날부터 있었던 간선도로가 도시 발달과 함께 문제시되어 주요 도로에서 벗어난 도로의 통칭.

"아, 어제 저녁에 왔네. 내일은 내가 초대한 골프대회가 있으니까."

최근 2, 3년 동안 8월 15일에는 다다히로가 주최한 골프대회가 열렸다.

"다카하라 호텔입니까?"

"그렇네."

"어제는 외출하셨던 것 같던데……."

"아, 전화가 왔다네."

"죄송합니다. 놀러 나가서……."

"뭐, 괜찮네. 바로 근처인걸. 한데 가긴 갔는데 로비에서 얘기하는 사이에 정전이 되어서 바로 돌아왔다네."

스스로 생각하기에도 변명같이 느껴져 다다히로는 머쓱해했다.

다다히로가 한 말은 진실이다. 일부러 방에 들어가는 것을 피하고 로비에서 만나는 사이에 정전이 되었다. 다다히로는 허둥대며 돌아왔다. 불이 꺼진 찰나, 누가 먼저라고 할 것도 없이 서로 끌어안고 입술을 겹치긴 했지만…….

아키야마는 넌지시 탐색하는 시선으로 다다히로를 바라보았다.

"주인님은 지금 이 가루이자와에 마키 교고(槙恭吾) 씨가 온

걸 아십니까?"

"그 남자는 매년 여름 여기서 지내지 않나?"

"거기에 쓰무라 신지(津村真二) 씨도 와 있는 것 같습니다."

"쓰무라 씨가 왔다고?"

반문하는 다다히로의 목소리가 평소와는 달랐다.

"작년과 마찬가지예요. 현대음악제에 초빙되어 어제, 오늘, 내일 그렇게 연주회가 있는 모양입니다. 거리 전봇대에 포스터가 붙었습니다."

마키 교고는 오토리 지요코의 세 번째, 그리고 쓰무라 신지는 네 번째 남편이다.

"그래서……?"

다다히로가 일부러 재미있다는 듯 반문했을 때 방구석에서 전화벨이 울렸다.

아키야마는 일어나 탁상전화 수화기를 들었다. 몇 마디 말을 하다가 이윽고 다다히로 쪽을 돌아보았다.

"주인님, 후에노코지 댁 아가씨인데요."

"후에노코지 댁 아가씨?"

"미사(美沙)…… 양입니다."

"아, 그 미사?"

다다히로는 얼굴에 웃음을 띠었다.

"전화 바꿔주게."

아키야마는 경계하는 눈으로 다다히로의 안색을 살폈다.

"굉장히 친하다는 듯한 말투인데 주인님은 그 아가씨와 관계가……."

"관계? 관계라고 해봐야 상대는 아직 진짜 애 아닌가. 그 아가씨, 열여섯인가 열일곱이라고 했네. 뭐, 작년 골프장에서 만났다네."

"열여섯이나 열일곱 정도 나이에 골프를 합니까?"

"왜 그러나? 너무 캐묻는 거 아닌가. 됐으니 전화 바꿔주게. 아니면 내가 갈까?"

"아니, 그쪽으로 돌리겠습니다."

아키야마가 전화를 놓은 작은 탁자를 식탁 옆까지 밀고 오자 다다히로는 수화기를 들었다.

"여보세요, 미사?"

"아, 아스카 아저씨?"

"아, 그래. 무슨 일이냐, 미사?"

"아저씨, 무서워요. 무서워요. 미사, 무서워서, 무서워서……."

그렇게 호소하는 소녀의 목소리가 쨍쨍 수화기 저편에서 날아들었다.

"무섭다니, 이 태풍 말이냐?"

"네, 그래요. 그래요. 집이 당장에라도 날아갈 것 같은걸요. 집 주변의 나무들이 죄다 쓰러졌어요. 꺾인 것도 잔뜩 있고요. 게다가 집에 비가 새잖아요. 집 주변도 물에 잠겼고요."

생각하는 것을 한꺼번에 말할 수 없는 답답함에 전화기에 달라붙어 작은 코를 씩씩거리며 뺨이 빨갛게 상기된 소녀의 얼굴이 눈에 선했다.

"정말 지독했지. 하지만 이제 괜찮아. 보렴, 이렇게 바람도 가라앉지 않았니. 그래서 할머님은?"

"하무니*, 안 계세요."

"안 계시다니, 어디 외출하셨어?"

"아까 도쿄에서 전화가 왔어요."

"도쿄에서?"

"네, 오늘 아침 일찍 여기 오실 예정이었어요. 그런데 구마노타이라(熊の平) 부근에서 절벽이 무너져서 열차 운행이 중지되었다고요. 그래서 조에쓰(上越) 선으로 돌아갈 테니 얌전히 있으라고 방금 전에 전화가 왔어요."

미사의 목소리는 슬퍼 보였다.

---

* 미사는 아이처럼 할머니를 '하무니'라고 부르고 있다.

"그럼 미사는 어제 혼자 있었던 거니?"

"혼자는 아니었어요. 사토에(里枝)가 있었어요."

"사토에라니?"

"우리 집 가정부예요. 하지만······."

"하지만······ 무슨 일이 있었어?"

"사토에, 봉오도리에 가버렸어요. 그 뒤 정전이 되어버렸 잖아요. 거기다 바람도 거세지니 미사, 무서워서······ 무서워 서······."

"사토에, 안 되겠군. 미사를 혼자 두고 나가버리다니······."

"하지만 할 수 없어요. 그 사람 가루이자와 사람이고 게다 가 에이코(栄子) 씨와 약속이 있어서요."

"에이코 씨가 누구냐?"

"어머, 아저씨, 모르세요? 사쿠라이 씨 댁 가정부예요. 그 사람도 가루이자와 사람이잖아요. 그래서요."

사쿠라이 데쓰오(桜井鉄雄)는 히로코의 남편으로 신몬산업의 간부후보생 중 한 명이다.

"그렇지, 내가 잘 몰랐구나. 그럼 우리 쪽에서 사람을 보내 주마."

"어머, 아저씨. 그래서 전화 드린 게 아니에요."

"아니라니?"

"죄송해요, 아저씨. 미사, 바보예요. 아까 하무니가 전화하셔서, 아저씨 댁에 전화라도 괜찮으니 안부인사 여쭈라고 하셨어요. 그래서 전화한 건데 그만 제 얘기밖에 안 했네요."

뭐야. 그 할머니의 부탁이었나. 다다히로는 흥이 깨지는 기분이었다.

"괜찮아, 괜찮아, 미사, 그렇게 태풍이 엄청났으니 미사 같은 아이가 무서워하는 것도 무리는 아니지. 미사는 아키야마 알지?"

"아키야마 씨요?"

"아저씨 자동차 운전하는 분."

"아, 그 무서운 아저씨요?"

"아하하, 미사는 아키야마가 무서워?"

"어머, 죄송해요. 무섭다고 해버렸네. 하지만 그 아저씨, 항상 미사를 째려보는걸요."

"아하하, 미사가 너무 예뻐서 아키야마가 반했나보지."

다다히로는 악동처럼 아키야마를 보면서 한눈을 찡긋했다. 아키야마는 불만스럽게 입을 다물고 있었다.

"그런데 아키야마 아저씨가 왜요?"

"아, 뭣하면 아키야마 아저씨한테 널 데리러 가라고 할까해서."

"어머, 됐어요. 됐어요, 아저씨."

미사는 전화 저편에서 당황한 듯 말했다.

"미사, 그럴 생각으로 전화한 거 아니에요. 그저 하무니가 인사드리라고 해서서……."

"음, 그야 알지. 하지만 조에쓰 선으로 오신다면 할머님, 빨리 오시긴 힘들 거야. 아키야마 아저씨가 싫으면 누구 다른 사람을 보내줄까?"

"아저씨, 정말 괜찮아요. 미사, 도저히 안 되면 쓰무라 아저씨한테 부탁할게요."

"쓰무라 아저씨라니 쓰무라 신지 씨 말이냐?"

"네, 그래요."

"미사는 쓰무라 아저씨 댁 아니?"

"네, 바로 근처 방갈로에 계시는 것 같아요. 미사, 어제 호시노온천에서 만나 인사했거든요."

"아, 그래."

'하지만 그것은 그만두는 편이 낫지 않을까' 하고 말하려다가 생각을 고쳐먹었다. 아키야마를 의식했기 때문이다.

"아저씨, 그럼 이만……."

"아, 그래. 그럼 나중에 누구라도 보낼 테니까……."

다다히로는 수화기를 내려놓고 아키야마를 돌아보았다.

"아키야마, 자네, 미사한테 꽤나 미움 받는 것 같은데, 무슨 일이라도 있었나?"

"아니요, 별로……."

아키야마는 직립부동자세로 대답했다.

"그 아가씨보다 후에노코지 할머님이 저를 미워하시는 거 아니겠습니까?"

"그건 또 왜지?"

"제가 주인님의 충실한 심복이니까요. 그분 저를 무서워하는 것 같습니다."

"자네를 무서워해? 왜 그렇다고 생각하나?"

"글쎄, 왜 그럴까요?"

아키야마와 다다히로는 서로 탐색하듯 한동안 시선을 교환하다가 결국 다다히로 쪽에서 먼저 시선을 피했다.

아키야마는 빙긋 웃었다.

"그보다 주인님."

"왜?"

"제 얘긴 그만하고, 주인님은 왜 후에노코지 아가씨에게 엄마도 곧 여기 올 거라고 말씀하시지 않으셨습니까?"

다다히로는 잠시 눈썹을 들어 올리고 불쾌한 듯 침묵한 뒤 말했다.

"아마 그 아이가 너무 종알종알대는 통에 말할 겨를이 없었 겠지. 아키야마, 피해 상황을 조사해주게."

다다히로가 일어섰을 때 전화벨이 울렸다. 아키야마가 수 화기를 집어 들었다.

"주인님, 출장소의 가와모토(川本) 씨인데요……."

"어차피 데리러 오란 얘기겠지. 자네, 잘 대접해주게. 아, 그래, 참. 대여섯 사람 보내라고 해. 이래서야 자네와 할아범 만으로는 역부족이야."

신몬산업은 자회사로 신몬토지를 갖고 있다. 신몬토지는 이 가루이자와에도 출장소를 갖고 있어 왕성하게 토지를 분 양하고 있다.

전화를 받는 아키야마를 뒤로하고 다다히로는 식당을 나 와 자기 서재로 갔다. 그곳은 다다히로가 '동굴'이라고 부르 는 곳이다. 신몬산업의 사장이라는 역할을 맡고 있을 때도 이 따금 이리로 도피해 현명한 부인 야스코를 마음 졸이게 하던 곳이었다. 넓은 서가에 꽉 들어찬 것은 대부분 고고학 문헌이 다. 유리가 붙은 캐비닛에는 고대 오리엔트의 출토품이 가득 장식되어 있다. 하지만 지금의 다다히로는 그 책을 볼 기분도 아닌 모양이다. 다다히로는 자수옷을 벗고 알로하셔츠로 갈 아입은 뒤 소파에 몸을 푹 파묻고 넋을 놓은 듯 황폐해진 창밖을 바라보았다.

다다히로는 지금 조속히 결단을 내려야 할 문제에 대해 진지하게 생각하기 시작했던 것이다.

제2장

배우는 모여 있었다

오토리 지요코의 첫 남편, 후에노코지 야스히사가 가루이 자와에 있는 수영장에서 시체로 발견된 것은 작년 8월 16일 날이 밝기 전의 일이었다.

지금은 후에노코지 야스히사라고 해봐야 아는 사람이 그리 많지 않을 것이다. 사후 그가 유명해졌다면 오토리 지요코의 첫 남편이었기 때문이다. 그런 의미에서 그의 죽음은 세간에 커다란 화제와 의혹을 던졌다. 우선 발견되었을 당시 그의 이상야릇한 차림새도 수사당국의 관심을 자극하지 않을 수 없었다.

후에노코지 야스히사는 약간 더럽혀진 팬티 한 장만 입은 상태로 수영장 물에 떠 있었다.

올드 팬이라면 알 것이다. 후에노코지 야스히사라면 전쟁 전 화족계 출신의 스타로 화제가 되었고, 영화계에서도 으뜸가는 미남으로 불리던 인물이다. 하지만 전쟁 후의 괴롭고 궁핍한 생활 탓일까. 안타깝게도 발견될 당시는 귀족적인 미모는 흔적도 없이 추레한 모습이었다. 갈비뼈를 하나하나 셀 수 있을 만큼 몹시 야윈 몸에 전라에 가까운 차림새로 팔다리를 대자로 벌린 채 수영장 안에 떠 있는 모습은, 송장개구리포를 연상케 하는 비참한 광경이었다.

한때는 패션의 선두주자였던 후에노코지 야스히사가 어째서 그런 이상야릇한 모습으로 발견되는 처지가 된 것일까.

수영장 옆 풀숲에는 그가 입었던 옷가지가 일부 버려져 있었다. 벗은 양복 위에는 손목시계도 놓여 있었다. 그 부근을 아무리 조사해도 격투한 흔적 따위는 찾을 수 없었다. 양복이나 구두에도 억지로 벗긴 흔적이 없었다. 구두 속에는 양말까지 들어 있었다.

후에노코지 야스히사는 쇼와 34년 8월 15일 밤늦게 스스로 몸에 걸쳤던 옷을 벗고 팬티 한 장 차림으로 수영장에 들어갔다. 그리고 죽었다⋯⋯그밖에 생각할 수 없었다.

사인은 심장마비였다.

수영장 옆에서 발견된 유류품 중 손목시계는 론진* 금시계였으나 겉옷 주머니에서 발견된 지갑 속에는 불과 3천 엔 정도밖에 들어 있지 않았다. 후에노코지 야스히사는 미결에서 보석으로 나온 지 얼마 안 된 참이어서 그것이 그의 전 재산이었다.

벗어놓은 양복 옆에 또 하나 그가 남긴 물건이 발견되었다. 거의 비어 있는 검은색 조니워커 병이었다. 그날 밤 그가 위스키 병을 한 손에 들고 안개 속을 걷는 것을 목격한 사람이 여럿 있었다. 병 표면에서 야스히사의 지문이 잔뜩 검출되었다.

야스히사의 시체는 어머니인 후에노코지 아쓰코(笛小路篤子)의 동의하에 부검에 들어갔다. 사인은 심장마비였다. 위에서는 다량의 알코올이 검출되었으나 그 외에 타살로 판정될 만한 것은 아무것도 나오지 않았다. 외상도 없고 수영장 물도 거의 마시지 않았다.

결국 이 사건은 다음과 같이 매듭지어졌다.

술을 너무 많이 마신 결과 후에노코지 야스히사는 일시적으로 정신착란에 빠졌다. 뭔가 기묘한 환상에 사로잡힌 것이다. 그래서 그 수영장을 다른 장소라고 착각하고 스스로 옷을

---

* 스위스의 고급 시계 메이커.

벗고 뛰어든 것으로 보인다.

　오래도록 궁핍한 생활을 해온 탓에 야스히사의 심장은 상당히 약해져 있었다. 거기에 과도한 음주. 게다가 다카하라의 밤 수영장 물은 매우 차가워서 심장마비를 일으킬 만한 조건으로 충분했다. 야스히사가 수영장 물을 거의 마시지 않았던 것으로 보면 그는 수영장에 뛰어든 순간 바로 심장이 마비되어 사망한 것으로 보인다.

　야스히사가 이처럼 비참한 환상에 사로잡힌 원인 중 하나로, 과음 외에 또 한 가지 그날 밤의 안개를 들 수 있다.

　안개는 다카하라의 명물이지만, 그날 밤의 안개는 참으로 지독했다. 특히 신몬수영장 부근은 오후 8시 이후에는 회중전등을 가지고 있어도 3미터 앞을 가늠하기 힘들 정도였다. 정상적인 신경의 소유자라도 뭔가 이상한 착각을 할 만한 밤이었다고 한다.

　아무튼 문제의 신몬수영장은 말할 것도 없이 신몬토지가 경영하는 곳으로, 겨울에는 스케이트 링크, 여름에는 보드를 빌리거나 낚시를 하도록 경영하는 인공 연못이었다. 높이 50미터, 폭 30미터 정도의 정확한 직사각형 수영장 옆에는 2층 건물이 있었다. 아래층에는 커피숍 겸 간이식당이 있고, 2층에 다다미가 깔린 큰 방은 도쿄의 중화요리점에서 출장을 나와 있었다. 겨울에는 이곳이 스케이터들의 숙소가 된다.

문제의 밤은 방금 말한 것 같은 기상조건이었으니 8시 무렵에는 2층에도 1층에도 손님은 없었다. 낚시 손님도 7시쯤에는 돌아갔다. 하지만 상당히 많은 수의 고용인들이 거기서 묵고 있었다.

부검 결과, 야스히사의 사망 시각은 8월 15일 오후 10시부터 11시 사이라고 추정되었다. 그 시각에는 신몬수영장의 고용인들이 아직 깨어 있었다. 개중에는 봉오도리를 보러 간 사람도 있었지만 대부분은 짙은 안개에 질려서 남아 있었다. 그럼에도 그들 중 아무도 누군가 다투는 기척을 느끼지 못했다. 도움을 요청하는 소리도 들리지 않았다고 한다.

다만 야스히사의 옷가지가 발견된 부근, 그러니까 그가 물에 들어갔을 거라 생각되는 지점은 건물이 있는 곳에서 대각선 방향인, 가장 먼 곳에 해당했다. 하지만 안개가 짙게 가라앉은 밤이었으니 고요 속에서 사람이 다투는 기척을 느끼지 못했을 리는 없을 것이다.

그런 점에서도 야스히사의 정신착란설이 유력해졌는데, 그에 대해 단 한 사람 타살설을 양보하지 않는 인물이 있었다. 가루이자와 서의 수사주임인 히비노(日比野) 경부보다.

히비노 경부보는 아직 젊고 공명심에 불타는 인물이었다.

어쨌거나 그가 야스히사의 죽음을 타살로 보는 근거는…….

야스히사의 시체를 부검했을 때 그의 성기나 음모에서 성교의 흔적이 발견되었기 때문이다.

물에 떠 있는 야스히사의 시체를 수영장 일꾼이 발견한 것은 16일 새벽 6시 무렵의 일이다. 야스히사가 물에 들어간 게 전날 밤 10시에서 11시 사이라 쳐도, 그의 시체는 7시간 정도나 물에 떠 있었다는 게 된다. 그러므로 발견된 성교의 흔적도 극히 미약해서 거기에서 상대 여성의 혈액형을 감정하는 것은 불가능했다.

그러나 그에 따라 야스히사가 물에 들어가기 직전, 수 시간이내에 누군가와 관계를 가졌다는 것은 움직일 수 없는 사실로 증명되었던 것이다.

'그렇다면 그 여자는 대체 누구일까?'

'동굴'의 안락의자에 몸을 파묻은 채 다다히로는 긴 손가락을 깍지 낀 채 생각한다. 뺨에 주름이 생기고 자연히 표정도 험상궂게 변해가던 찰나, 전화벨이 울렸다.

수화기를 들자 다키의 목소리가 들렸다.

"가즈히코 님한테서 왔는데요……."

"아, 그래. 연결해주게."

다다히로의 얼굴은 한순간 밝아졌다. 수화기 너머에서 젊은 목소리가 들렸다.

"여보세요, 아저씨? 저 가즈히코인데요."

"가즈히코인데요고 뭐고. 너, 왜 이쪽으로 오지 않았느냐?"

"죄송합니다. 어제 정전이 되었잖습니까. 폐를 끼칠 것 같아서요."

"쓸데없는 걱정을 하는구나."

가즈히코가 염려한 것은 정전보다 오토리 지요코의 모습을 보았기 때문일 것이다.

"그래서 지금 어디 있지?"

"마토바 선생님…… 마토바 히데아키(的場英明) 선생님 지인분의 별채에서 신세 지고 있습니다."

"그 별장은 어디 있어?"

"미나미하라(南原)예요."

"그래서 오늘 일정은 어떠냐?"

"오후에 마토바 선생님과 함께 댁에 가려고 하는데요. 아저씨는 어떠신가요? 난리가 나지 않았나요?"

"난리 났었지. 그 부근은 어떠냐?"

"지금 신세 지는 곳은 큰일은 없는데요. 맞은편 낙엽송림이 보기 좋게 당했어요. 큰 폭풍이라 지독하더라고요."

"여기도 그렇구나. 자랑으로 여기던 낙엽송림이 모조리 쓰러져서 왠지 주변이 갑자기 넓어 보이고."

"그거 큰일이군요."

"아하하, 애도는 됐고, 그보다 어서 이리로 안 올 테냐. 마토바 선생도 한동안 못 봤는데."

"뵈러 가도 될까요?"

"아, 되고말고. 하기야 이런 꼴이라 변변한 대접은 못 하겠지만."

"뭐, 그런 거야……. 그럼 1시쯤 뵙겠습니다."

"아, 그래, 그래. 너, 여기 올 거면 하나 부탁해도 될까?"

"네, 무슨 일인가요? 뭐든지……."

"너, 후에노코지 댁 별장 알지? 사쿠라노사와의 첫 번째 집인데……."

가즈히코는 잠시 침묵한 뒤 대답했다.

"네, 알고 있습니다."

"그럼 여기 오는 도중에 잠깐 보고 와주지 않겠어? 미사라는 아가씨가 혼자 불안해하고 있는 모양이야."

"미사 혼자인가요? 할머님은 어쩌시고요?"

"아쓰코 여사는 도쿄에 가서 아직 돌아오시지 않은 모양이다. 그렇지, 참. 너, 신에쓰 선이 운행 중단되었다는 소식을 알고 있는 게냐?"

"네, 오늘 아침 5시쯤 몇 호 터널인지, 산에서 흙과 모래가 쏟아져 내려 입구가 막혔다고 하던데요."

"구마노타이라 부근 같아. 그래, 바로는 이쪽에 못 오신다고 도쿄에서 전화가 온 모양이야. 그래서 미사란 아가씨가 불안해서 아까 전화를 걸어왔단다."

가즈히코는 또 한 번 침묵한 뒤 대답했다.

"알겠습니다. 그럼 도중에 들러서 보고 오죠."

"그렇게 해줘. 그럼 이따 보자."

수화기를 내려놓은 뒤 한동안 다다히로의 뺨은 반들반들 빛이 났다. 생기가 돌자 수려한 그의 얼굴이 한층 젊어 보였다. 하지만 곧바로 그 얼굴은 어두운 회상의 구렁텅이로 다시 잠겨들었다.

그날 밤 야스히사와 정교를 했을 거라 생각되는 여자는 결국 수사선상에 떠오르지 않았다. 결국 히비노 경부보는 패배했던 것이다.

하지만 히비노 경부보가 이 사건에 깊은 의혹을 가진 데는 또 하나의 중대한 이유가 있었다. 후에노코지 야스히사와 인연이 깊은 인물이 당시 모두 이 가루이자와에 모여 있었다는 점이다. 배우는 모두 모였던 것이다.

후에노코지 야스히사의 전처인 오토리 지요코는 그와 이혼한 후 세 남자와 결혼하고 또 이혼했다. 게다가 그녀는 다섯 번째 남자와 연애 중이었다. 오토리 지요코의 네 남편 중 두 번째 남편은 작년 말에 사망했으나 나머지 세 사람은 건재하여 다들 이 가루이자와에 와 있었다.

물론 오토리 지요코도 와 있었다. 지요코가 지금 연애 중인 다섯 번째 남자, 아스카 다다히로도 이 만산장에 머물고 있었다. 지요코와 야스히사 사이에 태어난 딸인 미사도 야스히사의 호적상 어머니인 아쓰코와 함께 이 다카하라의 별장에 피서를 와 있었다.

그들은 모두 다른 장소에 머물고 있었지만 후에노코지 야스히사가 변사를 맞이한 시각에 이 가루이자와에 있었다는 것만은 확실했다. 이 점은 히비노 경부보의 의혹을 더욱 부추겼다. 더구나 바로 전해 말에 사망한 지요코의 두 번째 남편을 죽음에 이르게 한 범인이 아직 밝혀지지 않은 상황이었다.

그때 또 전화벨이 울려서 다다히로의 공상은 깨졌다. 이번 전화는 히로코였다.

"아버지, 저 히로코예요. 그쪽 상황이 안 좋다면서요. 방금 다키에게 들었는데요."

"여기도 그렇지만, 그쪽은 어떠냐?"

"이쪽은 의외로 피해가 적었어요. 나무는 많이 쓰러졌지만 다행히 큰 나무가 아니어서요."

"하천이 범람하지는 않았어?"

"그걸 걱정했는데 별일 없었어요. ……하지만 아버지가 심고 키우신 자작나무가 뿌리째 쓰러져버렸네요."

"아하하, 여기도 마찬가지야. 자작나무는 뿌리가 가느니까. 그건 그렇고, 어젯밤은 혼자 불안했지?"

"네, 하지만 에이코 씨가 있으니까요."

"하지만 에이코가 봉오도리에 가버렸다면서."

"어머!"

날카로운 외침이 귓전을 두드렸다. 잠깐의 침묵 후 가라앉은 목소리가 들려왔다.

"아버지, 어떻게 그런 걸 아세요?"

"아, 후에노코지 댁 따님한테 아까 전화가 왔었어. 그쪽 하녀와 만났다고 하던데."

다다히로는 가볍게 대꾸할 작정이었으나 목구멍에서 생선 가시라도 걸린 것 같은 목소리가 흘러나왔다.

도리어 히로코가 쾌활하게 대답했다.

"그러고 보니 에이코 씨가 나간 후에 정전이 되었잖아요. 바람은 점점 세지지, 좀 불안했지만 설마 이쪽으로 곧장 올 거라고는 생각 못 해서요."

"도쿄에는 연락했어?"

"네, 아까 전화가 왔어요."

차가운 목소리다.

"그래서 어땠지? 바로 온다더냐?"

"네, 조에쓰 선으로 돌아온다고 했는데요, 시간이 꽤 걸리 겠죠. 아, 참. 아까 신몬토지의 가와모토 씨한테서 전화가 왔 어요."

"아, 그래. 그쪽에도 걸었던 것 같구나."

"가와모토 씨가 사람을 보내주실 것 같으니 아버진 걱정 마 세요. 그쪽이야말로 조심하시라고요."

"아, 그래. 고맙다. 그럼 또 보자."

수화기를 내려놓은 다다히로는 넋을 놓은 듯 황폐해진 창 밖에 눈을 돌렸다. 무척이나 차가운 딸의 말투가 아버지로서 는 왠지 쓸쓸했다.

사쿠라이 데쓰오는 활동적인 사람이다. 일을 하느라 바쁜 것이니 뭐랄 수는 없지만 적어도 주말 정도는 히로코가 있는 곳에 돌아와주면 좋으련만…….

하지만 다다히로는 힘차게 고개를 가로젓고 다시금 작년 이후의 회상으로 돌아갔다.

오토리 지요코는 메이지부터 다이쇼, 쇼와 초기에 걸쳐 미인화의 대가라 불리던 오토리 지카게(鳳千景)의 딸로 태어났다. 어머니 우타코(歌子)는 '신바시(新橋)의 명기'로 불리던 여자로, 춤의 명수였다. 그녀는 지카게에게 사사하고 일본화를 배우는 사이에 사랑에 빠져 결혼했다.

지요코는 이 부부 사이의 외동딸로 태어났다. 다이쇼 14년(1925년) 태생이니 올해, 만이 아닌 그냥 나이로 36세가 되었을 것이다.

신바시의 명기라는 이력을 가진 어머니를 둔 지요코는 비길 데 없는 미모와 재기를 갖고 태어났다. 예술에 대한 흥미, 두드러진 소질과 천성이라는 걸 모두 물려받은 그녀였다.

여학교 2학년 때 지요코는 아버지를 잃었다. 어머니는 다시 춤 선생으로 세상에 나가게 되었다. 지요코도 자립을 진지하게 생각하기 시작했다.

여학교 3학년 때 그녀는 어떤 사람에게 권유를 받아 도요(東洋)키네마에 입사했다. 도요키네마 스튜디오는 교토(京都)에 있어서, 지요코는 난생 처음으로 부모 품을 떠나 교토에 있는 어머니의 지인에게 신세를 지게 되었다. 지요코가 만이 아닌 그냥 나이로 열여섯, 쇼와 15년(1940년)의 일이다.

도요키네마에는 그보다 먼저 후에노코지 야스히사가 입사해 있었다. 그는 화족출신이라는 신분과 귀족적인 미모로 인기를 얻고 있었다.

후에노코지 야스히사는 자작인 후에노코지 야스타메(笛小路泰為)의 첩의 소생으로, 야스타메의 본부인인 아쓰코에게 아이가 없다보니 태어나자마자 바로 본가에 들어갔다.

지요코는 야스히사의 상대역으로 들어왔는데, 이 미남미녀 콤비는 금세 도요키네마의 달러박스*가 되었다. 쇼와 15년 이후 두 사람의 콤비영화는 연거푸 제작되었는데 야스히사가 언제까지고 미남스타의 영역에서 벗어나지 못한 데 반하여 지요코는 작품을 거듭할 때마다 연기력이 성장하여 후일 최고의 여배우로 불리는 기초를 닦았다.

하지만 공교롭게도 태평양전쟁에 돌입하기 직전이었다. 언제까지고 달콤한 미남미녀 콤비영화가 용납될 리 없었다.

후에노코지 야스히사와 오토리 지요코가 사랑의 도피를 했다는 뉴스가 세간을 놀라게 한 것은 쇼와 17년(1942년) 9월, 태평양전쟁은 이미 발발해 있었다. 두 사람은 세간에서 격렬한 비난을 받고 영화계에서 추방당했다. 두 사람의 관계가 오래전부터 알려져 있었음에도 사랑의 도피라는 범상치 않은 수단을 쓰지 않으면 안 되었던 이유는 야스히사의 호적상의

---

* 돈벌이의 근원이 되는 사람이나 물건.

어머니인 아쓰코가 이 결혼을 허락하지 않았기 때문이다.

쇼와 18년(1943년) 야스히사가 소집되었다. 그 이듬해에 지요코가 미사를 낳았다. 지요코에게도 미사에게도 행복한 일이었고 사태도 급변했다. 야스히사에게 무슨 일이 생기면 후에노코지 가문의 대가 끊길 터였다. 지요코는 호적에 입적을 허락받았고 미사는 아쓰코가 거두었다.

영화계 복귀를 허락받지 못한 지요코는 이동극단에 들어갔다. 신극* 배우나 가극 출신의 배우들이 있는 극장으로, 여기서 지요코는 두 번째 남편인 아쿠쓰 겐조(阿久津謙三)와 만나게 되었다.

항간에 들리는 말로는 오토리 지요코와 아쿠쓰 겐조가 이 시절 이미 관계가 있었던 것이 아닐까 하는데 지요코는 그 사실을 강하게 부정한다. 지요코의 말대로라면 그녀는 많은 남편을 두었지만 동시에 두 남자를 사귄 적은 없었다고 한다. 이 이동극단 시대, 단장 격인 아쿠쓰 겐조에게 엄격하게 연기지도를 받았던 사실이 전후 영화계에 복귀했을 때 플러스 요인이 되었던 것은 두말할 필요도 없다.

쇼와 20년(1945년) 3월 9일 밤의 공습으로, 마후(麻布)시 효에

---

* 가부키, 신파극 같은 구극과 달리, 외국의 근대극의 영향을 받아 나타난 새로운 연극.

(兵衛) 거리에 있던 후에노코지 가문은 불에 타 사라졌다. 그보다 앞서 남편을 잃은 아쓰코는 오카야마(岡山)의 지인에게 이삿짐을 보냈다. 많은 역경을 딛고 손녀 미사와 함께 오카야마로 이사한 아쓰코는 6월 28일 밤, 경보 없는 대공습으로 타격을 입었다. 그녀는 다시 사쿠슈(作州)의 쓰야마(津山)로 지인을 의지해 이사했다. 두 차례의 전화(戰火)로 아쓰코도 미사도 전쟁이 끝날 무렵에는 맨몸만 남았다. 규슈(九州)의 탄광도시에서 종전을 맞이한 지요코가 아쓰코와 미사를 찾아 쓰야마에 온 것은 10월 하순이 되어서였다. 지요코는 1년 2개월 만에 자기 아이를 만났다.

그해 지요코는 어머니 우타코를 잃었다. 이동극단은 종전과 동시에 해산했으나 패전이라는 힘든 현실이 도리어 그녀에게는 다행이었다. 지요코는 영화계에 복귀를 허가받았다. 그때 그냥 나이로 21세. 그리고 이후의 일은 세간에도 잘 알려져 있다.

쇼와 22년(1947년) 봄, 그녀는 기치조지(吉祥寺)에 집을 사서 쓰야마에 있던 아쓰코와 미사가 살도록 했다. 후에노코지 가문은 완전히 몰락해서 아쓰코는 일찍이 업신여겼던 며느리의 왕성한 생활력에 의존할 수밖에 없었다. 지요코는 이 시어머니와 동거하는 일을 원치 않아서 본인은 여학생 시절의 친구

집에 같이 살았다.

쇼와 23년(1948년) 봄, 야스히사가 남쪽에서 돌아왔다. 지요코는 세이조(成城)에 집을 사서 같이 살았다. 하지만 이 부부의 인연은 1년밖에 지속되지 못했다. 지요코는 성장해 있었던 것이다.

야스히사도 영화계에 복귀했으나 전후의 관객 취향은 전쟁 전과는 완전히 달라져 있었다. 잘생기기만 하고 맥아리가 없는 미모로는 통하지 않았다. 연기력이라도 있었으면 어떻게 됐겠는데 그 점에서 야스히사의 가치는 제로에 가까웠다. 귀환 후 두세 편 영화를 찍은 상태에서 영화계는 야스히사를 버렸다.

쇼와 24년(1949년) 초기에 두 사람은 원만하게 이혼했다. 야스히사에게는 아내가 무거운 짐이었던 것 같다. 집을 나온 그는 기치조지에 있는 어머니에게 돌아갔으나 이곳에도 있기 힘들었던 모양이다. 얼마 지나지 않아 그곳을 나온 야스히사는 여러 가지 일을 전전한 끝에 자동차 브로커 같은 직업을 갖게 된 듯하고 쇼와 34년 봄에는 사기죄로 조사를 받았다.

전쟁이 끝난 후 아쿠쓰 겐조는 새롭게 '구사노미(草の実)' 극단을 조직해 이끌고 있었다. 24년 말에 자유의 몸이 된 지요코는 25년 봄 아쿠쓰에게 제의를 받아 객원 멤버로 출연하였다.

이것을 계기로 두 사람 사이에 급속도로 연애의 불꽃이 피어 올랐다. 그해 가을 아쿠쓰는 조강지처를 버리고 지요코와 결혼했다. 지요코는 그냥 나이로 26세, 아쿠쓰는 48세였다. 아쿠쓰에게 버림받은 부인은 전에 신극배우였던 후지무라 나쓰에(藤村夏江)라는 여자로, 당시 34세였다.

하지만 이 부부의 결혼생활도 그리 오래가지는 못했다. 쇼와 28년(1953년) 봄, 두 사람은 원만하게 이혼했다.

그 이듬해 지요코는 서양화가인 마키 교고와 결혼했다. 두 사람은 어느 주간지에서 의뢰를 받아 마키가 지요코를 모델로 표지 그림을 그린 일을 계기로 친해졌다. 이때 지요코는 29세, 마키는 33세였다.

그 무렵부터 지요코의 연애편력이 화제에 오르기 시작했다. 결혼 당시 이미 사람들은 이번 결혼도 오래 지속되지 않을 거라며 수군거렸다.

쇼와 31년(1956년) 봄, 예상대로 지요코는 세 번째 남편과도 헤어졌다. 이혼 후 그녀는 파리로 놀러갔다. 파리로 날아가기 전 그녀는 당분간 연애하지 않을 생각이라고 선언했지만 입에 침도 마르기 전에 파리에서 공부 중인 젊은 작곡가 쓰무라 신지와의 연애 소식이 바다 저편에서 들려왔다.

그해 가을 지요코가 귀국하는 것을 쫓아오기라도 하듯 쓰무라가 돌아왔고 앗 하는 사이에 결혼하여 언론을 떠들썩하게 만들었다. 그때 지요코는 32세, 쓰무라 신지는 28세였다. 지요코는 처음으로 연하의 남편을 얻었다.

네 번째 결혼도 오래 가지는 않았다. 쇼와 32년(1957년) 가을에는 이미 임시로 별거에 들어간다며 헤어졌고 쇼와 34년 봄에는 완전히 이혼했다. 이 임시 별거 중에 그녀는 아스카 다다히로와 서로 알게 되었다.

이상이 오토리 지요코의 연애편력인데, 이상하게도 그녀에 대한 언론의 비난은 심하지 않았다. 분명 그녀가 항상 솔직하고 거짓이 없었기 때문인지도 모른다. 그녀는 계속 남편을 바꾸었지만 그 행동은 항상 숨김 없이 당당했고, 어두운 그늘이 없는 점이 좋았다.

그런데 첫 번째 남편과의 사이에서 낳은 단 하나의 혈육 미사에 대해 지요코는 어떤 애정을 갖고 있었을까. 전쟁 후 그녀는 미사의 양육비를 계속 보내고 있었지만 그것은 사랑보다는 책임감에 가까운 행위였다. 미사라는 존재 때문에 옛 시어머니에게 지배당하고 있는 것이 아닐까 싶을 정도로.

양친 중 누구와 닮았는지 미사는 아주 예쁜 소녀로 성장했다. 단 지요코가 건강하고 화려한 아름다움을 지닌 데 반해, 미사는 섬세하고 금세 부서질 듯한 공예품 같은 아름다움을 가진 아이였다. 마치 어둠 속에 핀 꽃 같은 병적인 아름다움을 간직한 소녀.

몸이 별로 건강하지 않기 때문일까. 어릴 때부터 소아천식이 있어서 발작이 일어나면 밤중 내내 계속되는 일도 있었다. 그럴 때 작은 몸을 좀먹는 병고는 차마 보기 힘들 정도로 잔혹했다. 신체 발육이 늦어 학교도 1년 늦게 들어갔다. 그나마 학교도 2년 다니고 그만두고 말았다. 그 뒤에는 할머니 아쓰코가 가정에서 교육했다.

그렇게 손이 가는 아이를 어떻게든 여태까지 키워낸 것은 분명 할머니 아쓰코의 노력의 결과였다. 그 점을 지요코는 항상 감사하고 있었다.

쇼와 28년, 미사의 천식발작이 가장 심했을 무렵, 의사의 권유로 지요코는 미사를 위해 가루이자와에 별장을 사주었다. 그것이 좋았던 모양이다. 그 이후 미사는 매년 여름을 할머니와 함께 다카하라의 피서지에서 보냈는데, 최근에는 부쩍 건강해졌다. 어떻게 된 건지 천식에서도 벗어난 것 같았다.

아무튼 전에도 잠깐 언급했듯 쇼와 33년(1958년)이 끝나갈 무렵, 오토리 지요코의 두 번째 남편 아쿠쓰 겐조가 뜻밖의 죽음을 맞이했는데, 다다히로의 회상은 지금 그 언저리를 맴돌고 있었다.

아쿠쓰는 쇼와 28년에 지요코와 헤어진 후에도 원래 부인에게 돌아가지 않고 아파트에서 홀로 지냈다.

한때 해이해졌다고 비난받았던 극단에의 정열이 한껏 불타오른 것도 그 무렵부터였다.

'구사노미' 극단은 잘되고 있었다.

아쿠쓰 외에는 대부분 전쟁 후에 양성한 신인뿐이었지만 그들의 무대도 차츰 볼 만해졌다. 신극단에 따라다니는 경제적인 난관도 텔레비전이나 영화가 해결해주었다.

한때는 부업을 너무 많이 한다고 비난을 받을 정도였다.

쇼와 33년도에 와서 '구사노미' 극단은 네 번의 의욕적인 공연을 가졌다. 네 차례 다 상당한 업적을 올렸다고 자부하던 아쿠쓰 겐조는 그 연말에는 무척 만족했을 터였다.

해가 저물어가던 28일 밤 '구사노미' 극단관계자 일동은 쓰키지(築地)에 있는 어느 요정에서 송년회를 열었다. 송년회는 무척 성황리에 이루어졌고 참석한 사람은 300명이 넘었다. 분명 이날이 아쿠쓰 겐조의 인생에서 가장 빛나는 날이었을 거라고 사람들은 이야기하곤 했다.

이 송년회 도중에 당시 오토리 지요코와 별거 중이던 네 번째 남편 쓰무라 신지가 아쿠쓰 겐조를 방문했던 사실이 나중에 문제가 되었다.

그 일에 대해 쓰무라는 '이따금 그 부근을 지나가곤 했다. 그저 잠깐 인사하려고 들른 것일 뿐'이라 주장했다. 하지만 그 자리에 있던 사람 말에 의하면 아쿠쓰는 연회 자리를 떠나 30분 남짓 다른 방에서 쓰무라 신지와 밀담을 나눴다고 한다. 게다가 그 방에서 나왔을 때 쓰무라의 얼굴은 독이 있는 가시에라도 찔린 것처럼 경직되어 있었고 눈동자도 침착함을 잃은 상태였다고 한다.

게다가 비틀거리는 걸음걸이로 나가는 쓰무라의 뒷모습을 보며 아쿠쓰 겐조가 어두운 얼굴로 이렇게 중얼거리는 소리를 들은 사람도 있었다.

"저 남자도 오래 가지 못하겠군."

이 '오래 가지 못하겠군'이라는 아쿠쓰의 말이 지요코와의 관계를 가리키는 것인지는 확실치 않다. 하지만 새해가 밝고 바로 쓰무라와 지요코의 이혼이 정식으로 발표된 것을 보면 뭔가 그와 관계가 있는 게 아닐까 측근들은 쑥덕거렸다.

아쿠쓰 겐조가 뜻밖의 재난을 만나 목숨을 잃은 것은 그 일이 있고 나서 불과 2시간 후였다.

송년회 후 아쿠쓰 겐조는 젊은 극단원이나 비평가를 몇 사람 데리고 긴자 뒤에 있는 바에서 바로 돌아다니며 마셨다. 쉰을 넘겨도 아쿠쓰는 술에 강했다. 하지만 그날 밤 아쿠쓰의 취한 모습에는 좀 이상한 구석이 있었다.

사람들이 한 떼가 되어 바를 나왔을 때 트럭이 그곳을 지나갔다. 아쿠쓰만이 달려 지나갔으나 다른 사람들은 트럭이 지나가기를 기다렸다.

트럭이 지나갔을 때 사람들은 자동차 한 대가 전속력으로 맞은편 모퉁이를 도는 모습을 보았다. 자동차가 지나간 뒤 도로에 아쿠쓰 겐조가 쓰러져 있었다.

자동차의 방향지시기가 아쿠쓰 겐조의 두개골을 무참히 부수고 간 것을 확인했을 때, 문제의 자동차는 이미 보이지 않았다.

아쿠쓰 겐조는 불행하게도 가미카제 택시의 폭주 희생양이 되었다고 했다. 하지만 아무도 그것이 택시였는지 아닌지 확인해줄 사람은 없다. 어쨌거나 당시 큰 사건이었고 목격자는 다들 만취해 있었다. 대형차였다는 데 목격자의 의견은 일치했지만 차 종류까지는 알아낼 수 없었다. 번호판 색을 구분하는 사람조차 없었다.

가루이자와 서 수사주임 히비노 경부보와 같은 사람은 불법영업행위를 하는 자동차가 아니었나 하는 의혹을 품은 듯했지만 말이다.

그리고 수개월이 지난 작년 여름, 이번에는 오토리 지요코의 첫 번째 남편 후에노코지 야스히사가 가루이자와의 신몬수 영장에서 더없이 기묘한 변사체가 되어 발견되었던 것이다.

탁상전화 벨이 울렸다. 수화기를 집어 들자 다키의 목소리가 들렸다.

"오토리 님의 전화입니다만……."

다다히로는 가슴이 덜컹했다. 시각은 정오가 다 되었다. 이 시각까지 그녀에게 연락을 하지 않은 게 마음에 걸렸던지, 다다히로는 어딘가 켕기는 데가 있는 태도로 대답했다.

"아, 그래. 연결해주게."

"한데 괜찮을까요? 왠지 굉장히 안절부절못하시는 것 같은데요?"

"괜찮으니 연결하게. 태풍 때문에 흥분했겠지."

안절부절못하다니, 그 여자답지 않다고 생각하며 전화를 받았다. 금세 날카로운 여자의 목소리가 수화기 너머에서 쨍쨍거리며 울렸다.

"뭐, 뭐, 뭐라고?"

다다히로도 무심코 놀란 목소리로 소리쳤다. 하지만 금세 자신을 억누르고 마음을 가라앉힌 후 지리멸렬한 여자의 호소에 귀를 기울였다.

"알았어, 지금 바로 가지. 알겠소? 침착하게, 정신 차리란 말이오. 당신답게."

　수화기를 내려놓고 한동안 망연해 있던 다다히로는 이윽고 다키에게 지시해 외선으로 연결한 뒤, 직접 다이얼을 돌렸다.

　"여보세요, 난조(南条) 씨 댁입니까? 저는 아스카…… 아스카 다다히로라고 합니다. 긴다이치 선생님, 긴다이치 선생님은 계십니까? 아, 그래요. 송구스럽습니다만 잠시 전화를……."

제3장
고고학자

긴다이치 코스케는 미나미하라 입구에 있는 무인건널목 옆에 서서 아스카 다다히로가 보낸 자동차를 기다리고 있었다.

태풍은 이제 완전히 가라앉았지만 하늘은 아직 어두웠고 거센 바람에 구름이 화살처럼 빠르게 움직이고 있었다. 바로 눈앞에 우뚝 솟은 하나레 산은 6부 능선 부근까지 산 표면을 드러내고 있었지만 서북쪽에서 보여야 할 아사마 산은 완전히 구름에 가려져 있었다.

무인건널목 바로 옆에 굵은 사각형 모양의 기둥이 서 있었다. 달군 돌을 쌓아 시멘트로 굳힌 기둥으로, 미나미하라 입구를 가리키는 표지였다. 긴다이치 코스케는 그 기둥 옆을 서

성이며 소매에서 꺼낸 피스*에 불을 붙였다.

거센 태풍의 흔적이 남아 있는 바람이 불어 긴다이치 코스케의 더벅머리가 날리고, 흰 바탕에 검은 무늬가 그려진 옷소매나 하카마 자락이 펄럭펄럭 나부낀다. 때때로 후두둑후두둑 굵은 빗줄기가 떨어지나 싶더니 바로 그치기도했다.

긴다이치 코스케가 지금 서성이는 곳에는 국도 제18호선이 동서 방향으로 연결되어 있다. 이 국도를 타고 서쪽으로 가면 두 갈래로 갈라지는 곳을 거쳐 북상해 나오에쓰(直江津)에 도달한다. 동쪽으로 가면 우스이(碓氷) 고개에서 남하하여 다카사키(高崎)에 도착한다.

다카하라에서 재배한 채소를 출하해야 하기 때문에 항상 이 국도는 눈이 핑핑 돌 정도로 교통량이 많지만 어제는 그 도로 일부가 통행이 금지된 탓인지 평소처럼 차가 많지는 않았다. 그래도 버스나 전세승용차, 자가용, 오토바이나 자전거 등이 꽤 많이 지나간다. 다들 태풍으로 늦어진 부분을 만회하려 애쓰고 있는 것이다. 멍하니 거기 서 있던 긴다이치 코스케의 행색을 미심쩍은 눈으로 힐끗힐끗 보고 가는 사람도 있다.

국도를 사이에 두고 바로 맞은편에 누군가의 저택이거나

---

* 담배 이름.

오랜 역사를 담고 있을 법한 커다란 일본가옥들이 묵직하게 늘어서 있고, 마찬가지로 과거를 속삭이듯 전해줄 듯한 멋진 토담이 길게 이어져 있었다. 큰 저택을 뒤덮은 기와는 거의 날아가버렸고 군데군데 벗겨진 지붕들이 참혹하다. 지붕 안쪽에서 붉은 잎을 단 나무가 옆으로 쓰러져 토담 일부를 부숴 놓아, 국도 위까지 무성한 가지가 떨어져 있다.

정신을 차리고 도로 이쪽저쪽을 살펴보니 길에는 지붕 기와의 파편이나 나뭇잎, 가지들이 잔뜩 흩어져 있었다. 국도 주변에 전봇대란 전봇대는 죄다 장기 말처럼 쓰러져 있고 거기서 늘어진 전선이 뱀처럼 땅을 꿈틀거리며 기고 있다.

오늘 아침 이 땅을 덮친 태풍이 얼마나 강렬했는지를 말해주는 광경이었다. 하지만 그것을 지켜보는 긴다이치 코스케의 눈에는 아무런 감정도 드러나지 않는다. 여행자의 마음이니 그럴 것이다.

손목시계를 보니 1시 3분 전.

1시 1분에 가루이자와에 도착하는 '시로야마(白山)'가 슬슬 이 건널목을 통과할 시각인데……. 신 가루이자와 쪽으로 눈을 돌리다가 긴다이치 코스케는 열차 운행이 중단되었다는 사실을 생각해내고 쓰게 웃었다.

그를 데리러올 자동차는 아직 보이지 않는다. 긴다이치 코스케는 다시금 피스 한 개비를 꺼내 불을 붙였다. 아무래도 날씨는 갤 모양인지 주변이 조금 밝아졌다. 하나레 산을 뒤덮은 구름이나 안개가 조금씩 걷히더니 이윽고 기묘한 모양을 한 산 정상이 보이기 시작했다. 이 산은 일명 가부토야마(兜山), 즉 투구산이라고 하고 외국인들은 헬멧 힐이라고 부른다.

긴다이치 코스케는 작년 이맘때도 미나미하라의 난조 가문의 별장에 묵었다.

유명한 국제변호사 난조 세이이치로(南条誠一郎)는 긴다이치 코스케의 고향 선배다. 세이이치로는 바쁜 사람이라 이 별장에 오는 일은 거의 없다. 매년 부인과 학교 교사인 아들 부부가 아이를 데리고 온다. 그 별장에 조촐한 방갈로풍의 별채가 있어서 긴다이치 코스케는 언제고 그곳을 자유롭게 쓸 수 있었다.

작년, 그 방갈로에 머물고 있던 긴다이치 코스케는 갑작스럽게 변덕이 발동해 홀로 하나레 산에 올라갔다. 정상에 다다르자 아사마가 잘 보이면서 경치가 멋졌다. 하지만 금세 안개가 끼었고 당황해서 하산하던 도중에 거동이 수상쩍은 남녀와 마주쳤다.

묘한 긴장감을 느낀 긴다이치 코스케는 남녀의 뒤를 쫓아 정상으로 되돌아갔다. 그의 예감은 적중했다. 긴다이치 코스케는 독을 먹고 하나레 산 동굴 속에 누워 있는 두 남녀를 발견했다. 그의 빠른 신고 덕분에 남자는 생명을 건졌으나 여자는 어쩔 수 없었다. 긴다이치 코스케의 신고를 받고 구조대가 달려왔을 때 여자는 이미 숨이 끊어져 있었다.

그저께가 마침 그 가엾은 여자의 1주기다. 살아난 남자는 그 뒤 어떻게 되었을까? 이름은 분명 다시로 신키치라는 사람이었는데…….

"저기요."

목소리가 가까이 들렸다.

"이거 웬일이야. 긴다이치 선생님…… 긴다이치 선생님 아니십니까?"

"어?"

긴다이치 코스케는 거기 서 있는 두 남자 중 나이 든 사람의 얼굴을 보고 무심코 입가를 누그러뜨렸다.

"앗, 마토바 선생님이시군요."

"'마토바 선생님이시군요'라뇨, 긴다이치 선생. 이런 곳에서 멍하니 뭘 생각하고 계십니까? 시간이 시간이니 어쩔 수 없지만 이런 곳에서 심각한 표정으로 계시면 투신자살이라도 하려는 줄 오해받는다고요."

"설마요."

긴다이치 코스케는 더벅머리를 벅벅 긁었다.

"제가 그렇게 심각한 표정을 하고 있었나요?"

그러더니 수줍어하며 쓸쓸히 웃었다.

"엄청 심각했어요, 아하하. 아, 소개하죠."

마토바는 옆에 서 있던 청년을 돌아보았다.

"무라카미 군. 자네, 긴다이치 선생님을 알지?"

"네, 성함은 알고 있습니다."

청년은 싱긋 웃으면서 정중하게 대답했다.

"이분이 그 긴다이치 코스케 선생님이시라네. 긴다이치 선생님."

"네."

"선생님은 신몬산업의 아스카 다다히로 씨를 아십니까?"

"네……?"

긴다이치 코스케는 눈을 게슴츠레하게 떴다.

"물론 압니다."

"이 사람이 작년 가을까지 아스카 다다히로 씨의 비서로 일하던 무라카미 가즈히코 군. 아스카 씨가 신몬산업의 제1선에서 물러난 후 다시 학교로 돌아와 현재 미학을 전공하고 있습니다. 뭐, 제 제자 같은 사람이죠."

고고학자인 마토바 선생은 등산용 헬멧을 벗고 단정하게

가르마를 탄 이마 언저리를 손수건으로 훔쳤다. 태풍이 떠나자 기온이 상승하기 시작한 것이다.

"당신, 아스카 씨의 비서를 했던 적이 있단 말입니까?"

긴다이치 코스케는 약간 말을 더듬으면서 마토바 옆에 서 있는 청년 쪽으로 눈을 돌렸다.

"네."

가즈히코는 변함없이 싱긋 웃으면서 대답했다.

"비서였다고 해도 고작 반년 했을 뿐입니다. 학교를 졸업하고 아저씨의 비서를 하려고 했는데 가을에 아저씨가 제1선에서 은퇴하셨고 저도 해고당했습니다."

"아저씨라고 하시면……?"

"아, 그렇지, 참."

마토바는 나카카루이자와 쪽 도로를 살피며 말했다.

"긴다이치 선생님은 아스카 다다히로 씨의 아버님인 아스카 모토타다 공작이 쇼와 10년 5월에 암살당했다는 사실은 당연히 아시겠죠?"

"물론 압니다."

"그때 몸 바쳐 모토타다 공작을 구하려다 공작과 함께 반란군에 사살당한 무라카미 다쓰야(村上達哉)라는 하숙생이 있었던 것을 기억하십니까?"

"네, 그러고 보니 그런 인물이 있었던 것 같네요. 이름까지는 기억 못 하지만요."

"이 사람, 모토타다 공작에게는 충직한 식구인 무라카미 다쓰야 씨의 유복자로, 아스카 가문에서 태어나 아스카 가문에서 자란 사람입니다. 그래서 아스카 씨를 '아저씨'라고 부르는 겁니다."

그러고 보니 꽤나 잘 자란 청년으로 시종일관 온화한 미소를 머금은 것이 호감을 준다. 둘 다 풀을 빳빳하게 먹인 순백의 노타이셔츠에 마로 만든 반바지를 입은 가벼운 차림으로, 등에 배낭을 메고 있다. 등산용 헬멧도 나란히 쓰고 손에는 등산용 지팡이를 쥐고 있다.

"두 분께서는 계속 이 미나미하라에 머물고 계셨던 겁니까?"

긴다이치 코스케는 두 사람의 모습에서 눈을 떼어 적송과 낙엽송으로 뒤덮인 미나미하라의 별장지대를 돌아보았다. 두 사람은 방금 거기서 나왔던 것이다.

"아뇨, 저희는 북알프스에서 돌아와서 어제 하룻밤 미나미하라의 지인 집에서 묵었습니다. 긴다이치 선생님은요?"

"저는 2, 3일 전에 난조…… 난조 세이이치로의 별장에 머물러 왔는데요."

"아, 그래요. 아하하, 그럼 저희는 이웃사촌이었던 거네요. 저희가 신세 진 곳은 기타가와 아키히사(北川晴久) 씨의 집이니까요. 그 사람, 저희 학교 선배입니다."

"이야…… 이야……. 그래서 이제부터 어디로?"

"뭐, 이제부터 아스카 씨의 별장으로 몰려가려던 참인데 마침 전세승용차도 택시도 가버려서……."

마토바 히데아키가 아까부터 자꾸만 나카카루이자와 쪽을 보던 것은 버스를 기다리고 있었기 때문이었다.

"아, 그래요?"

긴다이치 코스케는 일부러 가볍게 말했다.

"그럼 같이 가시죠. 실은 저도 지금 여기서 아스카 씨가 보낸 자동차를 기다리던 참입니다."

"아스카 씨가요?"

마토바는 놀란 듯 긴다이치 코스케의 얼굴을 고쳐보았다. 가즈히코 역시 놀란 눈치였다.

"긴다이치 선생님."

가즈히코는 무심코 숨을 몰아쉬었다.

"또 무슨 일이 일어난 건가요?"

"그렇습니다. 무라카미 군, 또 있었습니다. 하지만……."

긴다이치 코스케는 슬며시 가즈히코를 보았다.

"왜 그런 생각을 했죠? 무슨 일이 또 일어난 게 아닐까 하고?"

"그건…… 그건…….."

가즈히코의 얼굴에 초조한 빛이 떠올랐다. 말을 더듬는데 옆에서 마토바 히데아키가 끼어들었다.

"아, 긴다이치 선생님. 그 이유는 간단합니다."

그는 살피듯 긴다이치 코스케의 얼굴을 보았다.

"저희는 어제 오토리 지요코 여사를 만났어요. 아니, 만났다기보다 자동차를 타고 규도 부근을 지나던 그 사람을 본 겁니다. 어제 저녁 5시 무렵이었던가요. 저희가 어제 아스카 댁 방문을 꺼렸던 것은 실은 그 때문입니다. 게다가…….."

그는 주변을 둘러보았다.

"여기저기 전봇대에 쓰무라 신지 씨의 연주회 포스터가 붙어 있었잖습니까. 그런데 아스카 씨 쪽에서 선생을 데리러온다고 하니 무라카미 군조차도 무슨 일이 일어났구나 싶었겠죠. 그렇지 않은가요? 그렇지, 무라카미 군?"

"네, 어쨌든 작년 일도 있었으니까요. 그런데요, 긴다이치 선생님."

가즈히코는 긴다이치의 얼굴을 똑바로 쳐다봤다.

"대체 무슨 일이 있었던 겁니까? 여기서 말씀해주시면 안 되나요?"

"아뇨."

긴다이치 코스케는 짧게 상대의 말을 가로막았다.

"언젠가는 알 일이니 말씀드려도 상관없습니다. 단, 저도 아직 자세한 사정은 모릅니다. 아스카 씨한테서 방금 전화로 들었을 따름이니까요. 그 아스카 씨 본인도 아직 자세한 사정은 모르는 모양입니다. 방금 오토리 여사가 전화로 알려주었다고 하니까요."

"대체, 무슨……?"

"마키 교고 씨…… 오토리 지요코 여사의 세 번째 남편인, 그 마키 교고 씨가 오늘 아침에 시체로 발견되었다고 합니다."

"살해당했단 말입니까?"

가즈히코의 목소리는 갈라져 있었다.

"아니, 자살인지 타살인지는 아직 확실치 않은 것 같아요. 하지만 경찰에서는 일단 타살로 보고 다카하라 호텔에 체류 중인 오토리 여사를 찾아갔던 거죠. 그래서 오토리 여사가 아스카 씨에게 도와달라고 전화를 했고요. 그래서 아스카 씨가 저한테 사건조사를 의뢰했던 겁니다. 실은……."

"네……?"

"요전에 만났을 때 작년 사건에 대해 조사해줄 수 있느냐는 말씀을 하셨거든요."

"알겠습니다."

마토바 히데아키는 명쾌하게 대답했다.

"무라카미 군, 그럼 아까 자네가 전화한 뒤 오토리 여사가 보고를 한 것 같아."

"분명 그랬겠죠. 저랑 통화하실 때만 해도 아저씨는 굉장히 기분이 좋아 보였으니까요."

"아무튼 그렇다면……."

마토바는 곤란한 듯 고개를 갸웃했다.

"전 어쩔까요? 이럴 때 몰려가다니 폐가 될지도 모르겠군요."

"하지만 선생님, 얼굴만이라도 비추도록 하죠. 폐가 된다면 바로 나오고요. 어차피 기차가 운행을 하지 않아 도쿄로 돌아가려고 해도 갈 수도 없잖아요."

"참, 그렇지. 자넨 아스카 씨한테서 부탁받은 게 있지."

"네, 이런 일이 있었다니 더욱 가보지 않으면……. 그 아가씨, 분명 무서워할 테니까요."

"실은요, 긴다이치 선생님. 아하하."

"무슨 일입니까?"

"아, 실은 전 이 사람의 이른바 '아저씨'의 주머니를 노리는 중입니다."

"아스카 씨의 주머니를 노리다뇨……?"

"긴다이치 선생님도 모헨조다로라든가 하라파 같은 명칭은 아시지 않습니까?"

"인더스 고대문명 말이군요."

긴다이치 코스케도 그 정도의 고고학적 지식은 있다.

"그렇습니다, 그렇습니다. 저희는 실은 그곳엘 가보고 싶습니다. 저와 이 무라카미 군 말이에요. 탐험대를 조직해서요. 그러려면 막대한 비용이 들 텐데 아스카 씨가 상당한 관심을 보여주고 계십니다. 그런데 신몬봉공회라는 장학 사업 기구가 있어요. 그 기금 일부를 이쪽으로 돌려주실 수 있을까 하는 뭐, 그런 얘긴데요. 이런 일이 일어나다니……. 아, 제멋대로 얘길 지껄여버려서 죄송합니다만. 아하하."

쾌활하게 웃으면서도 마토바 히데아키는 당혹스런 기색을 감추지 못했다.

고고학자에는 두 부류가 있다. 아니, 엄밀히 말하면 세 부류가 있다고 해야 할지도 모르겠다.

첫 번째 타입은 모험가적인 고고학자로, 스스로 현지에 나가 발굴에 종사하는 사람들이다. 지금부터 1세기 정도 전에 이런 사람들 중에 학자라기보다 채굴업자 같은 인물이 많았다. 1870년대에 트로이를 발굴해 유명해진 하인리히 슐리만 등도 다분히 이런 성향을 갖고 있었다. 슐리만뿐만 아니라 이집트 피라미드에 손을 댄 태고적 발굴자들도 대개 그랬다. 그 후 플린더스 페트리*라든가 레오너드 울리** 등 뛰어난 고고학자들이 나타나 현지에 종사하는 발굴자들에게도 학구적 교양이 강하게 요구된 것은 잘된 일이다. 어느 쪽이건 이런 타입의 고고학자는 체력이 강해야 하는데, 우르를 발굴한 울리 경이나 크레타 섬의 미노타 궁전을 복원한 아서 에벤스 경은 90세를 넘겨서도 건강했다고 한다.

두 번째 타입의 고고학자는 순수하게 학구적인 사람들이지만 이것도 두 부류로 나뉜다. 이집트 아마르나 문서나 수메르 점토판을 모아 거기 쓰인 고대문자를 해독하려고 하는 언어학자와 그것들을 정리하고 체계를 잡아 과거를 현재에 재현하려는 역사문화학자다.

마토바 히데아키는 이 세 타입의 특징을 모두 겸비했다고 자부한다. 그의 전공은 고대 오리엔트이지만 일본에서는 그

---

* William Matthew Flinders Petrie, 영국의 고고학자. 전설적인 이집트 학자이자 고고학의 아버지로 불린다.
** Sir C. Leonard Woolley. 영국의 고고학자. 메소포타미아의 우르를 발굴하였다.

방면의 학자가 거의 없는 데다 그의 언어학적 소양에 견줄 사람은 현재 일본에는 단 한 명도 없다. 이 남자는 분명 어학의 천재일 것이다. 나이 마흔에 못 미치는 그는 이미 수개 국어에 능통하다고 한다. 하기야 수개 국어에 능통하다는 것과 언어학과는 당연히 다르다. 하지만 고대 오리엔트의 상형문자나 설형문자에 능통한 만큼 현재 일본에서는 이 남자와 어깨를 나란히 할 사람은 없다고 봐야 한다. 고대 인더스문명의 그림문자는 아직 세계적으로도 해독되지 않은 것이지만 마토바 히데아키는 최근 해독의 실마리를 쥐고 있다고 발표해 세계 고고학자들 사이에서 일약 센세이션을 불러일으켰던 것을 긴다이치 코스케도 알고 있다. 다소 사기꾼 기질이 있지만 이 남자가 행동력이 있고 혈기왕성한 고고학자인 것은 긴다이치 코스케도 인정하지 않을 수 없었다. 신장은 174~175센티미터에 팽팽하고 균형 잡힌 체구였고, 보기 좋게 볕에 그을린 피부는 아기처럼 윤기가 돈다. 모험가로서도 이상적인 타입이다.

"긴다이치 선생님."

"네?"

"아저씨가 이쪽으로 자동차를 보내겠다고 하셨습니까?"

"아뇨. 제 쪽에서 여기서 기다리겠다고 말씀드렸습니다. 집을 찾는 게 번거로우니까요. 데리러 오는 사람이 미나미하라를 잘 모른다고 해서요."

"그럼 마토바 선생님."

"뭔데?"

"아키야마 씨가 데리러오는 게 틀림없어요. 아키야마 씨가 오면 아키야마 씨께 여쭤보는 게 좋지 않겠어요? 뵙는 게 좋을지 어떨지. 아, 저쪽에 오는 캐딜락이 그거 아닐까요?"

정말 국도 18호선을 타고 신 카루이자와 쪽에서 온 대형 자동차가 그들을 보더니 일단 앞으로 더 가서 유턴을 해 세 사람 앞에 와서 멈췄다. 운전석에서 내린 사람은 아키야마 다쿠조였다. 새빨간 스웨터를 평범한 노타이셔츠로 갈아입은 모습이었다.

"긴다이치 선생님이시죠?"

아키야마는 마토바 히데아키와 가즈히코에게 눈으로 인사하고 긴다이치 코스케 쪽을 향했다.

"네."

"늦어서 죄송합니다. 여기저기 나무가 쓰러져서 길을 막고 있는 바람에 완전히 시간을 허비했습니다. 자, 타십시오. 마토바 선생님도 타십시오."

"어, 저희도 괜찮습니까?"

"주인님이 아까 가즈히코 군에게 거처를 묻는 것을 잊었다고 아쉬워하셨습니다. 같은 미나미하라이니 혹시 알았다면 같이 모셔오는 건데 하고요. 그나저나 긴다이치 선생님과는 서로 아는 사이셨군요?"

　"네, 전에 어떤 사건에서 고고학적 지식이 필요했던 적이 있어서 마토바 선생님의 지도를 받은 적이 있습니다. 그럼 마토바 선생님, 먼저 실례."

　"자, 자, 타십시오."

　긴다이치 코스케의 뒤를 이어 마토바 히데아키와 가즈히코가 차에 오르자 바로 자동차가 달리기 시작했다. 마토바 히데아키는 만족스러워 보였다.

제4장
여자와 고고학

"아키야마 씨, 마키 씨…… 마키 교고 씨가 살해당했다고 요?"

자동차가 달리기 시작하자 서둘러 말을 꺼낸 사람은 가즈히코였다. 얼마나 급했는지 숨소리가 거칠게 느껴졌다.

"아, 아니, 그런데 가즈히코 군, 나도 아직 자세한 사정은 몰라. 긴다이치 선생을 마중하러 가라는 분부를 받았을 뿐이라서."

"장소는 어딥니까?"

가즈히코가 연거푸 질문했다.

"야가사키(矢ヶ崎)의 아틀리에인 것 같아. 긴다이치 선생님."

“네.”

“선생님을 직접 그쪽으로 안내하겠습니다. 주인님도 그쪽으로 가셨으니까요.”

“아스카 씨는 현장에 계십니까?”

마토바 히데아키는 실망한 듯 눈썹을 찌푸렸다.

“네, 하지만 마토바 선생님은 만산장…… 저희 별장 쪽으로 모시라고 하셨습니다. 긴다이치 선생님이 오시면 뒷일은 맡기고 주인님은 아틀리에를 나와 별장으로 돌아가실 모양입니다.”

“아키야마 씨, 오토리 지요코 씨는?”

가즈히코는 그 점이 신경 쓰였다.

“오토리 여사님도 현장에 있는 듯해. 나는 그저 아틀리에 앞에 주인님을 내려드리고 바로 이쪽으로 와서 잘 모르겠지만…….”

“긴다이치 선생님 말씀으로는 자살인지 타살인지 모른다던데 어떻게 죽었나요?”

“가즈히코 군.”

핸들을 쥐고 있던 아키야마는 전방을 주시한 채 대답했다.

“방금 말했다시피 난 그 앞을 지나오기만 했기 때문에 정말 아무것도 몰라. 자살인지 타살인지 알 수 없다는 것도 조금 아까 처음 들었어."

"설마 자살은 아니겠죠? 지금까지의 경위로 보아서."

마토바 히데아키는 아무 생각 없이 중얼거린 뒤 후회한 듯 입을 꾹 다물었다. 아키야마도 그 일에 대해 건드리고 싶지 않은 듯 이야기는 자연스럽게 거기서 끊겼다.

자동차는 하나레 산의 아래쪽 길을 달려 규도로 가고 있다. 주변을 둘러보니 역시 참담했다. 길 양쪽은 온통 적송과 낙엽송림인데 나이가 많은 나무이니만큼 피해가 컸다. 어떤 곳에서는 나이 쉰을 넘을 법한 낙엽송 군락이 거대한 도끼로 베인 것처럼 멋들어지게 쓰러져 있었다. 깡그리 지붕을 날려먹은 방갈로도 있어서 거기 주인인 듯한 두세 사람이 망연한 듯 서서 자동차를 바라보고 있었다.

와세다대학 야구부 그라운드 옆에 독하우스가 죽 늘어선 빈터가 있었다. 그곳 경영자인 듯한 사람이 낑낑거리며 서너 채 쓰러진 독하우스를 바로 세우려고 힘을 쓰고 있었다.

"긴다이치 선생님, 여기죠? 시라카바 캠프라는 곳이?"

가즈히코가 창밖을 가리키며 주의를 환기시켰다.

"시라카바 캠프라뇨?"

"후에노코지 야스히사 씨가 물에 들어가기 전에 머물렀다는 곳 말입니다."

긴다이치 코스케는 놀란 듯 가즈히코의 얼굴을 돌아보더니 당황해서 차 뒤 유리창으로 밖을 살펴보았다. 시라카바 캠프의 독하우스 군락은 이미 10미터 정도 뒤로 물러나 있었다.

"후에노코지 야스히사 씨는 저런 곳에 머물렀단 말인가요?"

"그렇다고 하더군요."

"하지만 이쪽에 후에노코지 가문의 별장이 있다던데……."

"네, 하지만……."

"하지만……이라뇨?"

가즈히코는 잠시 주저한 후 말을 이었다.

"그럼 여기서 말씀드리죠. 언젠가는 들으실 얘기니까요. 후에노코지 가문의 별장은 사쿠라노사와에 있는데요. 그 별장은 오토리 지요코 씨가 딸 미사를 위해 지어준 별장으로, 미사는 매년 그곳으로 할머님과 둘이서 피서를 옵니다. 그런데……."

가즈히코는 잠시 말을 더듬었다.

"어찌된 일인지 야스히사 씨와 할머님과는 도쿄에 있어도 따로 지내는 모양입니다. 그래서……."

가즈히코는 이 이상은 알아도 말할 수 없는 것 같았다. 거기까지 얘기한 것만으로도 후회하고 있었다.

긴다이치 코스케도 그런 부분은 조심스럽게 반응했다.

"후에노코지 씨는 그 독하우스에 오래 머물고 계셨던 겁니까?"

"글쎄요, 저도 자세한 건 모릅니다만."

가즈히코는 신중하게 말을 시작했다.

"후에노코지 씨가 시체로 발견된 것은 분명 작년 8월 16일 아침의 일이었습니다. 그 전전날인 14일 저녁, 후에노코지 씨는 거기에 오셨다고 합니다. 그날 하룻밤을 독하우스에서 묵었죠. 15일 밤에도 거기 묵을 예정이었지만 8시 무렵 어슬렁거리며 그곳을 나갔어요. 위스키 병을 들고요. 굉장히 취해 있었다고 합니다. 그리고 다음 날인 16일 아침 갑작스런 최후를 맞이한 채 발견되었던 거죠. 하지만 이건 다 신문에서 얻은 정보입니다. 죄다 당시 신문에서 얻은 지식이에요."

가즈히코는 미소를 지으며 덧붙이는 것을 잊지 않았다.

후에노코지 야스히사의 시체가 작년 8월 16일 아침 발견되었다는 사실은 긴다이치 코스케의 기억에도 뚜렷하게 남아 있었다.

그날 아침 그는 가루이자와 모처에 있는 수영장에서 남자의 변사체가 발견되었다는 소문을 들었다. 그 이야기에 큰 관심이 없던 긴다이치는 그날 오후 하나레 산에 올라갔다. 그곳에서 동반자살을 시도한 남녀를 발견하고 그 중 한 사람을 구했다. 그리고 그날 밤 가루이자와를 출발해 도쿄로 돌아왔다. 그래서 도쿄에 돌아와 신문을 본 뒤에야 그날 아침에 소문으로 들었던 변사체가 어떤 사건과 관련이 있는지 알게 되었다.

"후에노코지 가문의 별장은 사쿠라노사와에 있다고 하셨죠?"

"네."

"그 별장과 후에노코지 씨의 시체가 발견된 신몬수영장과는 그리 멀지 않죠?"

"네, 하지만 400~500미터 정도는 떨어졌죠."

"저도 이거 신문에서 알게 된 건데, 그날 밤 후에노코지 씨의 모습…… 살아 있는 후에노코지 씨의 모습을 마지막으로 본 것은 후에노코지 씨의 딸 미사 양인 것 같다고 하던데요. 그래서 후에노코지 씨는 자기 별장에 있었구나, 하고 생각했거든요."

"네, 그러니 그날 밤 후에노코지 씨는 만취한 채 독하우스를 나와 사쿠라노사와의 별장을 찾아간 거죠. 그런데 공교롭게도 할머님이 도쿄에 가시고 안 계셨어요. 그래서 내일 또 오겠다며 그곳을 어슬렁거리며 나갔다고 합니다. 미사 양은 위험하니 주무시라고 계속 만류했다는데 뿌리치고 나간 거죠.

미사 양도 뒤쫓아 갔다지만, 그날 밤은 저도 기억하는데 안개가 아주 자욱했어요. 그래서 미사 양도 바로 놓쳐버린 것 같아요. 시체가 떠 있던 신몬수영장이란 곳은 사쿠라노사와의 별장에서 독하우스로 돌아가는 길 바로 가운데 있어요."

긴다이치가 교묘하게 자신을 유도하고 있다는 것을 의식하면서도 가즈히코는 말하고 싶은 유혹을 억누를 수가 없었다. 그래서 말을 하면서도 바로 후회하고 입술을 깨물었다. 하지만 이것이 긴다이치 코스케에게 약간이나마 사건에 대한 예비지식을 주고자 하는 가즈히코의 배려였다는 사실을 긴다이치 코스케는 나중에 알게 되었다. 무라카미 가즈히코는 그런 청년이었다.

"긴다이치 선생님은?"

옆에서 구명보트를 내밀어준 것은 마토바 히데아키였다.

"작년 그 사건과 이번 사건이 역시 관계가 있다고 생각하십니까?"

"아, 전 지금 완전히 백지상탭니다. 실은 아스카 씨께 작년 사건에 대해 조사해달라는 의뢰를 받은 게 그저께 일입니다. 저는 그에 대해 아직 확답을 드리지 않았는데, 아까 전화를 받고 바로 뛰어 나오게 된 거죠. 그러니 이제부터 뭐, 여러 가지를 알아봐야 합니다."

"긴다이치 선생님."

아까부터 뒷자리의 대화를 듣고 있던 아키야마 다쿠조가 운전석에서 불렀다.

"네."

"선생님은 지금 바로 후에노코지 가문의 별장을 보실 수 있습니다."

"무슨 말씀이신지?"

"가즈히코 군, 자네, 미사란 아가씨를 돌봐주러 가기로 했지?"

"아키야마 씨, 저를 사쿠라노사와까지 데려다주실 건가요?"

"아, 마토바 선생님을 우선 우리 별장으로 모시고 나서 사쿠라노사와 쪽으로 돌 거야. 긴다이치 선생님, 야가사키 현장이 가장 마지막이 되겠는데 아무쪼록 양해해주십시오."

"네, 괜찮고말고요."

"마토바 선생님."

"네."

"별장에는 다키 씨라는 나이 든 하녀가 있습니다. 뭐든 그 할머니에게 부탁하세요. 서재에는 선생님 전문인 고고학 서적이 잔뜩 쌓여 있습니다. 부디 자유롭게 보시라고 주인님이 말씀하셨습니다."

"아, 고맙습니다. 아스카 씨의 장서는 저희에게도 동경의 대상이죠. 언젠가 꼭 보고 싶다고 생각하던 참입니다."

마토바 히데아키는 뒷좌석 쿠션에 몸을 기댔는데 기분이 좋아 보였다.

자동차는 롯본쓰지에서 규도 상점가로 들어갔다. 이곳에 오니 오늘 아침의 참사가 새삼 피부에 와 닿았다. 가게마다 간판이 떨어지고 지붕기와가 날아갔으며 2층이 납작하게 무너져 있다. 포장된 길 양쪽에서 하수구가 범람해 침수된 곳도 있고 가는 곳마다 전선이 늘어져 있었다.

규도를 돌자 바로 구 가루이자와였다. 자동차가 큰 별장 앞에 다다랐다. 아니, 큰 별장이라고는 하지만 안이 깊고 나무가 많아서 건물은 거의 보이지도 않았다. 문도 나무로 만든, 낮은 길이의 통행금지 표지를 3개, 세발솥처럼 세워놓았을 뿐이다. 가공하지 않은 나무를 그대로 드러낸 통행금지 표지도 비를 맞아 검게 보인다. 그래도 문에서 안쪽, 아사마 자갈을 간 길 양쪽에 낙엽송들이 두 줄로 늘어서 있는 광경은 멋스러웠다. 바람의 방향 탓인지도 모르지만 이 양쪽에 있는 낙엽송림은 다치지 않았다. 낙엽송림 아래 부드러운 양탄자를 연상케 하는 이끼의 푸른빛도 훌륭했다. 아키야마가 아까부터 경적을 격렬하게 울려대던 탓인지 하녀인 다키가 문 앞까지 마중 나와 있었다.

"다키 씨, 그럼 마토바 선생님을 부탁해요. 마토바 선생님, 그럼 나중에."

자동차는 다시금 달리기 시작했다.

아스카 가문의 별장을 떠나 2분 남짓 좁고 구불구불한 언덕을 내려갔을 때였다.

"긴다이치 선생님."

아키야마가 운전석에서 말을 걸었다.

"왼쪽에 보이는 것이 다카하라 호텔, 오토리 지요코 씨가 가루이자와에 오면 항상 묵는 호텔입니다. 3년 전부터 신몬토지가 경영하게 됐죠. 어쨌든 우리 주인님은 일단 신사답고 벌레도 못 죽일 얼굴이시지만 사업에 관해선 귀신보다 무서운 분이니까요. 이건 가져야겠다 싶으면 엄청난 수완을 발휘해서 낚아채고 맙니다. 경영권 탈취의 명수라니깐요, 그분은……."

"아키야마 씨!"

참을 수 없었던지 뒤에서 가즈히코가 날카로운 목소리로 나무랐다.

"아하하, 걱정 붙들어 매셔, 가즈히코 군. 긴다이치 선생님도 그 정도는 알고도 남으셔. 또 그런 분이니까 너든 나든 그

분께 홀딱 반하지 않았겠어? 긴다이치 선생님."

"네."

"가즈히코 군을 조심하십쇼. 저 사람, 우리 주인님의 맹목적인 숭배잡니다. 가즈히코 군에게 무심코 주인님 험담을 했다간 물어뜯길걸요. 아하하."

"가즈히코 군의 아버님은 쇼와 10년 5월 반란군 사건 때 모토타다 공작을 따라 자결했다면서요?"

"긴다이치 선생님은 누구한테 그런 얘길 들으셨습니까?"

"마토바 선생님께. 아까요."

"아, 그래요. 하지만 내로라하는 마토바 선생님도 몰랐을걸요. 당시 이 아키야마 다쿠조도 가즈히코 군의 아버지와 함께 아스카 가문의 하숙생으로 있었는데 패기 없는 이 아키야마, 반란군 난입에 겁먹고 일찍부터 벽장에 숨어 부들부들 떨고 있었다는 건 말이죠. 와하하."

"거짓말입니다, 긴다이치 선생님."

옆에서 가즈히코가 작은 소리로 설명했다.

"아키야마 씨는 그날 일 때문에 자신을 책망하고 있어요."

사실은 이러했다. 아키야마는 그날 밤 만취해서 하숙생 방에서 자고 있었다. 취기가 깨어 눈을 뜬 것은 새벽녘의 일이었다. 중대사는 이미 끝나 있었다.

이듬해 그는 지바 후나바시(千葉 船橋)의 육군기병학교에 입학했다. 전쟁이 끝났을 때 그는 대위였지만 전쟁이 끝나기 직전 중국 중부에서 총에 맞아 관통상을 입고 일본에 송환되어 제대하였다. 전쟁이 끝난 후 한동안 부상으로 인한 격통을 견디기 힘들어 마약을 즐기다 급기야 마약중독자가 되었다. 다다히로의 호통에 마약에서 벗어나기는 했지만 그 반란의 하룻밤을 계기로 아키야마 다쿠조는 자기혐오에서 벗어나지 못하는 남자로 변했다.

　긴다이치 코스케는 아직 그런 자세한 사정은 알지 못했으나 그래도 흥미를 가지고 이 남자의 두꺼운 목과 불끈 솟은 어깨근육, 곤봉처럼 늠름한 팔을 지켜보고 있었다. 이 남자가 아스카 다다히로의 보디가드라는 것은 만인이 다 아는 사실이다.

　"긴다이치 선생님, 오른쪽에 보이는 것이 신몬수영장입니다."

　긴다이치 코스케는 오른쪽 창으로 밖을 보았다. 그 부근의 나무는 전부 다카하라 근처의 나무보다 훨씬 나이를 먹은 듯 굵고 크고, 게다가 커다란 전나무가 나란히 늘어선 모습이 멋스러웠다. 자동차는 양쪽에서 뻗어 나온 전나무 가지의 터널 속을 지나가고 있었다. 그렇지 않아도 검푸른 기미가 사라지지 않는 어슴푸레한 하늘 아래 달려가는 이 길은 고독하고 한층 암울한 느낌이 들었다. 그 외에도 졸참나무, 상수리나무, 목련나무도 멋들어지게 늘어서 있었다. 이 부근은 태풍이 가는 길을 벗어나 있어서 쓰러진 나무도 적었다. 잡목림 저편에 검푸른 수영장 물이 고여 있었으나 길이 바로 다리를 건너 협곡으로 향하고 있어서 수영장은 시야에서 사라지고 말았다.

다리를 건너자 길이 바로 두 갈래로 갈라져 왼쪽으로 가면 아사마가쿠시(浅間隠)가 나온다고 했다. 운전을 하던 아키야마는 오른쪽 길로 들어서면서 '이곳이 사쿠라노사와'라고 가르쳐주었다. 사쿠라노사와라는 이름으로도 알 수 있듯 방금 건넌 개울과는 별개로 작은 계곡이 흐르고 있었어, 둘 다 물이 넘쳐 도로를 적시고 있었다. 후에노코지 가문의 별장은 계곡을 건너면 거의 맨 앞 오른쪽에 있었다.

이 부근의 별장에는 문다운 문이 없다. 울타리도 없지만 이웃 별장과의 경계선도 없다. 공도(公道)에서 사도(私道)로 들어가는 입구에 이름과 하우스넘버를 쓴 하얀 푯말이 서 있을 따름이다. 후에노코지 가문의 별장은 길보다 낮은 지점에 있어서 도로에서 흘러나온 물과 개울에서 흘러나온 물로 침수되어 있었다. 이 부근도 커다란 나무가 많다. 후에노코지 가문의 별장도 커다란 졸참나무, 상수리나무로 덮여 살짝 물에 떠 있는 모습이다. 별장으로 가는 길 입구에 졸참나무가 쓰러져 있어서 자동차는 거기서부터는 들어갈 수 없었다. 자동차가 멈췄을 때 긴다이치 코스케의 눈에 갑작스럽게 들어온 것은 숲 너머에 서 있던 미사의 모습이었다. 나중에 생각해도 그것은 지독히 인상적이었다. 경적을 듣고 미사는 안에서 달려 나온 게 틀림없다. 자작나무를 가공하지 않은 상태 그대로 엮어 만든 포치 기둥에 기대 선 한 소녀가 이쪽을 우러르듯 바라보는 모습이 보였다.

거기서 자동차까지 10미터는 되고 나무 사이에 가려져 있어서 얼굴은 확실히 보이지 않았다. 하지만 성긴 프린트 스커트에 초록색 스웨터를 입은 몸은 아직 여자가 되지 않은 유연한 섬세함이 있고 어쩐지 불안해 보였다.

긴다이치 코스케는 그 모습을 보고 일순 무인도에 표류한 소녀를 연상했다. 길에서 포치 아래까지 몽땅 침수되어 있었다. 게다가 물은 여전히 힘차게 길 쪽에서 흘러들어오고 있어, 졸참나무, 상수리나무, 전나무가 그 수면에 비스듬하게 비치고 있다.

"야, 미사 양. 이거 큰일인데."

역시 아키야마도 동정하는 것인지 자동차 안에서 큰소리로 말을 건넸다. 미사는 그 말을 듣더니 한순간 도망칠 것 같은 자세를 취했으나 다음 순간 자동차에서 내린 가즈히코의 모습을 보고 생각을 고쳐먹은 듯 그 자리에 머물렀다. 그때 미사의 얼굴에 어떤 표정이 떠올랐는지, 꽤 거리가 있어서 긴다이치 코스케도 읽어내지 못했다.

가즈히코도 조금 당황한 것 같았지만 이내 결심한 듯 구두와 양말을 벗더니 등산용 지팡이를 짚고 첨벙첨벙 물속으로 걸어 들어갔다. 그것을 보더니 미사는 바로 안으로 들어갔다. 걸레라도 가지러 들어간 것일까.

"가즈히코 군, 그럼 부탁해."

"알겠습니다."

가즈히코는 고개를 돌리지 않고 앞만 보며 대답했다. 자동차는 곧 방향을 바꿔 다시 달리기 시작했다. 마침내 야가사키 현장이다. 자동차가 달리기 시작했을 때 긴다이치 코스케가 돌아보니, 배낭을 멘 가즈히코가 포치 계단 밑에 도착한 참이었고 미사가 안에서 걸레와 양동이, 수건을 가지고 나타났다. 그 외에 사람은 없는 것 같다.

"저 아가씨는 올해 몇 살입니까?"

"미사 양 말입니까? 그냥 나이로 열일곱이라고 합니다."

"그 별장에 혼자 있는 겁니까?"

"아뇨, 할머님이 함께 계시죠. 아, 작년 여기서 변사한 후에노코지 씨의 어머님 말입니다. 그런데 그 할머님이 도쿄에 가서 부재중이시라 그 아가씨가 불안해서 우리 주인님께 SOS를 친 겁니다. 우리 주인님은 아주 생각이 깊은 분이시라 저렇게 가즈히코 군을 보내신 거죠. 가즈히코 군이 또 마음씨가 착한 청년이라서요."

"가정부 같은 건 없나요?"

"아마 있을 건데, 젊은 아가씨가……. 그러고 보니 가정부 모습이 안 보였군요."

아키야마는 그 일에 대해서는 별로 신경을 쓰지 않는 것 같았다.

"긴다이치 선생님."

그는 싱글벙글한 얼굴로 말을 걸었다.

"네."

"그 아가씨, 방금 제가 말을 걸었더니 바로 도망치려고 했죠. 왜인지 그 아가씨 절 무서워합니다."

"왜 그러죠?"

"뭐. 제가 우리 주인님과 그 아가씨 모친과의 결혼을 방해하려고 한다고 생각하는 거 아닐까요. 당치도 않은 일이죠."

"당치도 않다뇨?"

"저한테 그럴 힘이 있나요. 우리 주인님은 고잉 마이 웨이

(going my way)시라서요. 그렇지만……."

"그렇지만……?"

"사업에는 강하지만 여자에는 약한 거죠. 아, 아, 이 무슨!"

긴다이치 코스케는 몹시 흥미로운 눈으로 이 남자의 늠름하게 볕에 탄 얼굴을 뒷좌석에서 지켜보고 있었다.

"당신은 어쨌거나 두 사람의 결혼을 반대하는 것 같군요."

"제가요……?"

당치도 않다는 투로 말하더니 한동안 침묵한 후 아키야마는 쿡쿡 웃기 시작했다.

"저기요, 긴다이치 선생님."

"네."

"우리 주인님한테는 여자 외에 또 하나 약한 부분이 있답니다."

"뭐죠, 그건?"

"고고학."

그리고 한동안 뜸을 들이더니 다시 말을 시작했다.

"우리 주인님, 고고학에 빠지시면 여자고 사업이고 안중에 없습니다. 어쨌거나 젊었을 때 본인도 이집트나 메소포타미아에서 발굴을 했던 분이니까요. 그래서 돌아가신 야스코 마님도 고생하셨는데 지금은 오토리 여사가 그 고생을 맛보고 계시죠."

"그렇다는 것은?"

"어쨌거나 가즈히코 군이라는 좋은 후계자가 나타나서 자꾸만 주인님을 꼬드기죠. 그런데 또 그 아이가 그렇게 사람이 좋고 아버지가 한 일도 있고 해서 주인님은 가즈히코 군을 무척 귀여워하십니다. 질투할 게재가 아니지만요. 그래서 우리 주인님은 현재 오토리 여사의 매력에 빠져 있지만 그래도 여자 따위 귀찮다며 죄다 집어치우고 여생을 고고학에 바칠까 크게 고민 중이시기도 한 모양입니다. '누가 승리를 거머쥘지 어서 움직여보라고!' 이렇게 말하고 싶은 참이랄까요. 와하하."

긴다이치 코스케는 나중에 알았지만 아키야마 다쿠조의 이 수다도 전부 쇼와 10년의 충격에서 온 것이었다. 그 이후 뿌리 깊게 자라온 자기혐오가 그가 이렇게 수다스러워진 원인이라는 사실을 긴다이치 코스케는 나중에 알았다.

아키야마의 이런 수다를 듣는 동안에도 자동차는 물살을 헤치며 달려 나갔다. 좁은 도로에 나무가 쓰러져 있어서 때로 후진해 크게 우회해야 하는 지점도 있었다.

사쿠라노사와를 왼쪽으로 하여 남하하면 야가사키다. 사쿠라노사와에서 상당히 떨어져 있었다. 그곳이 야가사키라는 말을 듣고 긴다이치 코스케는 무심코 눈을 크게 뜨고 창밖을 보았다.

야가사키 하천이 범람했던 듯 근처가 온통 침수되어 있었다. 점점이 산재한 별장은 모두 호수에 뜬 섬 같았다.

범인은⋯⋯ 혹시 이 사건이 타살이라고 하면⋯⋯ 이 무슨 기막힌 때를 골랐단 말인가. 이래서는 범인이 뭔가 흔적을 남기려고 해도 남길 틈도 없이 태풍이 다 쓸어 가버리고 말았을 것이다.

제5장

성냥개비 퍼즐

긴다이치 코스케는 그림 감상을 즐기는 편이다. 큰 전람회는 대개 놓치지 않고 보고, 또 기회가 있으면 자주 긴자 뒤편에 산재한 화랑을 보며 걷고는 했다.

그래서 시라토리(白鳥)회에 속한 마키 교고의 그림은 상당히 자주 관람했다. 그가 아는 것은 마키의 그림이 구상화에 속한다는 점 정도였는데, 그 이상은 긴다이치도 이해하기 힘들었다.

긴다이치 코스케가 이 화가에게 흥미를 가진 까닭은 마키 교고가 색을 쓰는 방법에서 르누아르의 영향을 강하게 받은 듯했기 때문이나.

르누아르는 긴다이치 코스케가 좋아하는 화가 중 한 명이 었는데 마키 교고의 장기인 주조색의 락 드 가랑스*나 버밀리 온**의 사용법은 르누아르의 그것과 대단히 흡사하다. 물론 시 대 차이가 있으니 마키 쪽이 다분히 단순화되고 건조한 느낌 이기는 하다. 하지만 빨강에 점점이 찍힌 존 드 나벨***의 눈부 신 황금색 반짝임, 게다가 녹색과 검정의 화려한 조화의 아름 다움은 역시 르누아르의 영향이라고 생각지 않을 수 없었다.

'그래도.'

긴다이치 코스케는 마키 교고의 아틀리에 앞에 섰을 때 무 심코 입꼬리가 위로 올라가는 것을 막을 수 없었다.

'이 아틀리에는 언젠가 미술잡지의 그림에서 본 르누아르의 카뉴의 아틀리에와 똑같잖아…….'

긴다이치 코스케를 태운 자동차가 물보라를 헤치고 야가 사키에 있는 마키 교고의 소박한 산장에 도착했을 때는 이미 오후 2시에 다다른 시각이었다. 안개는 개고 어느새 구름도 사라져서 희뿌연 태양 빛이 어른거리기 시작했다. 그것이 침 수된 주변 풍경을 더욱 황량하게 만들었다.

---

* lac de garance. 검붉은 색.
** vermillion. 약간 노란 빛을 띤 진한 붉은색. 주홍색.
*** jaunt de navel. 오렌지에 가까운 노란색.

이 부근은 구 가루이자와나 사쿠라노사와 부근과 가까워서 큰 나무는 거의 보이지 않았다. 휘청거리는 낙엽송이나 적송이 드물게 살아 있는 정도인데 그들 낙엽송이나 적송은 전부 물에 잠겨 있었다. 이곳저곳에 흩어져 있는 별장도 호수 위에 풀이 우거져 섬처럼 보이듯 하나씩 고립되어 있어서 꽤 불안해 보인다. 길도 하초에 덮인 들판도 가득 범람한 물에 잠겨 전체가 하나의 거대한 호수처럼 보였다.

마키 교고의 소박한 산장은 그런 호수 한구석, 주변보다는 약간 많은 잡목림에 둘러싸여 물속에 홀로 서 있었다.

"야, 긴다이치 선생님. 오시느라 고생하셨습니다."

물에 잠긴 아사마 자갈이 깔린 길을 밟으며 자동차가 들어서자 포치에 아스카 다다히로가 마중 나와 있었다. 골프바지에 화려한 노타이셔츠를 입은 훤칠한 그도 구두와 양말이 흠뻑 물에 젖어 있어 약간 추워 보였다. 그 뒤에 바짝 다가서듯 모습을 드러낸 것은 긴다이치 코스케도 가끔 영화나 신문의 예능 면, 혹은 주간지 표지에서 본 오토리 지요코다. 지요코는 거의 화장을 하지 않은 모습이었다. 심플한 원피스에 벨트를 매고 눈에 띄는 액세서리는 걸치지 않았으나 그래도 큰 키에 또렷한 이목구비는 눈부시게 아름다워 주위를 압도하고 있었다.

긴다이치 코스케가 자동차에서 내리려고 하자 다다히로가 저지했다.

"긴다이치 선생님, 그대로, 그대로 계십시오."

"네?"

"현장은 이곳이 아닙니다. 뒤쪽 아틀리에 안입니다. 아키야마, 자네도 그대로 있어주게."

바닥이 높은 나막신을 신고 산장 나무계단을 내려오는 다다히로 뒤에서 목소리가 들렸다.

"당신, 저는 어쩔까요?"

지요코의 말투는 이미 애인의 그것이다. 다다히로는 계단 중간에 멈춰 서서 돌아보았다.

"당신은 여기 남아 있어. 저런 건 두 번 볼 게 아니지."

"하지만……."

"불안하오?"

"네, 좀……."

지요코는 고개를 갸웃거리며 응석부리듯 다다히로의 어깨 너머로 긴다이치 일행을 살펴보았다. 그것이 다다히로의 당당한 풍채와 자못 조화롭게 보였다.

"당신답지 않아. 경찰분들이 계시지 않은가."

역시 별장 안에 사복형사나 제복차림의 경관들이 움직이는 모습이 보인다.

"그러니까 더 불안해요."

"어이없군. 응석 부릴 상황이 아니오. 당신은 여기서 기다리도록 하시오."

다다히로는 단호하게 말하고 계단을 내려오더니 자동차 발판에 발을 올렸다. 지요코는 당황한 듯 몸을 움츠렸으나 바로 생각을 고쳐먹었는지 허리를 굽히고 자동차 안을 들여다보았다.

"긴다이치 선생님, 잘 부탁드립니다."

"네, 아, 안녕하십니까?"

미녀에게 급습이라도 당한 듯 긴다이치 코스케는 허둥거리면서 고개를 숙였다. 긴다이치 코스케가 고개를 숙이는 사이, 지요코는 똑바로 서서 포치의 난간에 손을 댔다. 화려한 아름다움이 일광을 받아 이 살풍경한 별장을 따뜻하게 만들어주고 있었다.

다다히로가 긴다이치 코스케 옆에 타자, 아키야마 다쿠조가 운전석에서 물었다.

"주인님, 어디로 모실까요?"

"별장을 왼쪽으로 돌아 안으로 들어가주게. 물 밑에 아사마 자갈로 깐 길이 깔려 있으니 알 수 있을 거야."

별장 뒤로는 조금 키가 높은 잡목림이 자리하고 있었다. 그 잡목림이 끝난 자리에 아까 긴다이치 코스케의 미소를 자아낸 아틀리에가 물에 그림자를 드리우며 자리해 있다. 연갈색의 아사마 자갈을 깐 길은 오른쪽으로 커브를 그리며 그 아틀리에까지 이어져 있었는데, 자동차는 거기까지 갈 수 없었다. 길 중간에 제법 커다란 목련나무가 뿌리째 쓰러져 있기 때문이다. 그것이 완전히 바닥에 누워 있지 않았던 이유는 무성한 가지 끝 아래 힐만*이 납작하게 웅크리고 있었기 때문이다. 힐만은 목련나무에 눌려 찌부러진 상태였다.

"긴다이치 선생님, 여기서 내리셔야 할 것 같은데요."

"아, 그래요. 괜찮습니다."

긴다이치 코스케는 하카마 자락을 걷어 올렸다. 다다히로가 구두를 신은 채 물속으로 내려가는 것을 보고 긴다이치 코스케도 거리낌 없이 흰 버선에 짚신 차림으로 첨벙첨벙 물속으로 내려섰다. 물은 깨끗하고 시원했다. 긴다이치가 버선과 짚신을 벗지 않은 까닭은 허세 때문만은 아니다. 아사마 자갈은 알이 크고, 이 부근의 풀 속에는 날카로운 가시가 있는 만초나 가시나무 같은 관목이 있다는 사실을 알고 있었기 때문

---

* 영국 힐만 사 제품의 자동차.

이다. 물은 복사뼈 부근까지밖에 오지 않았지만 여름버선을 뚫고 스며드는 냉기는 상당했다. 어딘가에 용수구가 있는 듯 물은 기세 좋게 아틀리에에서 산장 쪽으로 흐르고 있다. 어딘가에서 매미가 울기 시작했다.

자동차 소리를 듣고 아틀리에 안에서 제복 차림의 젊은 경관이 얼굴을 내밀었다. 제복을 보니 경부보인 모양이다. 이 근방에서는 드물게 얼굴이 흰 청년으로, 도수가 높아 보이는 안경을 쓰고 있다. 언뜻 보기에는 수재 타입이지만 약간 성깔이 있을 법해 보이기도 한다. 그만큼 승부욕이 넘치는 인물이라는 뜻일까. 나이는 서른에서 두세 살 전후쯤? 이 사람이 작년 후에노코지 야스히사의 죽음을 타살이라고 주장하며 뜻을 굽히지 않았던 히비노 경부보라는 사실을, 긴다이치 코스케는 나중에 알게 되었다. 경부보는 다다히로에게 긴다이치에 대해 이미 들었는지 도수가 높은 안경 안쪽에서 물끄러미 긴다이치 코스케를 관찰하고 있다. 툭눈금붕어처럼 튀어나온 눈에 다소 적의와 멸시의 빛이 비치지 않았다고는 말할 수 없다. 작은 키에 궁상맞은 긴다이치 코스케는 빈말로도 풍채가 좋은 남자라고는 할 수 없었으니 말이다.

"아스카 씨, 당신의 요청으로 현장은 아직 그대로 두었습니다만……"

"아, 그래요. 고맙소. 이분은 긴다이치 선생님. 선생님, 이쪽이 이 사건을 담당하는 히비노 씨."

물속이라 소개는 지극히 간단했다. 긴다이치 코스케는 가냘픈 정강이를 수줍게 들이밀면서 더벅머리를 긁적였다.

긴다이치 코스케가 그 아틀리에가 카뉴에 있는 르누아르의 아틀리에와 꼭 닮았다고 감탄한 것은 그 직후의 일이다.

그 아틀리에는 정면 폭이 2칸(약 3.6m), 안쪽까지의 길이는 1칸 반(약 2.7m)에, 높이 9척(약 2.7m) 남짓한 아담한 건물이었다. 외벽에 유리를 많이 사용하지 않았다면 분명 헛간 같은 것으로 오해를 살 만했다. 지붕은 조금 갈라진 기와로 덮여 있었으나 남쪽에서 북쪽으로 경사가 진 외쪽지붕이었다. 그것도 이 건물을 헛간처럼 보이게 하는 요소 중 하나였다.

건물의 네 모퉁이에 받침돌이 놓여 있고 건물 바닥은 지면에서 15센티미터 정도 떠 있었다. 깨끗한 물이 소용돌이를 그리며 그 바닥을 아슬아슬하게 적시고 있다. 유리창도 여기저기 부서져 있어서 분명 안에는 물이 가득할 것이었다.

"긴다이치 선생님, 자, 들어가시죠."

"이대로 괜찮을까요? 짚신이 젖었는데."

"상관없습니다. 안은 처음부터 흠뻑 젖어 있던걸요."

들어가는 문은 건물 북쪽에 있다. 안에는 사복형사 두 명이

자리하고 있었다. 거기 새로 두 사람이 들어가자 좁은 아틀리에 안은 사람으로 가득 찼다.

　3평밖에 되지 않는 좁은 아틀리에 안은 극히 간단하면서도 조잡했다. 주위는 유리를 끼운 면을 남기고 세로널빈지로 싸여 있었는데, 널빈지 자체가 상당히 낡은 데다 오늘 아침의 태풍이 뒤흔들어 여기저기가 삐걱거리는 것 같았다. 역시 바닥은 물투성이였고 구석에는 물웅덩이까지 생겨 있었다. 널빈지에도 곳곳에 커다란 얼룩이 져 있었다.

　마키 교고는 요새 일을 게을리 했던 게 틀림없다. 완성했는데 맘에 안 드는 건지 그리다 만 것인지 캔버스가 여럿 세워져 있었는데 죄다 물감이 굳은 지 오래되어 보였다. 널빈지에도 소품이 두세 점 놋쇠압정으로 달려 있었는데 죄다 물에 흠뻑 젖어 있고 개중에는 물감이 번진 것 같은 수채화도 있다. 바닥에 그림이 2, 3점 흩어져 있는 이유는 바람 때문이리라.

　긴다이치 코스케는 시체 옆에 다가가기 진에 한숨을 쉬었다. 이런 난장판이 모두 오늘 아침의 태풍에 의한 것이라면 범행 후가 틀림없다. 혹시 범인이 이 바닥에 발자국을 뚜렷이 남겼다 하더라도 맹렬한 태풍이 그를 비호하는 데 한몫했을 것이다.

　세로널빈지로 감싸인 이 아틀리에의 서쪽 방향에 등나무탁자가 하나, 그것을 사이에 두고 조악한 등나무의자가 2개 놓여 있다. 마키 교고의 시체는 북쪽에 등을 돌리고 앉은 상태에서 탁자에 엎드려 있었다.

긴다이치 코스케는 그 시체의 머리카락을 본 순간, 무심코 오싹하고 몸이 떨리는 것을 막을 수 없었다.

마키 교고는 왼팔을 사선으로 뻗은 채 왼쪽 팔꿈치를 꺾어 구부려 그 손등에 뺨을 댄 채 엎드려 있었다. 작업용 웃옷의 왼쪽 소매와 오른쪽 머리카락 반이 커튼처럼 늘어졌고, 긴다이치 코스케가 서둘러 탁자 반대편으로 돌아 들여다보니 오른 뺨에서 귀에 걸쳐 생생한 화상 흔적이 짓물러 있었다.

"긴다이치 선생님."

히비노 경부보는 피해자 오른팔 앞에 쓰러져 있는 서양식 촛대를 가리키며 신음하듯 중얼거렸다.

"태풍의 예고였던 어제 그 바람이 촛불을 꺼주지 않았다면 이 방 전체가 탔을지도 모릅니다. 혹시 그랬다면 이 시체도 분명 까맣게 탄 채 발견되었겠죠."

높고 팔팔한 목소리였다. 긴다이치 코스케는 고개를 끄덕였다.

탁자 위에 초는 세워져 있지 않았다.

탁자에 엎드린 시체 오른쪽에 촛농이 고여 있었다. 초는 그

촛농 위에 세워져 있었던 모양이다. 초의 굵기로 보아도 그것은 불안정한 모양으로 세워져 있었던 게 틀림없다.

바람에 쓰러졌다. 아니, 바람이 불어 쓰러진 게 아니라 집 전체가 바람에 크게 흔들렸을 때 간신히 버티고 있던 양초가 쓰러졌을 것이다. 그리고 시체가 입고 있던 웃옷 오른 소매를 태우고 머리카락을 태우고 얼굴 오른쪽 부분을 그을렸을 때 다시 바람이 불어 불을 꺼준 것이 분명하다.

긴다이치 코스케는 몸을 돌려 아틀리에의 남쪽을 보았다. 피해자의 왼쪽 앞에 있던 유리가 대여섯 장 깨져 있었고 그 파편이 긴다이치 코스케의 발밑에 산산조각이 되어 흩어져 있었다. 어제부터 오늘 아침에 걸쳐 바람은 남쪽에서 불어온 것이다. 많은 나무가 북쪽을 향해 쓰러져 있었다. 그리고 지금 깨진 창에서 밝은 햇빛이 비치고 있었다.

'그래도……'

긴다이치 코스케는 아틀리에 천장에 매달린 멋진 램프풍 전등에 눈을 돌리며 생각한다.

'어제의 정전은 8시쯤부터 시작되었어. 정전되고 나서 피해 자는 혼자였거나 아니면 누군가 손님이 있었거나 어쨌든 저 등의자에 앉아 있었지. 정전이 되어서 촛불을 켰는데 촛대가 없는 거야. 그래서 탁자 위에 촛농을 떨어뜨리고 양초를 세웠

지. 그렇지만……'

긴다이치 코스케는 촛농의 위치에 눈을 돌렸다. 그리고 또 조용히 생각에 잠겼다.

'이 피해자는 왼손잡이인 걸까? 보통 사람이 양초를, 아니, 양초뿐만 아니라 광원을 테이블 위에 놓을 때는 왼쪽 앞에 놓는데……. 혹시 피해자인 척한 손님이 이 양초를 세웠다 해도 너무 손님 쪽으로 치우쳐 있는데……'

"긴다이치 선생님."

아까부터 긴다이치 코스케의 눈동자가 움직이는 곳을 좇고 있던 히비노 경부보가 웃음기가 전혀 없는 날카로운 말투로 이야기했다.

"피해자는 왼손잡이가 아닙니다. 이 집에서 일하는 가정부에게도 물어봤고 오토리 지요코 씨에게도 확인했습니다. 피해자는 확실히 오른손잡이였다고 합니다."

"앗, 그, 그렇습니까?"

긴다이치 코스케는 얼굴이 빨개졌다. 얼굴을 붉히면서 당황해서 주위를 둘러보았다. 그러던 찰나 엎드려 있는 피해자의 바로 뒤, 북쪽 판자문에서 튀어나와 있는 작은 장식용 선반에 시선이 갔다. 성냥갑 같은 직사각형 모양의 탁상시계가 있는데, 시간은 8시 34분에 멎어 있었다. 오늘 아침에 멈췄던 것일까, 아니면 전부터 멈춰 있던 것일까.

탁상시계 외에 묘하게 비틀린 형태의 마시코야키* 꽃병이 하나 놓여 있고 패랭이꽃과 오이풀이 꽂혀 있다. 하지만 그 패랭이꽃도 오이풀도 꽤 오래 전에 시든 상태다. 장식용 선반에도 비가 들이쳤으나 마른 곳에는 제법 먼지가 쌓여 있는 것 같다.

긴다이치 코스케는 장식용 선반 위에서 눈을 떼어 시체 쪽을 보려다가 다시금 엇 하는 표정으로 시선을 되돌렸다. 꽃병 뒤에 숨듯이 뭔가 검푸른 것이 감춰져 있다. 긴다이치 코스케는 무심코 그쪽으로 다가가 자세히 살펴보았다.

촛대였다.

청동으로 만든 멋진 촛대가 꽃병 뒤에 가려져 있었다. 촛대는 살짝 먼지를 뒤집어쓴 것 같았다.

긴다이치 코스케는 힐끗 히비노 경부보 쪽으로 눈을 돌렸다. 경부보는 아무 말도 없었고 그 얼굴은 노**의 가면처럼 무표정했다. 아스카 다다히로도 그것을 알아차렸다. 눈썹을 크게 치켜 올리고 탁자 위의 촛농을 보았다.

---

* 도치기(栃木) 현 마시코 마치(益子町)에서 제작되고 있는 도자기.
** 일본의 전통 가면 무극.

긴다이치 코스케는 아까부터 신경 쓰이던 것이 있었다. 엎드린 마키 교고의 팔 아래 흩어져 있는 성냥개비였다. 탁자 위에 있는 것은 피해자의 시체의 상반신과 3센티미터 정도의 촛불이 탄 흔적, 큰 촛농 자국, 그리고 흩어진 성냥개비뿐인 것 같았다. 성냥개비는 20개 정도 있는 것 같았다.

　"시체를 일으켜볼까요?"

　"아, 그 전에……."

　긴다이치 코스케는 손으로 가로막았다.

　"시체는 누가 발견했습니까?"

　"출퇴근하며 이 집 일을 봐주는 가정부인 네모토 미쓰코(根本ミツ子)라는 여자입니다."

　"출퇴근하는 가정부? 그럼 이 산장에는 피해자 외에는 아무도 없었던 겁니까?"

　"네, 그렇습니다. 어쨌거나 마키 씨는 독신이라……."

　그는 힐끗 다다히로 쪽으로 눈을 돌렸다.

　"그 사람과 헤어지고 나서 계속 독신으로 있었으니까요."

　"아, 그래요. 그 가정부는 어디서 옵니까?"

　"시오자와(塩沢)에서요."

　"시오자와라면 여기에서 서쪽으로 꽤 떨어진 곳이군요."

　"네, 그렇습니다. 네모토 미쓰코는 최근 3년 동안 마키 씨가 가루이자와에 올 때마다 집안일을 봐주고 있습니다. 항상 8시에 오게 되어 있습니다만 오늘은 태풍 때문에 늦어서 여기 도착한 게 11시였다고 합니다. 여기라는 게 이 아틀리에는 아니고 저쪽 안채 얘깁니다. 네모토 미쓰코는 부엌 열쇠를 갖고 있어서 거기서 안으로 들어갔다고 합니다. 주인의 모습이 보이지 않기에 이상하게 생각했다고 하는데, 태풍의 피해라도 보러 갔구나 싶어서 별로 신경 쓰지 않고 집의 덧문을 열고 돌아보았다고 합니다."

"산장 안채에는 덧문이 있습니까?"

이 부근 별장에는 덧문이 없는 게 보통이다.

"아, 그렇습니다. 전에는 없었다고 하는데, 언젠가 겨울에 도둑이 들어 엄청 안을 휘저어놓은 뒤에 덧문을 달았다더군요. 아, 오토리 지요코 씨와 함께였던 무렵이라니 쇼와 29년에서 30년 사이겠죠. 그 사람 29년 5월에 결혼하여 31년 봄에 헤어졌다고 하는데 아마 그 덧문을 붙인 것은 30년의 일일 거라고 합니다."

히비노 경부보는 일부러 다다히로 쪽을 보지 않으려 노력하며 단숨에 말했다.

"꽤 엄중하게 잠겨 있습니다. 그 대신 외관은 보기 흉하지만."

"그 덧문에 이상은?"

"없었다고 합니다. 어디에도. 덧문이 없었다면 엄청난 태풍에 그대로 당했겠죠."

"그리고……?"

"네모토 미쓰코는 집 안의 피해 상황을 둘러본 후 이 아틀리에를 보러 왔습니다. 그리고 거기에 자동차가 있는 걸 보고 이상하게 생각했다고 합니다."

"그 자동차는 마키 씨 겁니까?"

"네, 그렇습니다."

"자동차는 항상 어디에……?"

"안채 포치 앞에요. 항상 비를 맞고 있죠. 네모토 미쓰코는 항상 저녁식사 준비를 하고 6시 무렵에 돌아간다고 하는데, 마키 씨는 어제 오후에 외출해서 6시 바로 전에 돌아왔다고 합니다. 그래서 네모토 미쓰코가 퇴근을 했는데, 그때에는 저 힐만이 항상 있던 자리에 있었다고 합니다."

"그럼 마키 씨는 어젯밤 6시 이후에 또 외출을 했다는 말이 되는군요."

"맞아요, 그렇습니다. 그리고 누군가를 데리고 이곳으로 돌아왔죠."

히비노 경부보는 분명 다다히로 쪽을 보지 않으려고 노력

하고 있었다. 다다히로도 그걸 알고 있는지 입술을 지그시 깨문 채 눈도 깜박이지 않고 경부보의 표정 변화를 지켜보았다. 아키야마의 말대로 냉혹하고 비정한, 사업에 관해서는 도깨비보다도 무섭다는 다다히로의 일면이 이때 확실히 엿보였다.

"그럼 네모토 미쓰코 씨가 이 시체를 발견한 전말을 알려주십시오."

"네."

히비노 경부보는 침을 꿀꺽 삼켰다.

"거기에 자동차가 있으니, 마키 씨가 이 아틀리에에 있겠구나 싶었겠죠. 하지만 문에 자물쇠가 걸려 있어서 네모토 미쓰코는 또 이상하게 생각했다고 합니다."

"그 문에는 자물쇠가 걸려 있었던 겁니까?"

"네, 단단히요. 범인이 이곳을 나갔을 때 자물쇠를 걸고 갔던 거죠."

"그래서……?"

"네모토 미쓰코는 두세 번 말을 걸었다고 하는데 대답이 없었어요. 그래서 남쪽으로 돌아서 부서진 유리문 사이로 안을 엿보고 이 시체를 발견했다고 합니다."

"그렇군요. 그래서 의사의 검시는?"

"아까 끝났습니다."

"사인은?"

"청산가리가 아닐까 하던데요……."

긴다이치 코스케는 슬며시 피해자의 입에 코를 대보았다. 하지만 청산가리 냄새는 이미 사라지고 없었다.

청산가리를 먹었다. 혹은 다른 사람이 먹였다고 한다면, 어떤 방법을 쓴 것일까. 아틀리에 안에는 병이나 컵은 전혀 눈에 띄지 않았다.

"범인이 가지고 간 거겠죠."

히비노 경부보는 표정도 바꾸지 않고 말했다. 긴다이치 코스케는 또 얼굴이 빨개졌다. 이 젊은 수재형 경부보는 독심술을 연마한 것일까.

"그래서 사망 추정 시각은?"

"어제 9시부터 9시 반 사이가 아닐까 하더군요. 물론 자세한 것은 검시 결과를 봐야하겠지만요."

어젯밤 정전은 분명 8시 무렵에 시작되었다. 9시에서 9시 반 사이라면 부검의가 필요한 것도 무리는 아니다. 지역에 따라 정전이 된 시각이 다를 수도 있다. 그것은 이 부근 사람들에게 물어보면 알 수 있을 것이다.

"그런데요, 히비노 씨. 마키 씨가 6시 이후에 외출해 밖에서 누군가를 데리고 돌아왔다 쳐도 어째서 안채로 가지 않은 겁니까? 이 아틀리에는……."

긴다이치 코스케는 바로 눈앞에 있는 등의자 이쪽저쪽을 더듬어본 후 그 끝을 경부보 쪽으로 내밀어보였다. 끝이 검게 먼지로 더럽혀져 있다.

도수가 높은 안경 너머로 젊은 경부보의 눈이 처음으로 웃었다. 하지만 별로 의기양양한 기색은 아니었다.

"긴다이치 선생님, 그것은 저희도 이미 알고 있었습니다. 게다가 그 이유도 내충 짐작하고 있습니다."

"무슨 뜻인지요?"

"저희는 일단 피해자의 소지품을 조사했는데, 열쇠꾸러미가 어디에도 눈에 띄지 않았습니다."

"피해자는 열쇠꾸러미를 갖고 있었다는 말씀이시군요?"

"네, 그렇죠. 네모토 미쓰코의 증언에 의하면 말입니다. 피해자는 이른바 독신으로, 도쿄에서는 아파트에 살고 있다고 합니다. 그 아파트의 열쇠와 산장의 열쇠 모두가 은색 고리에 달려 있다고 하고요. 그래서 여러 종류, 혹은 그 이상의 열쇠를 항상 짤랑거리면서 '이것이 내가 가진 전부'라고 언젠가 네모토 미쓰코에게 말했던 적이 있다더군요."

"그 열쇠꾸러미를 피해자는 갖고 있지 않았군요?"

"네."

"하지만 그 열쇠꾸러미를 범인이 가지고 갔다면 피해자가 몸에 지니고 있었기 때문이겠죠. 그렇다면 안채도 열어본 게……."

"아, 그런데 그게 그렇지 않습니다."

"무슨 말씀이신지요?"

"피해자는 행선지에서 열쇠꾸러미를 분실했던 게 아닌가 싶습니다."

긴다이치 코스케는 눈썹을 찌푸렸다.

"그렇다면 이 아틀리에도 열 수 없지 않습니까? 아, 피해자가 누군가를 데리고 여기 돌아왔을 때 마침 아틀리에의 문이 열려 있었더라도 범인이 갈 때 문에 자물쇠를 걸 리는 없을 거고……."

긴다이치 코스케는 갑자기 정신이 든 듯 문 쪽을 돌아보았다.

"당신은 어떻게 여기 들어올 수 있었습니까? 여벌쇠라도……?"

"아뇨, 긴다이치 선생님. 그 열쇠를 사용했습니다."

긴다이치 코스케의 눈이 무심코 커졌다. 다음 순간 긴다이치 코스케는 무턱대고 다섯 손가락으로 더벅머리를 긁어댔다. 이것이 흥분했을 때의 이 남자의 버릇인데 그 안색은 자못 즐거운 듯 당장에라도 웃음이 터질 것 같았다.

이 경부보는 명백히 긴다이치 코스케를 시험하려는 것이다. 탁자 아래 피해자의 오른쪽 신발 끝에 열쇠가 하나 굴러다니고 있다.

"그, 그, 그렇군요. 그, 그렇군요."

긴다이치 코스케는 말을 더듬으면서 한숨을 쉬었다.

"그걸 알아차리지 못했으니 제 눈은 옹이구멍이나 마찬가지군요. 아하하."

경부보의 눈에 뜬 조롱의 빛은 꺼지고 경계의 빛이 짙어졌다.

"실례했습니다."

그는 입술을 깨물었다.

"아스카 씨가 가급적 발견 당시 그대로 둬달라고 하셔서요. 저희는 창문 부서진 틈으로 보고 그 열쇠가 거기 있는 걸 발견했던 겁니다. 낚싯대를 만들어 열쇠를 건져 올렸습니다. 그 문 열쇠구멍에 넣어보니 딱 맞아서 이 아틀리에의 열쇠란 걸 알았죠."

"그렇다면 이 아틀리에의 열쇠만은 열쇠꾸러미에 없었군요."

"그렇죠. 그 이유는 네모토 미쓰코 씨에게 물어봐도 모르더군요……."

"그렇다면 이렇게 되는군요."

긴다이치 코스케는 습관인 듯 더벅머리를 계속 긁으면서 말했다.

"피해자가 외출한 곳에서 열쇠꾸러미를 잃어버렸다……. 아니, 외출한 곳에서 분실했다는 것은 어떻게 알았나요?"

"산장 현관 자물쇠가 잘 잠겨 있었으니까요. 관리인을 불러와서 우리 앞에서 열도록 했습니다. 네모토 미쓰코는 부엌 열쇠밖에 가지고 있지 않았거든요."

이 부근 별장은 휴가 시즌이 끝나고 닫아놓았을 때 침구를 비롯한 온갖 가재도구를 그대로 두고 간다. 관리는 관리인에게 맡겨둔다. 그래서 관리인은 2개 있는 열쇠 중 하나를 맡아서 때때로 둘러보러 오는 것이다. 대충 수십 채당 관리인이 한 명씩 붙어 있다. 관리인은 물론 이 지방 사람이다.

"그렇군요."

긴다이치 코스케는 납득했다.

"그렇다면 열쇠꾸러미를 분실한 것은 어젯밤 6시 이후, 그것도 별장을 나오고 나서라는 사실이 분명해지겠군요."

"그렇죠."

히비노 경부보는 어디까지나 딱딱한 말투였다.

"그런데 어찌된 일인지 마키 씨는 이 아틀리에의 열쇠만 따로 갖고 있었다. 그래서 어젯밤 외출한 장소에서 들어와 안채에는 들어가지 못하고 어쩔 수 없이 이 아틀리에로 들어왔다는 거죠."

"하지만 긴다이치 선생님. 그게 어쩔 수 없는 것이었는지 어쩐지는 아직 모릅니다. 혹은 어떤 이유로 특별히 이 아틀리에에 올 필요가 있었는지도 모르죠. 그저 피해자가 열쇠꾸러미를 가지고 있지 않았던 것만은 확실하고요. 또 이 아틀리에에 어디를 찾아도 열쇠를 찾을 수 없었던 것도 확실합니다."

"자동차 안은 뒤져봤습니까?"

"아, 그건 아직입니다. 그대로 두라고 해서 문을 열 수가 없었으니까요."

히비노 경부보는 미소 지었다.

"하지만 자동차 안에 있어도 마찬가지 아닙니까? 그렇다면 피해자는 안채로 들어갔을 테니까요."

"그렇네요."

이번에는 긴다이치 코스케가 미소 지었다.

"그렇다면 당신 말씀은 이렇군요. 피해자가 여기 온 것은 열쇠꾸러미가 없어서 할 수 없이 그렇게 했든지, 아니면 열쇠꾸러미가 있어도 뭔가 특별한 이유가 있어서 여기 온 건지 아직 잘 모르겠다는 말씀이시군요."

"네, 그렇습니다. 아까 그런 의미의 말씀을 드렸던 것 같은데요."

"아, 그래요. 분명 그런 말씀을 하셨던 것 같군요. 저는 그저 좀 확인하고 싶어서요. 아무튼……."

긴다이치 코스케는 변함없이 더벅머리를 긁었다.

"피해자는 두 가지 이유 중 하나로 이 아틀리에에 누군가를 데려왔어요. 그리고 누군가가…… 즉 X씨가 피해자에게 청산가리를 먹여 죽였죠. X씨는 그 뒤에 아틀리에의 열쇠를 탈취해 문을 잠그고 가버렸죠. 하지만 그 열쇠가 거기 있는 건 어째서입니까?"

"물론 유리창을 깨고 밖에서 던져 넣었겠죠."

"무엇 때문에?"

"자살로 보이게 하기 위해서."

긴다이치 코스케는 어안이 벙벙한 듯 경부보의 얼굴을 고쳐보았다.

"하지만 그렇다면 컵들을 가져간 게 이상하지 않습니까? 자살로 보이게 하려면 현장을 가급적 그럴싸하게 두어야 하지 않나 싶은데요."

"아마 그 컵을 두고 가면 발목이 잡히겠구나 싶은 것을 막판에 알아차렸겠죠."

"청산가리가 들어 있었던 것 같은 용기는 찾았습니까?"

"아뇨, 아직……."

"그것도 자살로 위장하려 했다면 어디 그 근처에 굴러다녀야 하는 거 아닙니까?"

"그, 그건 그렇습니다만……."

마침내 사복형사 한 사람이 이 종잡을 수 없는 문답을 끊고 옆에서 말을 걸었다.

"아, 저기요, 긴다이치 선생님."

"네."

"저희는 지금 겨우 수사에 착수한 참이에요. 그런 상황에서 죄다 파악할 정도라면 범죄수사란 게 참 쉬운 거죠. 아니면 선생께선, 뭔가 파악하신 게 있는 건가요?"

나중에 알게 된 바에 따르면 이 형사는 '곤도(近藤)'라고 가루이자와 서의 베테랑이었다. 감물을 먹였다고 해야 할까, 멋들어지게 햇볕에 탄 그의 얼굴에는 눈만 반짝반짝 빛이 났다. 짧게 깎은 머리는 속살까지 햇볕에 탄 것 같다. 키가 작고 목이 굵고 짧으며 땅딸막한 데다 바쁘게 걸어다는 모습을 보면 극심한 안짱다리이다. 오랜 세월 실전에 단련된 이 형사가 긴다이치 코스케의 선문답에 화를 폭발한 것도 무리가 아니다.

"아뇨, 당치도 않아요. 저도 겨우 고개를 들이민 참이어서요. 아하하."

'아하하'만큼은 여유를 부리는 것이리라.

"그렇다면 쓸데없는 걸 묻지 말고 빨리 확인해야 할 것부터 보시는 게 어떨까요? 구급차가 오면 이 시체는 싣고 가버릴 텐데."

그 말이 끝나기도 전에 멀리서 구급차의 요란한 사이렌 소리가 들려왔다.

"어, 왔네."

"아, 실례했습니다. 그럼 시체를 일으켜주시겠습니까?"

"으차, 이봐, 후루카와(古川) 군."

방금 불린 후루카와는 아직 젊다. 스물대여섯 정도일 것이다. 둥근 얼굴 양 볼에 청춘의 심벌이 선명하다. 아까부터 더없이 기묘한 생물이라도 보는 눈으로 긴다이치 코스케의 행색을 보고 있는 모습이 우스웠다. 곤도 형사와 후루카와 형사가 양쪽에서 부서지기 쉬운 물건이라도 어루만지듯 살며시 마키의 시체를 안아 일으켰다. 그 아래 있는 성냥개비의 배열이 가급적 흐트러지지 않게 하기 위해서다. 그럼에도 역시 성냥개비는 이미 꽤 흐트러졌다.

쇼와 29년(1954년) 마키가 지요코와 결혼했을 때 그의 나이는 33세였다고 한다. 그렇다면 올해 쇼와 35년에는 39세가 되었을 것이다. 전부터 그런 체질이었는지 중년이 되어 살이 찌기 시작한 것인지, 마키는 살이 붙었고 얼굴도 동안이라고 해도 좋을 정도로 어리게 보인다. 결이 곱고 윤기가 흐르는 피부였다. 살아 있을 때에는 유머 감각이 있는 미남이었음이 분명하다.

단, 키는 큰 편이 아니라서 대충 164~165센티미터 정도로 보인다. 아까 만난 오토리 지요코는 여자인데도 162~163센티미터는 될 법하니 하이힐을 신으면 지요코 쪽이 더 컸을 것이다.

마키의 얼굴은 일그러져 있었다. 마키의 생명을 앗아간 것이 청산가리였다면 그것은 순간의 타격이었을 게 분명하다. 크게 부릅뜬 눈과 일그러진 입술은 처참했고, 입술 끝에 살짝 흘러나온 피가 가늘고 거무스름하게 달라붙어 있는 모습도 흉칙했다.

거기에 생생하게 타버린 오른쪽 얼굴이 더욱 무시무시한 인상을 연출했다.

머리카락의 오른쪽 부분이 반쯤 탔으며, 오른쪽 눈썹 바깥쪽 끝도 조금 눌어 있다.

마키는 반소매 칼라셔츠 위에 가운데가 불룩한 조끼를 입고 그 위에 허리 언저리까지 오는 작업용 웃옷을 입고 있다. 마키가 외출했다면 대신 레인코트를 입고 가지 않았을까. 그 웃옷 오른쪽 소매가 조금 눌었다는 사실은 아까도 이야기한 바 있다.

느슨하게 주름이 잡힌 개버딘 바지는 방수용인 것 같다. 구두도 모양이 상당히 망가진 상태였다. 마키가 어제 외출해서 누군가를 방문했다면 별로 복장에 신경 쓰지 않아도 될 상대가 아니었을까. 아니면 이 남자는 차림새를 신경 쓰지 않는 성격이었던 걸까.

웃옷도 바지도 구두도 젖어 있었다. 하지만 그것은 깨진 유리 틈으로 들어온 비에 젖은 정도고, 억수 같은 빗속을 뚫고 온 것 같지는 않았다. 바람은 어제부터 강했지만 비는 아직 내리지 않았으니 당연할 것이다.

긴다이치 코스케는 마키의 얼굴에서 탁자 위로 눈을 돌렸다. 거기 흩어진 성냥개비가 우연히 성냥갑에서 떨어진 게 아니라 어떤 목적으로 거기에 배열된 듯하다는 사실을, 긴다이치 코스케는 그것이 시체 아래 깔려 있을 때부터 알아차리고 있었다.

성냥개비는 21개였다. 적색 꼭지 성냥이 7개, 녹색 꼭지 성냥이 14개. 적색 성냥 가운데 4개는 중간에서 뚝 부러져 있었

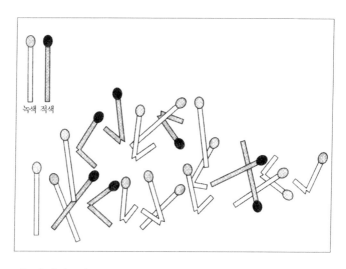

녹색 적색

다. 나머지 3개는 완전한 적색 성냥이다. 또 녹색 성냥이 반으로 부러진 것이 7개 있고 완전한 것이 7개 있다.

즉 거기에는 네 가지 부호가 사용되었던 것이다. 완전한 적색 성냥과 부러진 적색 성냥. 완전한 녹색 성냥과 부러진 녹색 성냥.

범인이, 혹은 피해자 자신이 4개의 부호를 써서 무언가를 설명하려고 했던 것 같은데 그것은 대체 무엇을 말하려던 것일까.

긴다이치 코스케는 다시 마키 교고를 쳐다보았다. 구급요원들에게 몸이 들린 마키의 얼굴에는, 일그러진 입술 가장자리에 시니컬한 미소가 새겨진 것 같기도 하다.

유감스럽게도 피해자가 그 위에 쓰러진 찰나 배열이 흐트러져버렸으니 이제 아무 의미도 없을지 모르지만 긴다이치 코스케는 주머니에서 수첩을 꺼내 그 배열을 옮겨 적었다.

그것은 대충 그림과 같았다.

"이 남자는 성냥퍼즐광이라고 하더군요. 뭐든 성냥으로 설명하는 버릇이 있었다고 합니다."

"성냥퍼즐광이라뇨?"

긴다이치 코스케는 탁자에 흐트러져 있는 성냥 배열을 그대로 수첩에 옮겨 그리고는 히비노 경부보 쪽을 돌아보았다.

"이건 저쪽에 있는 네모토 미쓰코한테 들은 얘긴데, 성냥을 써서 여러 가지 놀이를 하지 않습니까. 성냥을 12개 늘어놓고 2개씩 건너뛰어 2개씩 1조, 총 6조를 만든다든지 성냥을 써서 집 같은 것을 조립한다든지 애들이 종종 하는 짓 아닙니까. 이 남자, 틈만 나면 자주 그런 놀이를 했다고 합니다."

전쟁 후에는 퍼즐이나 퀴즈가 대유행이었다. 이것은 라디오나 텔레비전의 영향도 있었을 것이다. 텔레비전의 어떤 채널을 돌려봐도 퀴즈 프로그램이 하나나 둘쯤 없는 곳은 없다. 어떤 텔레비전의 퀴즈 프로그램에서는 이것을 두뇌훈련이라고 하지만 사실은 두뇌의 휴식이다.

사회가 물질적으로 풍요로워지면 인간은 정신적으로 각박해지고 고독해진다. 사회가 물질적으로 풍요롭다는 것은 그만큼 기계문명이 발달했다는 뜻이 되고 또 그 문명을 지탱하는 인간이 그만큼 지적으로 발달했다는 뜻일 것이다. 기계문명이 발달하면 할수록 인간은 정신적으로 고독해지고 각박해진다. 지적인 인간이 고독이나 각박함에서 도피하는 적당한 수단이 퀴즈이고 퍼즐일 것이다. 그러므로 그것은 두뇌의 휴식이라기보다 오히려 도피일 것이다.

　마키 교고가 성냥퍼즐광이라는 것은 그만큼 그가 정신적으로 고독했다는 뜻이 아닐까. 오토리 지요코와의 결혼생활에 문제가 없을 때에도 그는 성냥퍼즐을 즐겼을까.

　"그렇다면 마키 교고 씨가 성냥퍼즐에 빠져 있을 때 청산가리를 먹었다는 겁니까?"

　"아, 그렇지는 않고……."

　히비노 경부보는 거드름을 피우며 기침을 했다.

　"아, 이것도 네모토 미쓰코에게 들은 얘기인데요. 상대에게 뭔가를 설명하려고 할 경우, 혹은 상대에게 뭔가를 이해시키려고 할 경우, 자주 소도구를 사용하는 사람이 있지 않습니까. 성냥갑을 쓴다든지 거기에 어떤 것을 적용하여 늘어놓는다든지……."

"저도 이따금 그렇게 합니다. 아, 실례. 그래서요……?"

젊은 경부보는 잠시 당황한 듯했으나 이내 자세를 고쳐 잡았다.

"그런데 이 피해자의 경우, 그럴 때는 항상 성냥개비를 사용했었다고 합니다."

"그렇군요. 그렇다면 어제의 경우는 어느 쪽이었을까요? 단순히 성냥퍼즐을 즐긴 걸까요, 아니면 누군가에게 무언가를 설명하려고 했던 걸까요?"

"그야 물론 후자겠죠."

히비노 경부보는 무뚝뚝하게 대답했다.

"어제는 혼자가 아니라 범인이란 상대가 있었으니까요."

긴다이치 코스케는 잠시 생각한 후 싱긋 웃었다.

"하지만 히비노 씨, 그것은 당신이 피해자는 범인과 함께 여기 돌아왔을 거라고 단정 짓고 계시니 그렇게 생각하신 거 아닐까요. 만약 피해자가 어제 외출을 했다고 쳐도 혼자 이곳에 돌아왔을지도 모르죠. 그리고 유유히 성냥퍼즐을 즐겼을지도 몰라요. 거기에 범인이 와서……라는 식으로 생각할 수도 있지 않습니까?"

이 젊은 경부보는 분명 허를 찔렸다. 그는 처음부터 피해자는 범인과 함께 이곳으로 돌아왔을 거라 단정한 것 같다. 이

새로운 가능성에 부딪치자 당혹한 듯 도수가 높은 안경 너머로 금붕어 같은 눈을 격렬하게 번뜩였다.

"에헴."

옆에서 바보 같은 소리 좀 작작하라는 듯 코를 흥흥 울린 사람은 안짱다리의 곤도 형사다.

"그럼 뭔가요? 이 남자, 정전 중에 촛불을 켜고 유유히 성냥놀이를 했다는 겁니까? 긴다이치 선생님, 당신이 어떤 명탐정인지 맹탐정*인진 모르겠지만 그딴 바보 같은 소릴 해서 일을 복잡하게 만들지 말아주시죠."

세력가인 아스카 다다히로는 미리 현의 경찰본부와 교섭해 긴다이치 코스케가 이번 사건에 개입하도록 허가를 받아냈다. 그러나 긴다이치 코스케, 이 남자 어디에 쓸 만한 구석이 있을까 싶을 정도로 작고 궁상맞은 인물이라 이 노련한 베테랑 형사가 흥 하고 콧방귀를 뀐 것도 무리는 아니다.

"아하하."

긴다이치 코스케는 명랑하게 웃었다.

"아, 실은요. 곤도 씨, 제가 고개를 들이밀면 희한하게 그 사건, 미궁 속으로 빠지게 되더라고요. 그래서 맹탐정이라 찬양

---

* 원문에는 '迷探偵(미탐정)'이라고 쓰여 있음. 명탐정(名探偵)과 발음은 같으나 뜻이 반대임.

받는 긴다이치 코스케란 저를 말하는 겁니다. 아, 그건 농담인데요, 곤도 씨. 당신 말씀이 지당합니다. 제가 말하는 것은, 만에 하나도 없을 법한 거지만, 저는 그저 피해자가 범인과 함께 여기 돌아왔는지 아니면 따로 왔는지 그건 아직 확실치 않다는 점을 귀띔하고 싶었던 겁니다. 게다가…….'

"게다가……? 뭐죠? 무슨 일인데요?"

마치 학생을 향해 강의하는 듯한 긴다이치 코스케의 모습이 다시금 이 노련한 실전파 형사의 마음에 들지 않는가 보다. 그래서 그만 말투도 뾰족하게 날이 서버렸다.

"혹시 이 성냥의 배열이 뭔가를 의미한다 치고, 그것도 그 의미란 것이 범인과 관계가 있다면 범인은 왜 이 성냥을 그대로 두고 갔을까 하는 거죠. 다소 성냥의 배열이 흐트러졌더라도 이걸 그대로 두고 갔다는 건 범인에게 상당히 위험한 일이 아니었을까요."

듣고 보니 지당한 소리라고 이 의견에는 베테랑인 곤도 형사도 대꾸가 없었다. 그저 못마땅한 듯 눈동자만 번뜩인다.

"그렇군요. 그야 그렇지만 그에 대해 긴다이치 선생님은 어떤 의견이라도 있으십니까? 있으면 한마디 해주시죠."

"그렇게는 안 되죠. 저는 자기 공을 남에게 뺏기는 건 질색인 성격이라서요. 에헤헤."

싫은 놈이다. 긴다이치 코스케란 남자는.

"이렇게 말하고 싶지만, 저도 아직 전혀 영문을 모르겠어요. 그저 잠깐 이렇게 봐도 여러 가지 의문부호를 붙여놓자고 생각하면 붙여놓지 않을 수 없다는 것을 말씀드리고 싶었던 거라서요."

긴다이치 코스케는 꾸벅 더벅머리를 숙이더니 새삼 주위를 둘러보았다.

"그런데 성냥갑은 눈에 띄지 않는군요?"

"그런 거라면 한참 전에 알아챘어요. 영문 모를 범인이 가지고 간 거겠죠."

곤도 형사는 변함없이 적잖이 분해 죽겠는 모양이다. 이 바보인지 영재인지 모를 명(맹)탐정을 상대하는 것은 이미 넌더리가 난다는 듯 바쁘게 아틀리에 안을 걸어 다니고 있다. 바쁘게 걸으면 걸을수록 안짱다리가 눈에 띄는 것이 딱하다.

히비노 경부보는 완전히 자신감을 상실한 듯 입속으로 웅얼거렸다. 그러면서 아까부터 다다히로의 거동에 주목하고 있다.

다다히로도 집어삼킬 듯 탁자 위에 흐트러진 21개의 성냥개비를 바라보고 있었다. 그 얼굴에는 명백히 어떤 종류의 의혹과 불안이 나부끼고 있다.

다다히로는 당황해서 주위를 둘러보았다. 피해자의 뒤에 있는 선반에 눈을 돌리고 몸을 기울여 탁자 아래를 들여다본다. 탁자 아래에는 그물선반이 있었고 그물선반 위에는 살짝 색이 바랜 옛 신문과 미술잡지가 두어 권 대충 꽂혀 있었다.

"아스카 씨, 뭔가 찾았습니까?"

히비노 경부보의 질문을 다다히로가 냉담하게 묵살했다. 그의 시선은 여전히 탁자에 흐트러진 성냥개비를 향해 있었고, 손은 무의식중에 와이셔츠 주머니를 더듬고 있었다.

다다히로는 주머니 속에서 작은 메모지와 볼펜을 꺼냈다. 볼펜은 청색과 적색 두 가지였다. 골프 스코어를 적기 위해 다다히로는 주머니에 항상 이 두 가지를 꽂아 놓는다. 다다히로는 일일이 탁자를 들여다보면서 청색과 적색을 써서 자세히 성냥개비의 배열을 그려넣기 시작했다.

"아스카 씨, 당신 이 성냥개비의 배열에 뭔가 짚이는 데가 있는 겁니까?"

하지만 이번에도 또 경부보의 질문은 묵살당했다. 경부보의 이마에 핏줄이 섰다.

"아스카 씨, 이 성냥개비의 배열에 짚이는 데가 있다면 말씀해주시죠. 뭔가 숨기는 것은 사건해결에 도움이 안 됩니다. 당신, 이 성냥개비의 배열에 뭔가……."

하지만 아스카 다다히로는 변함없이 경부보의 말에 귀를 기울이지 않았다. 자세히 성냥개비의 배열을 옮겨 적더니 메모지와 2색 볼펜을 주머니에 집어넣고 말없이 아틀리에 가장자리로 물러났다. 구급요원이 세 사람, 우르르 아틀리에로 들어왔기 때문이다.

"시체를……."

"아아, 됐으니 가져가."

굴욕감에 말도 못 할 정도로 화가 난 히비노 경부보 대신 베테랑 곤도 형사가 대답했다.

히비노 경부보의 얼굴은 딱하게도 귓불까지 빨갛게 물들어 있었다. 젊은 후루카와 형사가 진저리난다는 기색을 노골적으로 비치면서 뚫어지게 쳐다보았지만 다다히로는 태연하게 무시했다.

구급요원들이 마키의 시체를 등의자에서 일으켜 세웠을 때였다.

"앗, 잠깐……."

긴다이치 코스케가 달려갔다.

마키의 엷은 카키색 웃옷의 정확히 엉덩이에 해당하는 자리에 온통 갈색 얼룩이 묻어 있었다. 긴다이치 코스케가 들여다보니 나방의 분비물 같았다. 나방의 체액 같은 것도 붙어 있다.

"히비노 씨, 이거."

히비노 경부보도 그것을 들여다보았다. 동작이 어색한 것은 분노 때문에 몸이 풀리지 않았기 때문이다.

"나방……이군요."

목소리가 갈라진 것도 분노 탓으로, 이 또한 성대가 변조를 일으킨 것이리라.

"나방 시체 위에 앉은 거 아닐까요? 이 분비물이나 체액이 들러붙은 걸 보면……."

히비노 경부보는 반사적으로 등의자 위에 눈을 돌렸다. 하지만 거기에는 나방 시체가 보이지 않았다. 아니, 등의자 위뿐만 아니라 이 아틀리에 안 어디에도 나방 시체는 없는 것 같았다.

"좋아, 이 웃옷은 여기서 벗기게. 그리고 그 분비물을 떨어뜨리지 않도록 조심해서 감식반 쪽으로 돌려."

이렇게 하여 마키 교고의 시체는 부검을 위해 구급차로 옮겨졌다.

제6장
나방의 문장

  "괜찮습니까? 괜찮은 겁니까? 벌써 남자가 둘이나 죽었단 말입니다. 변사를 당해서요. 아, 둘이 아니죠. 셋이에요. 도쿄에서 변사한 아쿠쓰 겐조 씨를 포함하면 이걸로 세 명째입니다. 그런데 당신들은 뭘 숨기고 계시죠? 적어도 솔직하진 않잖습니까. 이래선 끝까지 사건은 해결되지 않을 거란 말입니다."
  아까의 아스카 다다히로의 태도가 히비노 경부보를 강하게 자극한 것 같다. 평소에는 이렇게 강압적인 남자는 아니었는데 지금은 완전히 냉정함을 잃고 있다. 결과적으로 말투도 격렬했다. 게다가 본인이 한 말에 본인이 자극받아 한층 더 격앙되어갔다. 히비노 경부보는 아직 젊고 이런 대사건은 처음이기도 했다.

거기에는 이 경부보의 마음속에 강하게 자리 잡은 어떤 종류의 열등감도 한몫했을지 모른다.

그는 태생도 빈곤했고 힘들게 자랐다. 아르바이트를 하면서 지방의 국립대학을 나와 경찰에 지원했다. 국가공무원 3급 시험에 합격하여 젊은 나이로 경부보가 되었다. 조만간 그는 현장에서 자수성가한 많은 선배를 본받아 경부가 되고 경사로 승진할 것이다. 경찰관으로서의 그의 앞길은 유망했고 그런 의미로 그는 엘리트 의식의 결정체라고 할 수 있을 것이다.

하지만 유감스럽게도 젊음에서 오는 경험부족은 어쩔 수가 없었다. 수사계장으로서 많은 형사를 지휘할 위치에 있으면서도 노련한 형사들로부터 비판적인 시선을 받고 있다는 의식이 이런 중대사건을 수사할 경우 항상 그의 마음을 날카롭게 찔렀다.

그것이 일종의 열등감이 되었고 상대가 유명인일 경우 그의 마음은 더욱 초조해졌다.

"어머, 그 사람들의 죽음이 다들 저한테 책임이 있다는 것처럼 들리는데요?"

히비노 경부보가 격앙하면 할수록 오토리 지요코는 침착해졌다.

가루이자와 스타일로 조각한 의자에 앉아 양쪽 팔걸이에 팔을 내리고 몸을 꼿꼿이 세운 채 히비노 경부보와 마주한 오토리 지요코를 보며, 긴다이치 코스케는 역시 아름답다고 생각하지 않을 수 없었다. 이목구비도 이목구비이지만 그녀의 내면에도 아름다움이 존재했다. 내면에서 발산하는 무언가가 희미한 향기를 동반하고 아리따움을 뿜어내는 것이었다. 그리고 그 아름다움이 히비노 경부보를 더욱 자극하여, 거품을 물고 격앙하도록 만들고 있었다.

아스카 다다히로는 이쪽을 등지고 홀 뒤쪽 창으로 밖을 보고 있었다. 거기에서는 뒤쪽 아틀리에가 보이고 비스듬히 쓰러진 백목련나무가 보인다. 아까 구급차와 함께 달려온 담당 형사들이 도르래를 써서 백목련나무를 일으키고 있다. 백목련나무를 일으키고 아래에서 힐만을 끌어내려는 계획이다. 백목련나무는 대충 일으켜 세워졌으니 이제 힐만을 끌어낼 수 있을 것 같다.

긴다이치 코스케는 홀 한구석에 있는 오래된 등의자에 앉아 졸린 눈으로 히비노 경부보와 오토리 지요코의 대결을 지켜보고 있었다. 이곳은 마키 교고의 거실 겸 서재 겸 응접실인 것 같았다. 넓이는 다다미 12장 정도이고 뒤쪽 아틀리에와 마찬가지로 지극히 간단한 구조의 목조 건축물이었다. 지금 다다히로가 선 창 쪽에 그 창을 제외하고 벽 하나 가득 책장이 꾸며져 있었지만 책은 그리 많지 않았다. 일종의 장식용으로 사용되었던 듯 항아리나 접시 등의 도기가 세련되게 배열되어 있었다. 책은 20권 정도 있었는데 가장 아래 칸은 난폭하게 흐트러져 있었다.

"아, 아니, 그런 의미는 아닙니다. 그런 의미로 말한 건 아니지만 좀 더 까놓고 솔직하게 털어놓으셔도 좋지 않을까 하는데요……."

유감이지만 히비노 경부보는 오토리 지요코의 얼굴을 똑바로 볼 수가 없다. 그리고 그 사실이 그를 더욱 초조하게 만들었다. 종종걸음으로 지요코의 눈앞을 왔다 갔다 하는 이 젊은 경부보는 딱할 만치 금붕어와 닮았다.

"전 죄다 솔직하게, 까놓고 대답해드리고 있는데요……. 그럼 한 번 더 대답해드리죠."

그녀는 힐끗 긴다이치 코스케 쪽을 보았다.

"전 오랫동안 마키 씨를 못 만났어요. 작년 그 사건이 있었을 때도 전 그 사람을 만나지 않았습니다. 왜냐하면 저흰 31년 봄에 헤어지고 완전 남남이 되었으니까요."

그것은 분명 긴다이치 코스케더러 들으라고 하는 말이었다. 하지만 이 성실하고 정직한 경부보는 얼굴도 붉히지 않고 헤어진 남자 이야기를 입 밖에 내는 이 여자를 도무지 이해할 수가 없었다. 이 도덕적이고 건강한 경부보에게는, 네 명이나 남편을 갈아치우고도 태연한 이 여자는 요부로 보일 것이다. 그러므로 필자는 이 경부보에게 추천하고픈 것이 있다. 조금만 최근 주간지, 특히 연예주간지를 읽어보라고.

"히비노 씨는 제가 그 시기에 이곳에 와 있었던 게 마음에 들지 않으시는 모양이지만 그것도 아까 말씀드렸다시피 일이 하나 끝나서 쉬고 싶었어요. 쉬기에는 가루이자와가 딱 좋은 장소라고 생각하지 않으세요? 다다히로 님도 계시고요."

이 또한 긴다이치 코스케더러 들으라는 말이었다. 이때 '아스카 님'이라고 하지 않고 '다다히로 님'이라고 발음한 것이 긴다이치 코스케의 주의를 끌었다. 긴다이치 코스케는 아스카 다다히로 쪽을 힐끗 보았지만 다다히로는 잠자코 책장 앞에 서 있다. 책장에서 책을 꺼내 아무렇지도 않게 페이지를 넘기고 있었다.

"그렇다면 왜 당신은 사쿠라노사와에 있는 별장에 계시지 않았는지요? 사쿠라노사와에는 따님도 계시고 거기다 어제는 따님 혼자가 아니었습니까?"

"히비노 씨는 도저히 우리 모녀관계를 이해 못 하시는 것 같은데요. 미사와 저는 완전히 따로 생활하고 있어요. 미사는 완전히 후에노코지 어머님께 맡겨서……, 그야 저도 멀리서 따뜻하게 지켜보고 있고 또 큰일에 대해선 어머님이 의논을 하시지만 일상의 소소한 일은 완전히 어머님께 맡겼습니다. 일단 저처럼 자주 남편을 바꾸는 엄마가 옆에 있으면 오히려 그 애에게 안 좋을 거라는 생각은 안 하세요?"

지요코는 거기서 힐끗 다다히로 쪽을 보더니 아주 살짝 얼굴을 붉혔으나 히비노 경부보는 불안하게 그 자리를 돌아다니고 있어서 알아차리지 못했다. 다다히로는 태연히 또 다른 책을 집어 들었다.

"게다가 히비노 씨는 어제 미사가 혼자였다고 하셨지만 저는 그걸 몰랐잖아요. 도쿄를 떠났을 때 후에노코지 쪽에 연락을 하지 않았으니까요."

그런 방식이 히비노 경부보로서는 이해가 가지 않았다. 그의 상식으로는 엄마와 딸은 좀 더 가까운 사이여야 했다.

"그래서 당신, 어제 호텔을 한 발짝도 나가지 않았다고 하셨죠?"

"네, 그럼 다시 한 번 어제 일을 말씀드릴게요."

오토리 지요코가 의자 팔걸이에 양팔을 둔 채 가볍게 가슴을 내민 것은 역시 긴다이치 코스케더러 들으라는 뜻일 게다.

"어제 호텔에서 다다히로 님께 전화한 건 5시 10분 무렵이었어요. 6시에는 다다히로 님이 호텔에 와주셨죠. 그리고 바로 함께 식당에 가서 식사를 했어요. 식사하는 데 1시간 정도 걸렸던가요. 그리고 로비로 나와 이야기를 하고 있으려니 정전이 되지 않겠어요? 그래서 다다히로 님은 돌아가셨죠. 단지 그것뿐이에요."

"아스카 씨가 돌아가신 뒤 무엇을 하셨습니까?"

"잤어요. 일이 없었으니까요."

지요코는 아름답게 미소 지었다.

"하긴 그 전에 보이가 초를 가져와서 침대에서 한참 동안 책을 읽었는데요, 눈이 아파질 것 같아서 초를 끄고 자기로 했어요. 바람이 점점 거세졌고 게다가 어딘가에서 봉오도리를 하는지 레코드 소리가 시끄러워서 좀처럼 잠을 이룰 수 없었지만요."

"그동안 따님께 전화라도 해보려는 생각은 안 하셨습니까?"

"안 했어요."

지요코는 요염하게 미소를 지었다.

"솔직히 말씀드리면 그 아이 일은 완전히 잊고 있었어요. 그야 여기 있는 동안에 한 번은 만나려고 생각하고 있었지만요……."

히비노 경부보는 힐끗 지요코를 곁눈질해 보았다. 하지만 지요코의 태연한 안색을 보더니 다시금 곤혹스러운 듯 홀 안을 왔다 갔다 했다.

"그럼 여기서 작년 일을 다시 처음부터 말씀해주셨으면 하는데요……."

"네, 그러죠."

지요코는 의자 팔걸이에 양손을 짚은 채 눈썹 하나 까닥하지 않았다.

긴다이치 코스케는 조금 긴장했다.

"기억하시죠, 작년 일을?"

"기억하고 있죠. 그런 일이 없었다면 잊어버렸을지도 모르지만요."

히비노 경부보는 다시금 지요코의 얼굴을 힐끔 쳐다봤다.

"작년 당신이 여기 다카하라 호텔에 온 건 8월 13일 저녁의 일이었죠?"

"네, 그렇습니다."

"그다음 날인 14일 저녁, 후에노코지 야스히사 씨가 여기 오셨는데요, 저희 생각으론 그 뒤에 후에노코지 씨는 그때 당신을 쫓아오지 않았나 싶습니다."

"그야 그때도 말씀드렸는데 그 사람이 저를 쫓아왔다 해도 뭣 때문인지 저는 몰라요, 지금도."

"보석금은 당신이 내주셨죠?"

"네. 후에노코지 어머님이 부탁하셔서요."

"감사 인사를 하고 싶었던 거 아닐까요?"

"그럴지도 모릅니다. 하지만 그건 쓸데없는 배려네요. 전 미사를 위해 그런 거니까요."

지요코의 말은 냉혹하게 울렸다.

"어쨌거나 당신은 결국 만나주시지 않았군요."

"네."

"하지만 전화로 만나고 싶다고 했죠?"

"네, 두 번. 더 자주 전화를 걸어오긴 했는데요. 제가 외출을 해서요. 이야기를 나눈 건 두 번뿐이었습니다."

"14일 밤과 15일, 즉 후에노코지 씨가 죽은 날 밤 8시 무렵이었죠."

"네, 그날 밤 호텔에서 파티가 있어서 다다히로 님도 오셨었죠. 그날 밤 8시 조금 지나 전화를 걸어왔어요. 그래요, 참. 다다히로 님."

"아……?"

다다히로는 책장 앞에서 책을 든 채 고개를 돌렸다. 책에 열중했던 듯 좀 허를 찔린 기색이었다.

"이건 긴다이치 선생님께도 들려드리는 게 좋지 않을까요?"

"아, 그래. 당신이 그러고 싶다면 그렇게 하시오."

스스로도 좀 무뚝뚝하다 싶었는지, 다다히로는 따뜻한 말투로 덧붙였다.

"그 때문에 긴다이치 선생님께 부탁한 거니까."

"긴다이치 선생님."

"네, 그럼 저도 여기서 듣죠."

긴다이치 코스케는 히비노 경부보 쪽을 보았지만 경부보는 별로 말을 하지 않았다. 긴다이치 코스케를 무시한다기보다 이 경부보는 자기 생각에 빠져 있어서 남 일에 이러쿵저러쿵 할 여유를 잃고 있었다는 편이 맞겠다.

지요코는 살짝 눈을 치켜뜨고 생각을 정리하는 듯했지만, 이윽고 긴다이치 코스케와 히비노 경부보를 둘러보며 입을 열었다.

"이건 그 당시, 즉 작년 사건이 있었을 당시에는 전혀 신경 쓰지 않았던 거라서 히비노 씨께도 말씀드리는 걸 깜박했어요. 하지만 이번에 이런 사건이 일어나고 보니 역시 뭔가 중요한 의미가 있지 않나 싶어서 아까 다다히로 님과도 이야기를 했어요."

"뭔가 우리에게 숨기는 게 있었군요?"

히비노 경부보의 뺨에 다시금 핏기가 올라왔다. 지요코를 보는 눈에 매서운 빛이 번뜩였다.

"숨겨요……? 그렇군요. 역시 숨기는 게 되겠네요. 다다히로 님도 뭘 거기까지 얘기할 필요가 있냐고 하셨으니까요."

"대체 무슨 일입니까, 그게?"

"그걸 지금 말씀드리려는 거예요. 그때 전 다카하라 호텔의 다이닝 룸에 있었어요. 파티에 참석해 많은 사람들과 인사를 나누고 있었죠. 그런데 보이가 와서 그 사람…… 후에노코지한테 전화가 왔다고 하더군요. 전에 한 번 전화로 만날 필요는 없다고 거절했는데 그날 저녁 밖에서 돌아와보니 그 사람한테 몇 번이나 전화가 왔다고 해서……."

"아, 잠깐."

긴다이치 코스케가 가로막았다.

"그날 당신은 어디로 가셨는지요?"

"다다히로 님과 함께 골프장에서 코스를 돌았어요. 클럽하우스에서 점심을 먹고 오후부터 코스를 돌고 다다히로 님이 호텔까지 바래다주신 건 오후 4시 반이었어요. 다다히로 님은 일단 댁으로 돌아가셨다가 7시쯤 또 나오셔서 둘이서 호텔 파티에 갔죠. 골프에 나왔던 분들을 다다히로 님이 초대했었어요. 그래요, 참. 제가 돌아와서 바로 그 사람한테 전화가 한 번 왔었는데 마침 그때 목욕 중이라 받지 않았죠."

"아, 그렇군요. 그래서 파티 중간에 전화가 걸려왔을 때는 받으셨나요?"

"네."

"그게 8시 조금 지나서였다고 하셨죠?"

"네. 8시 반쯤이었어요."

"계속 말씀해주시죠."

"전화를 받았더니 그 사람 무척 취했더군요. 그 전에 전화로 얘기했을 때는 술에 취해 있지 않아서 제가 '만날 필요 없다. 보석금 일이라면 미사를 위해 한 거니까 신경 쓰지 말라'고 했고. 또 '무슨 용건이 있으면 후에노코지 어머님을 통해 말하라'고 했더니 깨끗이 물러나더군요."

"그게 14일 밤, 즉 후에노코지 씨가 여기 도착했던 날 밤의 일이군요?"

"네."

"하지만 후에노코지 씨는 왜 당신을 만나고 싶어 한 겁니까? 그저 단순하게 보석금을 내줘서 고맙다는 말을 하기 위해서였습니까?"

"아뇨, 그건 아마……."

지요코는 잠시 주저한 끝에 입을 열었다.

"역시 생각이 없어야 말하기 쉽다지 않아요. 그게, 그 사람, 말짱할 때는 소심한 사람이라 말을 꺼내지 못하고 물러간 게 아닐까 싶은데요."

"그런데 15일 밤 8시 반 무렵에 전화를 걸어왔을 때는 무척 취해 있었다고 하셨죠?"

"네."

"그래서……?"

"저는 또 방금 말씀드린 것과 똑같은 얘길 하고 만나자는 걸 거절했죠. 그랬더니 왠지 끔찍하게 사나운 목소리로 웃더군요. '넌 반드시 나를 만나야 돼. 오늘 쓰무라 신지와 만나 얘길 들었거든' 이렇게 말하면서요."

"쓰무라 신지와 만나 얘길 들었다고 했습니까?"

히비노 경부보는 선 채 지요코를 내려다 보고 있다. 도수가 높은 안경 너머로 흰자위에 핏줄이 선 게 보이는 것 같다.

"그 얘기란 게 어떤 내용입니까?"

"그걸 모르겠어요. 지금도."

오토리 지요코의 눈은 맑았다. 거기에는 아무 응어리도 없는 것 같았다. 물론 수상한 기색은 확실히 보였지만.

"그래서요? 그리고 어떻게 됐습니까?"

"무척 취해 있었어요. 취하면 그 사람 못쓰게 되거든요. 옛날부터 그랬습니다. 영화계에서 쫓겨난 것도 그 때문이었으니까요. 생활에 쪼들려서 망가지고 나서는 더 심해졌다고 후에노코지 어머님한테 들어왔던 터라, 대충 전화를 끊으려 했죠. 그 사람은 단지 '쓰무라를 만나서 얘길 들었거든, 들었거든'이라고 취한 사람이 흔히들 그러듯이 끈덕지게 되풀이했을 뿐이었어요. 전 화가 났습니다. '전화 끊어요'라고 딱 잘라 말했더니 '그럼 아스카 다다히로를 만나도 될까' 하기에, '맘대로 하시죠' 그렇게 말하고 전 전화를 끊었어요."

"아, 그래서 그 후 아스카 씨에게 전화를 했군요?"

히비노 경부보는 울분을 부딪치는 말투였다.

"네, 그래요."

"아스카 씨는 그 전화를 받았습니까?"

긴다이치 코스케가 물었다.

"아니, 긴다이치 선생님. 받지 않았소. 받을 필요가 없다고 생각했으니까. 하지만 지금 생각하면 그때 전화를 받았다면 그가 그렇게 죽지 않았을지도 모른다는 생각이 드는군요."

"그 사실을…… 후에노코지 씨가 쓰무라 씨로부터 어떤 이야기를 들었으니 부디 만나자고 말했다는 사실을 오토리 씨는 경찰에는 말씀하지 않으셨군요?"

"네."

"아, 그건 내가 막았소. 쓰무라 씨도 취조를 받고 있었으니까요. 이 사람은 쓰무라 씨가 후에노코지 씨에게 무슨 얘길 했는지 그 내용은 전혀 모르고, 필요가 있다면 쓰무라 씨가 이야기하겠지 하고 거기까지는 경찰에게 말할 필요는 없다고 제가 말렸던 겁니다."

"그 점에 대해 쓰무라 씨는 아무 말도 안 했군요?"

긴다이치 코스케는 히비노 경부보를 돌아보았다.

"몰랐습니다. 그런 얘길 듣는 건 처음입니다."

이래서야 경부보의 분노는 한층 커질 듯하다.

"하지만 그날 후에노코지 씨는 쓰무라 씨와 만나기는 만났군요."

"네. 오후 1시 무렵 아사마카쿠시(浅間隠) 별장에서 쓰무라 씨를 만나고 왔다고 합니다."

"아, 쓰무라 씨의 별장은 아사마카쿠시에 있습니까?"

아사마카쿠시라고 하면 사쿠라노사와 바로 근처에 있다는 사실을 긴다이치 코스케는 아까 아키야마 다쿠조의 설명으로 알고 있었다.

"별장이라 봐야 임대별장인데요. 쓰무라 씨는 작년에도 똑같은 임대별장에 왔죠."

"쓰무라 씨는 그 방문에 대해 뭐라고 했습니까?"

"별말은 없었어요. 신변의 불행에 대해 장황하게 푸념을 늘어놓더군요. 마침 거기에 호시노온천의 음악제에서 학생이 찾아와서 헤어졌는데 조니워커 새 병을 한 병 빼앗겼다고 투덜댔습니다. 작년에도 딱 이맘 때쯤 호시노온천에서 음악제가 있었죠."

"그 위스키인가요? 후에노코지 씨가 그날 밤에 들고 걸었다는 게?"

"맞아요, 그렇습니다."

"대체 후에노코지 씨는 쓰무라의 별장에 얼마나 있었던 겁니까?"

"고작 20~30분이었다고 합니다. 마침 학생이 데리러 와서 헤어졌다고 했습니다."

"20~30분 있었다면 이야기를 제법 잘 마무리 지을 수 있었겠군요……."

긴다이치 코스케는 중얼거리듯 말하고 나서 오토리 지요코 쪽을 돌아보았다.

"결국 후에노코지 씨의 전화의 의미는 이랬군요. 나는 오늘 쓰무라 씨를 만나 네 얘길 들었거든. 그 얘기는 아스카 씨 귀에 들어가면 골치 아픈 얘기야. 그러니 날 만나 얼마쯤 넘겨주지……. 그런 의미였던 거 아닙니까?"

"나중에 생각해보면 그럴 법도 하네요. 하지만……."

"하지만……?"

"다다히로 님의 귀에 들어가면 골치 아픈 얘기라니, 저는 전혀 짚이는 데가 없어요. 그건 그 당시도 지금도 마찬가지예요. 이렇게 말하긴 뭣하지만 저희 같은 처지가 되면 시종일관 언론의 시선 한복판에 서게 되죠. 비밀 같은 건 하나도 없어요."

듣기에 따라서는 그것은 다다히로에 대한 호소로도 볼 만한 것이었다. 다다히로는 책장에 한쪽 팔꿈치를 걸치고 몸을 기댄 채 다정한 눈으로 지요코를 보고 있다.

"당신은 그 일에 대해 쓰무라 씨에게 물어보려고는 하지 않았습니까?"

"안 했어요."

지요코는 딱 잘라 말했다.

"쓰무라라는 사람은…… 아니, 남 말을 이러쿵저러쿵 하는 건 관두죠. 그보다 쓰무라 씨는 올해도 이 가루이자와에 와 있는 모양이니 직접 만나 물어보세요."

"물론 그렇게 할 겁니다. 당신들이 사실을 감추면 수사가 1년 더 늦어지니까."

경부보는 뺨을 실룩실룩 경련시키고는 잔뜩 비아냥거리며 말했지만 다다히로도 지요코도 상대하지 않았다.

"후에노코지 씨가 어디서 전화를 걸었는지 아시죠?"

긴다이치 코스케가 히비노 경부보를 돌아보았다.

"알고 있습니다. 그날 밤 후에노코지 씨는 8시 조금 전까지 시라카바 캠프에 있었습니다. 혼자 위스키를 마셨다던데 그러다 휘청거리며 위스키 병을 한 손에 들고 규도 가까이에 있는 미모자라는 다방에 갔던 게 8시 조금 지나서였죠. 거기서 호텔에 전화를 걸었던 건데요. 어쨌거나 오토리 지요코 씨라는 대스타의 이름이 나왔잖아요. 그래서 그때 미모자에 있던 사람들은 다들 후에노코지 씨를 기억했죠. 이 두 사람이 만남을 거절하자 후에노코지 씨는 9시 무렵까지 미모자에서 버티면서 홍차에 위스키를 타서 마셨다고 합니다. 그래서 9시가 조금 넘은 시각에 그가 비틀거리며 그곳에서 나가자 다들 '뭐 하는 남자지?' 하고 수군댔다고 합니다."

"그리고 후에노코지 씨는 사쿠라노사와에 있는 별장에 갔었군요?"

"맞아요, 그렇습니다. 사쿠라노사와에 있는 별장으로 갔던 게 9시 반 무렵이었다고 합니다. 그런데 공교롭게도 할머님이 도쿄로 가서 자리를 비우셨죠. 그래서 미사 양이 '그렇게 취해

선 위험하니 주무시고 가세요'라고 만류하는 것도 듣지 않고 비틀비틀 그곳을 뛰쳐나갔고, 그로부터 얼마 지나지 않아 변을 당하게 된 겁니다."

히비노 경부보는 열띤 말투로 설명하더니 탐색하듯 오토리 지요코와 아스카 다다히로의 얼굴을 번갈아 보고 있다. 눈은 당장에라도 튀어나올 것 같고 흰자위에 선 핏줄은 그 어느 때보다 선명하다. 지요코와 다다히로 두 사람은 말없이 각자를 곁눈질하면서 활인화*처럼 움직이지 않았다.

긴다이치 코스케도 한동안 말없이 있다가 물었다.

"그래서 파티는 언제 끝났습니까?"

"네, 저⋯⋯."

지요코는 깜짝 놀란 듯 대답했다.

"9시 넘어서 끝났어요."

"그 후 어떻게 하셨습니까?"

"네, 다다히로 님이 돌아가신 건 9시 반 무렵이었어요. 저는 현관까지 배웅했는데 안개가 짙었던 게 기억이 나네요. 그리고 전 목욕을 하고 침대로 들어갔습니다만. 참, 그래요. 그러

---

* 活人畵. 배경을 적당하게 꾸미고 분장한 사람이 그림 속의 사람처럼 보이게 만든 구경거리.

고 보니 그날 밤에도 어딘가에서 봉오도리가 있었던 모양인지 확성기 소리가 시끄러워서 좀처럼 잠을 이루지 못했던 게 기억납니다."

역시 오토리 지요코도 당시의 일을 생각해냈는지 어깨를 움츠리고 조그맣게 몸을 떨었다. 핏기가 가신 얼굴이 납처럼 창백했다.

"아스카 씨는 그리고 바로 별장에 돌아가셨습니까?"

"그렇소."

"자동차로?"

"아뇨, 걸어서. 바로 근처니까."

"별장에 도착하신 시각을 누군가 기억하는 사람이 있겠죠?"

"아, 그게 말이오."

다다히로는 바닥에 시선을 떨어뜨렸다.

"그런 일이 있었다는 걸 알았다면 별장에 돌아왔을 때 바로 누군가를 불렀을 텐데 나는 그런 건 예상치 못했소. 현관에 들어가니 아무도 없어서 그대로 바로 서재로 가 한동안 취미인 고고학 책을 읽다가 졸려서 자려고 하는데 다키, 우리 가정부를 말하는 거요, 다키가 와서 '어머, 돌아오셨군요'라고 인사를 하더라고."

"그거, 몇 시쯤의 일이었습니까?"

"이럭저럭 10시 반쯤의 일이었을 거요."

"그럼 아무도 당신이 별장에 도착한 시각을 모르는 겁니까?"

"아, 뭐 그런 셈이오."

다다히로는 정면에서 긴다이치 코스케의 얼굴을 바라보았다. 눈도 깜박이지 않고 한 점을 응시할 때 다다히로의 눈은 도기 그릇처럼 반지르르한 광택을 머금고 무표정하게 상대를 쏘아보는 눈빛이 된다. 긴다이치 코스케는 희미한 전율을 느끼지 않을 수 없었다. 그때 바로 옆에서 히비노 경부보가 끼어들었다.

"즉 당신들 두 사람에게는 9시 반 이후의 알리바이가 전혀 없었다, 이거군요. 후에노코지 씨가 물에 들어간 것은 10시에서 11시 사이인데요. 그 시각의 알리바이를 이 두 사람은 증명할 수 없죠? 게다가 후에노코지 씨는 물에 들어가기 전 몇 시간 동안 어떤 여자와……."

이 젊은 경부보는 또다시 얼굴을 벌겋게 물들이고 조금 말을 더듬었다.

"정교를 나눈 흔적이 역력해요. 저는 그 여자가 누군지 알고 싶습니다."

경부보의 목소리는 열기를 머금고 당장에라도 폭발할 것 같았다. 안경 너머의 금붕어 같은 눈이 당장에라도 안구에서 튀어나올 것 같았다.

"그건 이상하군요. 저, 도저히 안 믿어지는데요."

"그때도 당신은 똑같은 말씀을 하셨죠. 당신은 현대의학을 신뢰하지 않으십니까."

"어머, 죄송해요."

지요코는 얼버무리듯 말했다.

"히비노 씨, 당신은 그 여자가 저였다고 말씀드리면 만족하시겠지만, 죄송합니다, 헤어진 사람과 그런 한심한 짓……. 게다가 저……."

지요코는 매력적이기로 유명한 보조개를 머금었다.

"이제 열아홉이나 스무 살짜리 소녀가 아니어요. 그 사람의 폭력에 굴했을 거라 생각지 말아주세요."

"하지만 후에노코지 씨가 쓰무라 씨에게 들었다는 비밀 때문에 당신에게 접근한 것이라면……."

"그러니까 쓰무라 씨를 직접 만나서 이야길 들어보시라고 하는 거잖아요."

지요코의 목소리가 히스테릭해져서 경부보도 입을 다물고 침묵했다. 사안이 사안인 만큼 더 이상 강하게 밀어붙이면 정신적인 고문이라는 비난을 면하기 어렵다.

"물론 쓰무라 씨와 만날 작정입니다. 만나서 물어보죠. 이번에야말로 분명 진실을 토해내겠죠."

거친 말투로 대꾸하기는 했지만 경부보의 얼굴은 자신이 없어 보였다. 이제 와서 이 여자, 왜 이 같은 중대한 사실을 털어놓는 것일까.

"히비노 씨."

옆에서 긴다이치 코스케가 끼어들었다.

"그 여성에 대해서는 달리 짚이는 데가 없습니까?"

"없습니다. 당시 가루이자와에는 후에노코지 씨와 관련이 있는 여성이 한 명도 없었고 후에노코지 씨를 따라온 게 아닐까 싶은 여성도 없었습니다. 오토리 지요코 씨 외에는요."

경부보의 높은 목소리는 찢어지는 소리를 내며 방 안에 울렸다.

자리의 흥이 깨졌다.

오토리 지요코가 가루이자와 스타일의 의자 팔걸이를 잡고 정면을 노려보고 있었다. 얼굴에서 핏기가 가신 것이 흡사 분노한 여왕의 모습이다. 아스카 다다히로는 변함없이 책장 옆에 선 채 자신은 상관없다는 표정이었다.

잠시 어색한 침묵이 흘렀다.

"그래서……."

긴다이치 코스케가 희미하게 말을 던졌다.

"아스카 씨, 어제는 뭘 하셨습니까? 오토리 씨와 헤어져서 호텔을 나간 뒤로……? 자동차로 가셨습니까, 걸어가셨습니까?"

"아, 걸어서 돌아갔소. 어제는 실수를 했지."

"무슨 말씀이신지……?"

"어쨌거나 호텔에서 밖으로 나오니 죄다 정전이라 컴컴했소. 그만 길을 잃어서 집에 돌아온 것은 9시 반 무렵이었거든."

"9시 반……?"

히비노 경부보의 눈에 살기와도 닮은 의혹의 빛이 스친 것도 무리가 아니다. 마키 교고의 사망 추정 시각은 9시에서 9시 반 사이라고 했기 때문이다.

"그럼 당신은 1시간 이상이나 길을 헤맸다는 겁니까?"

"그래요. 그렇게 되는군."

다다히로는 떨떠름하게 미소를 지었다.

"하지만 거기엔 이유가 있소. 무척 흥분했었으니까."

"흥분……? 왜 흥분하신 겁니까? 당신 같은 분이 1시간 이상이나 정전이 된 가루이자와를 걸어 돌아다녔을 정도로? 게다가 그 시각에는 바람이 심하게 불고 있었을 텐데요."

"아, 호텔 로비에서 이 사람과 이야기를 나눴다고 하지 않았소? 갑자기 불이 꺼져서 깜깜해졌소. 그 순간 갑자기……."

"그 순간 갑자기……?"

"음, 이 사람을 끌어안고 키스하고 말았소."

"어머!"

그 순간 지요코의 볼이 불붙은 것처럼 달아올랐다. 아름다운 피부에서 퍼진 핏기는 선명하고 미려하다고밖에 말할 수 없었다.

다다히로는 그런 지요코의 옆모습을 다정하게 바라보았다.

"미안, 미안. 엄청난 걸 누설해버렸군. 아하하."

그는 목구멍을 울리며 거리낌 없이 웃었다.

"이 사람과는 벌써 1년 이상 알았지만 그런 일을 한 것은 처음이었소. 그래서 그만…… 젊은이들처럼 흥분하고 말았던 거지. 아하하."

다다히로는 다시 한 번 목구멍을 울리며 웃었다. 이번 웃음소리는 아까보다 더 높고 컸다. 지요코의 피부를 물들인 핏기는 한층 선명해졌다.

"그래서……?"

히비노 경부보는 의혹에 찬 눈으로 다다히로의 얼굴을 바라보았다.

"그리고 1시간 이상을 걸어다니는 사이에 누군가와 만나진 않았습니까?"

"만났을지도 모르지만 나는 기억에 없소. 어쨌거나 몸과 마음이 다 들떠 있었으니까."

혹시 그것이 사실이더라도 다다히로는 왜 그 사실을 이런 자리에서 말하지 않으면 안 되었을까. 긴다이치 코스케는 이상하게 생각했다. 지요코도 같은 생각을 한 듯 의아한 눈으로 다다히로의 얼굴을 쳐다보았지만 다다히로는 한결같이 행복한 듯 싱글벙글 웃고 있다. 지요코의 피부 아래를 흐르는 핏기가 더욱 선명해졌다. 그 모습은 아름다웠다.

"아, 참. 길을 헤매는 사이에 딱 하나 기억나는 게 있군."

"어떤 겁니까?"

"도중에 담배를 피우려고 라이터를 꺼냈소. 바람이 세서 라이터에 불이 붙질 않아 그때는 포기했지."

"그래서요……?"

"그런데 그리고 한참 지나 또 담배를 피우고 싶어서 주머니에 넣은 라이터를 찾아봤는데 아무 데도 없더군. 그전에 주머니에 넣으려다가 떨어뜨렸던 것 같소. 겉에 피라미드가 새겨진 라이터였으니 금방 알 거요. 그걸 찾아보면 내가 어디쯤을 걸었는지 알 수 있을 거라 싶소."

그런 다다히로를 뚫어져라 보는 경부보의 눈에 의혹의 빛
이 더욱 강해졌을 때 젊은 후루카와 형사가 빠른 걸음으로 들
어왔다.

"아, 잠깐만요. 주임님."

"뭔데?"

"이런 게 피해자 점퍼 주머니에서 나왔습니다. 마키 씨의
가정부 말에 따르면 어제 마키 씨가 낮에 외출했을 때 입었던
점퍼라고 하는데요."

가루이자와라는 곳은 남자라도 하루에 몇 번이나 옷을 걸
쳤다 벗었다 하지 않으면 안 된다. 하루에도 아침과 저녁의
기온차가 크기 때문이다.

점퍼 주머니에서 나왔다는 것은 쭈글쭈글하게 구겨진 인쇄
물이었다. 히비노 경부보는 그것을 펼쳐보더니 무심코 눈썹
을 치켜올렸다. 지금 가루이자와에서 열리고 있는 현대음악
제 프로그램 안내문으로, 올해는 쓰무라 신지의 작품발표회
가 있다. 지휘는 쓰무라 신지 본인이 하기로 되어 있다.

"그럼 이 양반, 어제 쓰무라 신지의 음악회에 갔었군."

"그래서 회장에서 쓰무라 신지를 만났을지도 모르겠습니
다."

"음, 좋아."

히비노 경부보가 오토리 지요코 쪽을 돌아보고 뭔가 말하려는데 곤도 형사가 안짱다리로 종종거리며 다급하게 들어온다. 약간 흥분한 것 같다.

"주임님, 잠깐……."

"어, 뭐?"

"자동차가 나무 아래에서 나왔는데 그 자동차 안에 묘한 물건이 있습니다."

"묘한 물건이라니?"

"아, 일단 와주십시오."

곤도 형사 뒤를 따라 히비노 경부보가 후루카와 형사와 함께 다급히 나가는 뒷모습을 보며 긴다이치 코스케도 천천히 의자에서 일어났다.

그는 오토리 지요코 쪽을 돌아보았다.

"오토리 씨께 하나 여쭤보고 싶은 게 있습니다만."

"네, 뭔가요?"

"이건 아스카 씨한테 들으셨을 거라 싶은데 마키 씨의 시체에 성냥개비가 놓여 있었는데요. 그에 대해 뭔가 짚이시는 게……."

"네, 그거라면 저도 아까 잠깐 봤어요. 묘한 걸 늘어놓았다고 생각했는데요."

지요코는 기분 나쁜 듯 몸을 떨었다.

"그에 대해 뭔가 짚이는 건 없는지 여쭤보는 겁니다."

"네, 전혀……."

"그 성냥개비가 어떻게 놓여 있었는지 잘 보셨습니까?"

"아뇨, 도저히 그럴 용기는……."

"아, 그거라면 아스카 씨가 자세히 베껴 적으셨으니 나중에 보시고 짚이는 점이 있다면 말씀해주실 수 있을까요?"

"그럼 긴다이치 선생님은 그 성냥개비를 배열한 방식에 뭔가 의미가 있다고 생각하시는 건가요?"

"그렇게 생각하지 않을 수 없어서요. 그야 그 배열은 상당히 흐트러진 것 같지만요……."

"알겠습니다. 당신……."

"아, 나중에 옮겨 적어주겠소."

다다히로도 역시 진지한 얼굴이 되었다. 지요코는 긴다이치 쪽을 돌아보았다.

"긴다이치 선생님."

"아, 네."

"저 맹세하고 약속드리죠. 혹시 그 성냥개비의 배열에 뭔가 의미가 있고, 제가 그 의미를 알게 된다면 반드시 선생님께

보고드리겠어요."

"고맙습니다."

긴다이치 코스케는 가볍게 고개를 숙였다.

"그럼 또 한 가지 여쭤볼 게 있는데요."

"네, 말씀하세요."

"그건 여기 가정부인 네모토 미쓰코 씨 얘기라고 하는데요. 돌아가신 마키 씨란 분은 한가할 때, 그러니까 한가로움을 주체할 수 없을 때라든가 무료할 때에는 자주 성냥개비를 늘어놓고 즐겼다고, 즉 성냥개비 퀴즈나 퍼즐을 소일거리 삼아 지냈다고 하던데요. 그런 습관은 옛날부터 있었던……?"

지요코는 잠시 눈썹을 들어올렸다.

"아뇨, 그건 지금 처음 들었어요. 적어도 저와 함께 지낼 때는 그런 아이 같은 습관은 없었습니다."

긴다이치 코스케는 난감한 눈빛을 보였다.

"성격은 어떤 분이셨습니까? 솔직한 분이었다든지, 까다로운 분이었다든지……."

"굳이 분류를 한다면 아주 솔직한 편이었네요. 시종일관 시시한 익살을 떨었어요. 때로는 익살이 빈정거림으로 변할 때도 있었지만 근본은 선량한 사람이었으니……."

"아, 사적인 걸 여쭤봐서 죄송합니다. 바깥에서 뭔가 찾아

낸 것 같으니 전 나가서 보고 오겠습니다. 곧 여기서 나가실
수 있게 되겠죠."

긴다이치 코스케는 고개를 숙이고 별장에서 밖으로 나와
뒤로 돌아갔다. 그 커다란 백목련나무가 사라지고 그 아래 납
작하게 찌그러져 있던 힐만이 겨우 해방된 참이었다.

히비노 경부보는 뭔가 물어보고 싶어 하는 눈이었지만 긴
다이치 코스케는 상대하지 않았다.

"자동차 안에 뭐가 있었습니까?"

"보시죠, 저거……."

곤도 형사가 가리킨 곳을 보니 운전석 옆자리에 낡은 쿠션
이 있었다. 그 쿠션 아래 보이는 것은 열쇠꾸러미 같았다. 백
목련나무를 일으킨 반동으로 쿠션 위치가 달라져서 지금까지
그 아래 숨겨져 있던 열쇠꾸러미가 드러났던 것이다.

"열쇠로군요?"

상당히 노력한 끝에 으스러진 문을 겨우 억지로 열 수 있었
다. 문에는 열쇠가 걸려 있지 않았다. 자동차 키는 키 박스에
꽂힌 채였다.

히비노 경부보는 찌그러진 자동차 문으로 겨우 상반신을
밀어 넣더니 쿠션 아래에서 열쇠꾸러미를 집어 올렸다. 금속
제 고리에 몇 종류의 열쇠가 매달려 있다. 그것이 마키 교고

의 전 재산을 관리하는 물건인 모양이다. 히비노 경부보가 꾸러미를 집어 들자, 짤랑짤랑 무거운 금속성 소리가 났다.

곤도 형사가 그 열쇠꾸러미를 낚아채듯 집어들고 별장 쪽으로 달려갔다. 안짱다리가 지독히 인상적이었다.

한참 지나 돌아와서 열쇠꾸러미 안에서 열쇠 하나를 경부보에게 보여주었다.

"이게 바깥쪽 문 열쇠예요."

내로라하는 베테랑도 흥분해 있었지만 그럼에도 한층 당혹스런 모습인 것은 젊은 수재형 경부보다.

"별장 열쇠는 여기 있다. 그런데 마키 교고는 왜 아틀리에로 간 것일까?"

긴다이치 코스케는 자동차 뒤로 돌아 아무렇지 않게 트렁크 뚜껑을 열었다. 트렁크는 잠겨 있지 않았다. 트렁크 안에는 스페어타이어나 공구가 들어 있었다. 갑자기 긴다이치 코스케는 눈을 가늘게 뜨고 한 지점을 자세히 들여다보았다.

"히비노 씨, 잠깐⋯⋯."

"네, 뭐죠?"

"잠깐 이리로 와서 저걸 봐주시죠. 이상한 게 있어요."

젊은 경부보와 베테랑 형사, 동안의 후루카와 형사가 앞다투어 트렁크 안을 들여다보았다. 갑자기 세 사람의 눈썹이 치켜 올라갔다.

스페어타이어의 검고 딱딱한 표면에 커다란 갈색 나방의 시체가 찌부러져 있었다. 마치 자개를 박은 문장처럼.

제7장

설형문자

　적의나 반감 같은 인간의 감정은, 예측할 수 없는 기묘한 사태와 부딪치면 일순 날아가버리는 것 같다. 트렁크 주위에 달려들어 검고 딱딱한 타이어 위에 자개처럼 붙어 있는 나방의 문장을 발견했을 때 그것을 발견한 사람이 짜증나는 긴다이치 코스케라는 사실도 잊고, 형사들은 솔직하게 놀라움을 표출했다. 그와 동시에 마키 교고의 시체를 옮기는 현장의 풀리지 않는 여러 모순이 히비노 경부보의 뇌리에 하늘의 계시처럼 떠올랐던 게 틀림없다. 물론 그 모순을 어떻게 해결할지는 아직 안개에 가려져 보이지 않았지만 말이다.

　"긴다이치 선생님, 그럼 피해자의 웃옷에 붙어 있는 나방의 체액이나 분비물은 이 나방에서 나온 거란 말씀이십니까?"

주위에 쩌렁쩌렁 울리는 목소리였지만 아까처럼 위압적인 말투는 아니었다.

나방을 발견한 일은 우연이었다. 긴다이치 코스케의 공적이라고 할 만한 것은 아니었다. 하지만 아까부터 긴다이치 코스케가 그토록 지적해온 현장의 모순이 어떤 의미에서 선명해진 게 아닐까 싶다.

"그렇게 생각 못 할 건 없겠죠. 하기야 이 종류의 나방은 이 근처에 잔뜩 있는 것 같지만 말입니다."

긴다이치 코스케가 지금 기거하는 미나미하라 부근에도 이 종류의 나방은 눈에 많이 띄었다. 밤에 유리문이나 방충망을 닫는 것을 깜박하면 등불을 쫓아 집 안에 날아드는, 이 커다란 갈색 나방 때문에 골치 아픈 일이 적지 않았다.

"하지만 자동차 트렁크에 나방이 날아든 건 어째서일까요? 게다가 이 나방, 찌부러져서 체액이 흘러나와 있어요."

검고 딱딱한 타이어 표면에는 나방의 체액이 흠뻑 묻어 있었다.

"후루카와 군."

히비노 경부보는 흥분을 억누른 딱딱한 얼굴을 젊은 형사에게 돌렸다.

"자네, 아무나 시켜서 이 나방을 감식과로 보내고 철저히 검사해달라고 말해주게. 아까 보낸 피해자의 웃옷에 묻어 있던 분비물과 똑같은 것인지 아닌지."

"알겠습니다."

후루카와 형사가 부서질세라 소중히 나방의 시체를 비닐봉지에 담아 달려가는 뒷모습을 바라보던 곤도 형사는 긴다이치 코스케 쪽으로 몸을 돌렸다.

"긴다이치 선생님."

흥분을 간신히 가라앉힌 쉰 목소리다.

"네."

"피해자의 웃옷에 묻은 분비물이나 체액이 이 트렁크 안에 죽어 있던 나방에서 나온 거라면 이건 대체 어떻게 설명해야 할까요?"

그 말투에는 이미 아까처럼 추궁하는 듯한 가시 돋친 느낌은 없었다. 긴다이치 코스케를 보는 눈에도 경이로움과 따뜻함이 느껴지는 것 같았다.

"글쎄요……. 곤도 씨는 어떻게 생각하십니까?"

"어쩌면 피해자 마키 교고는 이 트렁크에 실려……."

말을 하고 나서는 당황해서 주변을 둘러보았다. 그것은 너무나도 중대한 발언이었다. 혹시 이 말이 사건을 밑바닥부터 뒤집는 동시에 이 사건을 해결하는 중요한 실마리가 되지 않을까 하는 생각이 들었기 때문이다.

마을에서 달려온 정원사들이 근처에서 웅성거리고 있었지만 다행히 곤도 형사의 말을 들은 사람은 아무도 없었던 것 같다.

여기서는 산장 뒤편이 보이고 아까 다다히로가 밖을 엿보던 홀의 창문도 바로 코앞에 보였지만 다다히로의 얼굴은 보이지 않았다. 긴다이치 코스케가 타고 온 캐딜락은 산장 정면에 세워져 있을 터였다. 아키야마 다쿠조는 그 캐딜락 운전석에 있는 것 같았다.

"그럼 곤도 씨, 그건 어떻게 되는 겁니까?"

"피해자가 어딘가에서 살해당해 범인에 의해 여기로 옮겨졌다면……."

긴다이치 코스케는 괴로운 눈을 히비노 경부보가 들고 있던 열쇠꾸러미 쪽으로 돌렸다.

"히비노 씨, 그 열쇠꾸러미 속에 안채 열쇠가 있군요."

"네. 곤도 군, 그렇지?"

히비노 경부보의 태도는 어느샌가 순해져 있었다.

"그렇고말고요. 현관 열쇠가 그 안에 있었습니다."

"그럼 죄송합니다만, 다시 한 번 시험해봐주실 수 있을까요? 내친 김에 아스카 씨와 오토리 여사는 일단 이곳에서 내보낸 뒤……. 쓸데없는 말씀을 드리는 것 같습니다만."

히비노 경부보도 긴다이치 코스케의 말을 이해했다. 그 두 사람이 있으면 수사에 방해가 될 것이다.

"좋아, 곤도 군. 그럼 두 사람에게 그렇게 말하게. 둘 다 당분간 가루이자와에 머물러달라고 전하고."

"아, 그리고 전 조만간 아스카 씨 별장 쪽에 들르겠다고 말씀드려주세요."

"알겠습니다."

곤도 형사는 얼마 지나지 않아 열쇠를 짤랑거리면서 안채에서 돌아왔다. 그와 동시에 캐딜락이 물보라를 튀기며 산장에서 나가는 모습이 보였다. 긴다이치 코스케가 돌아보자 차창에서 지요코가 가볍게 고개를 숙였다. 지요코는 변함없이 아름다웠지만 다다히로의 모습은 지요코의 뒤에 가려져 잘 보이지 않았다.

"어이, 무슨 말이라도 했나? 이 자동차에 대해?"

"아뇨, 별로……. 이 열쇠가 자동차 안에서 발견되었다고 그것만 말씀드렸습니다. 나방 얘긴 일부러 안 했는데요."

"그 열쇠는?"

긴다이치 코스케가 옆에서 물었다.

"역시 마키의 열쇠꾸러미였습니다. 이 집에 일을 봐주러 오는 가정부 네모토 미쓰코에게도 보여주었어요. 마키의 열쇠꾸러미가 틀림없다고 합니다."

"그렇다면 그 열쇠꾸러미 속에서 단 하나 아틀리에의 열쇠만이 빠져 있었단 얘기가 되는군요."

"그렇죠. 네모토 미쓰코도 그 이유는 모르겠다고 하던데……. 아, 참. 아스카 씨가 잘 부탁한다더군요. 별장에서 기다리겠다고."

"아, 그래요. 고맙습니다."

"그래서……? 긴다이치 선생님……?"

히비노 경부보는 의문 어린 시선을 긴다이치 코스케에게 돌렸다.

"저 아틀리에로 가서 말씀을 나누시지 않겠습니까? 거긴 논의를 하기에 안성맞춤인 장소이니까요."

"아, 그래요. 이봐, 후루카와 군."

히비노 경부보는 젊은 형사를 불렀다.

"자네, 이 트렁크 안을 잘 조사해봐줘. 긴다이치 선생님, 지문을 채취해둘 필요가 있겠죠?"

"그야 물론 해둬야 되겠죠."

"혹시 피해자의 지문이 나올지도 모르겠군."

곤도 형사가 혼잣말처럼 중얼거렸다. 이 베테랑 형사는 긴다이치 코스케와 일하는 것이 즐거워진 모양이다.

아까부터 물은 꽤 줄어들어 그물코처럼 흐르는 여울 사이로 엿보이는 아사마 자갈이 차츰 모습을 드러냈다. 배수가 좋은 이 부근 지층인지라 물에서 드러난 부분은 이미 급속도로 말라가기 시작했다.

긴다이치 코스케와 히비노 경부보, 곤도 형사 세 사람이 마른 부분을 밟아 아틀리에 안으로 들어가자 그곳은 시체만 없을 뿐 아까 그대로의 모습이었다. 양초도 성냥개비 퍼즐도 아직 그대로 남아 있다. 살짝 젖어 있던 마루는 이제 희미하게 마르기 시작했다.

일부러 문을 열어둔 채 히비노 경부보는 굳은 얼굴을 긴다이치 코스케 쪽으로 조심스럽게 돌렸다.

"그래서…… 긴다이치 선생님의 의견은……?"

"아, 저보다 곤도 씨의 의견을 듣지 않겠습니까? 곤도 씨, 선배로서 의견을 들려주시죠."

"아, 그런 말씀을 하시면 왠지…….."

내로라하는 베테랑인 곤도 형사도 자못 쑥스러운 듯 두꺼운 손으로 가루이자와의 햇볕에 그을린 뺨을 문지른다.

"하지만 뭐, 그럼 연장자부터 하는 걸로 치고, 제 생각을 말쏨드려볼까요.”

그는 '늙은 너구리'라는 별명이 붙게 된 이유인 그 커다란 눈동자를 데굴데굴 굴리면서 말했다.

“피해자가 자동차 트렁크에 갇혀 여기로 운반되었다면 지금까지 제기된 여러 의문은 전부 해소될 거라 싶은데요.”

“트렁크에 갇혀 운반되었다면 물론 시체가 되어서라는 거겠군?”

히비노 경부보의 지적은 날카로웠다. 마치 추궁하는 투였다.

“그야 물론 그렇죠. 낯 두껍게 살아서 트렁크에 들어갈 사람이 있겠습니까?”

“그래서?”

히비노 경부보의 말투는 한층 날카로워졌다.

“아, 그건 이렇게 된 거죠.”

곤도 형사도 흥분해 있었다. 짧게 자른 머리를 투박한 손으로 벅벅 긁는다.

“긴다이치 선생님은 아까 피해자와 가해자가 함께 여기 돌아왔는지, 아니면 따로 따로 돌아왔는지 모른다, 그 점에 의문이 있다고 하셨는데 그건 피해자가 살아 있을 경우고 여기 돌아왔을 때 피해자가 이미 시체가 되어 있었다면 그런 의문은 모두 해소될 거라 싶습니다."

"좀 더 구체적으로 설명해보게."

"넵. 그럼 어제 피해자가 한 행동부터 생각해보시지 않겠습니까?"

곤도 형사는 눈을 치켜뜨고 천장 한 귀퉁이를 노려보다가 이윽고 시선을 긴다이치 코스케와 히비노 경부보에게 돌렸다.

"마키 교고는 어제 힐만을 몰고 외출했어요. 그게 몇 시쯤이었는지는 모르지만 네모토 미쓰코가 이곳을 나간 것은 오후 6시 무렵이었다고 했으니 그 이후가 되겠죠. 그때 마키 교고는 저 산장 문을 단단히 잠가뒀어요. 그리고 자동차에 올라 이 열쇠꾸러미를 운전석 쿠션 아래 쑤셔 넣었는데⋯⋯."

"왜? 왜 쿠션 아래 쑤셔 넣었을까? 왜 자기가 직접 갖고 있지 않고⋯⋯."

히비노 경부보의 추궁은 변함없이 날카로웠다.

"왜냐뇨, 이 열쇠꾸러미를 보십시오. 아까 세어봤더니 이거, 전부 6개나 달려 있던데요."

"그래서?"

"어떤 주머니에 쑤셔 넣어도 불룩하게 튀어나와요. 그래서 그만 옆에 둔 쿠션 아래 쑤셔 넣었던 거죠."

"그렇군. 그럼 그렇다 치고, 그래서……?"

"그리고 어딘가로 외출해서 범인을 만났죠. 아, 참. 아까 긴다이치 선생님은 X씨라는 말을 쓰셨는데 그 X씨를 만나서 청산가리를 먹고 꼬르륵 시체가 되어버린 거죠."

"그렇군. 그렇군. 그래서……?"

"그런데 X씨로서는 시체를 그대로 둘 수 없었죠. 그 자리에 그대로 두고 가면 바로 X씨가 범인이라는 것을 들킬 우려가 있었거든요. 그래서 시체를 더듬어보니 열쇠가 하나 나왔습죠. 그것이 즉, 이 아틀리에의 열쇠였는데, X씨는 지레짐작으로 그게 저 산장의 현관 열쇠일 거라 생각해버렸죠."

"있을 법한 얘기로군요. 열쇠를 하나만 갖고 있었으니 누구든 현관 열쇠라 생각했겠죠."

긴다이치 코스케가 맞장구를 치자 곤도 형사는 더욱 의기양양해졌다.

"그렇죠? 그래서 범인은 바로 저 산장에 시체를 가져다 놓자고 생각했죠. 그러면 자살로 보일 수도 있을 거고 혹여 타살이라는 사실을 간파 당한다 해도, 범행은 그 산장에서 일어난 것으로 보일 테니까요. 그래서 X씨는 시체를 들어 마키가타고 온 힐만의 트렁크에 밀어 넣었죠."

"그 트렁크 안에 나방이 있었다는 거군. 때마침 트렁크 안에 나방이······?"

히비노 경부보는 아직 석연치 않은 것 같았다. 역시 자동차 트렁크 안에 나방이 있었다는 것은 자못 기이하다. 살아 있다면 물론이고 아무리 죽었다고 해도 말이다. 거기에는 역시 베테랑 곤도 형사도 좀 기가 꺾인 듯이 보였지만 그때 놓치지 않고 옆에서 구명보트를 내민 사람은 긴다이치 코스케였다.

"아, 그건 히비노 씨. 이렇게 생각하면 어떨까요. 나방은 트렁크 안에 있었던 게 아니라 X씨와 상대하고 있던 그 방 안에 있었어요. 마키 씨는 무심코 나방의 시체 위에 앉았던 거죠. 그걸 알아차리지 못하고 X씨가 한 방 먹은 거죠. 그 시체를 안아 일으켰을 때 나방의 시체는 마키 씨의 웃옷에 잔뜩 묻었고 그대로 트렁크 안으로 옮겨졌다······고 생각하면 어떨까요?"

"그거다!"

곤도 형사가 투박한 손가락을 딱 하고 쳤다.

"그러면 마키가 살해당했던 진짜 현장의 의자나 팔걸이에 나방의 분비물이 남아 있겠군요."

"X씨가 알아차리고 닦아내지 않았다면 말이지."

히비노 경부보가 갑자기 불안한 눈빛을 보였다. 아까 긴다이치 코스케가 피해자의 웃옷에 묻어 있는 나방의 분비물을 찾아냈을 때 그 자리에 아스카 다다히로가 있었다는 사실이 생각났기 때문일 것이다. 그는 약간 불만스런 듯 긴다이치 코스케를 힐끔 쳐다보았다.

"그래서……? X씨는 마키 씨의 시체를 힐만의 트렁크에 실었다. 그리고 직접 그 힐만을 운전해서 여기까지 운반해왔다는 거군."

"맞아요, 그렇습니다. 그러니 X씨는 밤이 되면 산장에 마키혼자 남는다는 사실을 알고 있었겠죠."

"하지만 그때 바로 옆에 있는 쿠션 아래에 열쇠꾸러미가 있다는 사실을 몰랐던 건가?"

"몰랐겠죠. 알았다면 좀 더 준비를 철저히 했을 테니까요. 즉 X씨는 이 열쇠꾸러미를 알아차리지 못했어요. 그래서 피해자의 주머니에 있던 아틀리에의 열쇠를 산장 현관 열쇠라고 생각해, X씨는 중대한 실수를 저지르게 된 거죠."

"그렇군요."

긴다이치 코스케는 싱글벙글 웃었다.

"그래서 곤도 씨는 진짜 현장이 어디라고 생각하십니까?"

"그야……."

그렇게 말하다가 곤도 형사는 목소리를 낮추었다.

"상당히 안이 깊은 별장이 아닐까요. 문에서 현관까지 거리가 꽤 떨어진…… 현관 옆에 자동차가 세워져 있어도 지나가는 사람이 알아차릴 염려가 없는……."

곤도 형사가 지금 뇌리에 그리고 있는 것은 아스카 다다히로의 별장이 아닐까. 긴다이치 코스케는 아까 잠시 보았을 뿐이지만 그 웅장한 별장이라면 곤도 형사가 나열한 조건에 딱 맞아떨어질 것 같았다.

"아무튼 그렇게 되면 아틀리에 열쇠만 왜 이 열쇠꾸러미에 없었는지 그게 문제가 되겠군요."

"뭐, 그거야 중요한 게 아니죠. 어떤 사정이 있어서 따로 뒀겠죠. 어쨌거나 아틀리에 열쇠만 열쇠꾸러미에서 빼내 따로 뒀다……는 사실만큼은 변함이 없으니까요."

"그야…… 그렇게 말하면 뭐, 그렇군요."

긴다이치 코스케는 쓰게 웃었지만 이 문제는 얼마 지나지 않아 해결되었다. 아틀리에 열쇠만이 왜 열쇠꾸러미에서 빠져 있었는지, 그것은 잠시 후 밝혀졌던 것이다.

"뭐 그건 어쨌거나……."

히비노 경부보는 아직 또 한 가지 이해가 가지 않는 모양이었다.

"피해자의 주머니에 있었던 열쇠를 X씨는 산장 현관 열쇠라고 생각했어. 그래서 피해자의 시체를 트렁크에 넣고 여기까지 힐만을 운전해왔지. 그리고……?"

"그런데 음, 열쇠는 산장 현관 열쇠가 아니었어요. 게다가 29년이나 30년에 도난을 당한 후 산장에는 덧문을 달아 외부 침입에 엄중하게 방어할 수 있도록 했죠. X씨는 분명 난관에 봉착했던 게 틀림없어요. 그렇다고 시체를 밖에 팽개칠 수는 없었겠죠. 그럼 고생해서 여기까지 운반해온 의미가 없어지게 되니까요. 분명 X선생, 상당히 당황했던 게 틀림없지만 그 사이에 문제의 열쇠가 아틀리에 열쇠라는 사실을 알아차렸죠. 그래서 할 수 없이 이리로 시체를 옮겨왔는데 슬프게도 산장과 달리 이곳은 컵도 없고 찻잔도 없어요. 성냥개비 밖에 없었죠. 그래서 처음 계획이 엇나가 무대장치가 꽤 조악해진 것 아닐까 싶습니다."

"그렇다면 이 성냥개비나 양초는 어떻게 된 건가. X씨가 여기에 가져왔던 건가?"

"그야 그렇겠죠. 피해자의 사망 추정 시각이 9시 전후니까요. 어제 정전이 시작된 시각은 8시 3분, 가루이자와 전역이 정전이 되어버렸으니까 피해자가 어디에서 X씨를 상대하고 있었던들 촛불을 켜놓지 않을 수 없었을 겁니다. 긴다이치 선생님은 이미 알아차리셨겠지만 저 양초 끝에 난 구멍을 보아주십시오."

그 양초는 분명 어딘가의 촛대에 세워져 있었던 것이었다.

끄트머리의 구멍이 날카로운 금속제의 돌기물에 의해 파인 듯 좀 커져 있다는 사실을 긴다이치 코스케도 알고 있었다.

"그 양초에 지문은……?"

"그게 없어요. 손수건으로 잡은 흔적이 있습니다. 그렇단 건 이 사건, 처음부터 X씨의 계획적인 범행이라는 게 되죠."

"X씨는 시체와 함께 양초를 가져왔는데 그 선반 위에 촛대가 있다는 사실을 몰라서 거기에 촛농을 떨어뜨리고 양초를 세웠다는 거로군."

히비노 경부보는 단어 하나하나를 곱씹듯이 말했다.

"뭐, 그렇게 되겠죠. 자기 촛대를 가져오면 꼬리가 잡히니까요. 그리고 그 양초를 세운 위치가 이상했던 것도 범인이 서 있었기 때문입니다. 범인 선생, 상당히 당황했던 게 틀림없어요."

"하지만 그 성냥개비는 어쩌고?"

"그야 분명 이랬겠죠. 피해자는 X씨와 상대했을 때 항상 하던 습관으로 성냥개비 퍼즐을 하고 있었던지, 아니면 성냥개비의 배열로 뭔가를 설명하고 있었던 겁니다. X씨로서는 어디까지나 여기가 범행 현장이라고 믿게 만들고 싶었어요. 그래서 성냥개비는 가져왔지만 성냥갑은 가져오지 못했죠."

"어째서죠?"

긴다이치 코스케가 악동처럼 싱글벙글 웃으며 물었다.

"어째서냐뇨, 성냥갑에 X씨의 지문이 묻어 있을지도 모르잖습니까?"

"그렇군요."

"게다가 그 적색과 녹색, 두 가지 색의 성냥 말인데요, 긴다이치 선생님."

"네."

"이 부근 별장, 다들 프로판가스를 씁니다. 그 프로판가스를 취급하는 가게는 손님에게 서비스로 성냥을 주는데요. 그 성냥갑이란 게 엽서보다 조금 작은 크기로, 한가운데 칸막이가 있어서 그 양쪽에 적색과 녹색 성냥들이 들어 있죠. 그래서 이런 두 가지 색의 성냥, 혹은 성냥갑은 가루이자와 안의 별장이란 별장, 어딜 가도 찾아볼 수 있어요. 실제 저쪽 산장에 들어갈 수 있으리라 생각했던 X씨는 성냥갑이 저쪽에도 있을 거라고 생각했던 거죠. 거기에 X씨의 중대한 오산이 있었던 겁니다."

"긴다이치 선생님."

히비노 경부보는 날카롭게 긴다이치 코스케를 보았다.

"선생님께서는 그 시체를 보셨을 때 바로 이 시체가 다른 곳에서 옮겨진 거라는 사실을 알아차리셨습니까?"

"설마요……."

긴다이치 코스케는 싱글벙글 웃었다.

"전 천리안도 마법사도 아니에요. 하지만 거기 여러 가지 모순이 있죠. 그런 모순을 모순으로 내버려두지 않는다, 이건 뭐 일종의 수련이죠. 그런 수련에서 의혹이 생기고요. 그런 의혹을 소홀히 하지 않고 중대한 데이터로 하나하나 모아둡니다. 추리라는 것은 무에서 유를 창조하는 게 아니라 데이터의 축적이니까요. 그렇게 축적하고 이건 대체 어찌 된 일인가 고민하는 사이에 운 좋게 트렁크 안의 나비라는 추가 데이터를 발견한 거고요."

"그 순간 시체는 밖에서 운반한 거라는 추리를 하셨군요?"

히비노 경부보의 태도는 바야흐로 경건한 학생과도 같았다.

"히비노 씨, 다 경험이에요."

긴다이치 코스케는 위로하듯 상냥한 눈으로 젊은 경부보의 얼굴을 보았다.

"저는 전에도 두세 번 이처럼 시체를 다른 곳에서 운반해서 범행현장을 은폐하려고 한 사건을 만난 적이 있어요. 경험에서 오는 지혜랄까요. 장기의 명인들도 난국에 부딪혔을 때 과거에 경험했던 여러 가지 기보(棋譜)를 생각해내고 사지를 탈출하는 일이 있다고 하지 않습니까. 저는 당신보다 한참 나이를 먹었어요. 그만큼 경험이 많은…… 단지 그것뿐이라고 생각하세요."

"음. 그렇군요. 긴다이치 선생님, 선생님께서는 일본 전역을 돌며 탐정 무사수업을 하고 계셨다던데요."

"설마요."

긴다이치 코스케는 쓰게 웃었다.

"히비노 씨, 제가 웃옷에 묻은 나방의 분비물이나 체액, 혹은 트렁크 안에 있던 나방의 시체를 발견했다고 저를 과대평가하지는 말아주십시오. 그건 정말 우연이고, 제가 발견하지 않았어도 언젠가 경찰분들께서 발견하셨겠죠. 여기엔 여러 가지 데이터가 탐욕스럽게 나열되어 있어요. 하지만 아직 저는 납득이 가지 않는 부분이 많이 있습니다."

"예를 들면요……?"

"이 성냥개비의 배열 말인데요. 이건 분명 곤도 씨가 지적하신 대로, 마키 씨는 살해당하기 직전 성냥개비 퍼즐을 즐기고 있었거나 아니면 누군가에게 성냥개비를 이용해 뭔가를 설명하려고 하던 거겠죠. 분명 후자 쪽이겠지만요. 그리고 역시 곤도 씨 말대로 범인은 이곳을 범행현장으로 생각하게 만들려 계획하고 있었겠죠. 그 때문에 범인은 제1현장의 상태를 여기에 그대로 재현하려고 했는데, 범인은 왜 성냥개비까지 가져와야만 했을까요? 그건 범인에게 마이너스일 뿐이지 플러스가 되지 않을 거라 싶은데요."

"무슨 말씀이신지……."

"마키 씨가 범인에게 성냥개비로 뭔가를 설명하려고 했다면 이 배열에는 어떤 의미가 있는 게 틀림없어요. 상당히 배열이 흐트러져 있지만 적어도 4개의 기호를 이용하여 설명할 수 있는 종류의 것이 분명합니다. 그걸 여기 재현한다면 범인에게 굉장히 불리한 단서가 될 거라 싶은데요."

"긴다이치 선생님."

히비노 경부보는 목소리를 낮추었다.

"아스카 씨는 이 성냥개비 배열에 관심이 많으셨던 것 같은데요. 그분, 여기에 뭔가 짚이는 게 있었던 건……?"

"글쎄요."

긴다이치 코스케의 얼굴에는 갑자기 악동 같은 미소가 어렸다. 희한하게 히죽거리면서 뭔가를 이야기하려 했을 때, 열어둔 문 너머에서 아틀리에 쪽으로 다가오는 사람 그림자가 보였다.

앞에 선 것은 이 집의 가정부였으나 뒤에서 따라오는 사람은 방문객인 모양이다. 미가와야(三河屋)라는 하얀 글씨가 눈에 띄는 감색 앞치마를 걸치고 있다.

"저…… 잠깐……."

네모토 미쓰코는 문 앞에 선 채 주뼛거리며 아틀리에 안을 둘러보고 있다. 오늘 아침 이 무서운 사건을 발견한 것은 이 여자였다. 언뜻 보니 굉장히 정직해 보이는 쉰 가량의 중년 여자이다.

"아, 네모토 씨, 무슨 일이죠?"

"네, 여기 있는 사람은 규도에 있는 미가와야의 점원으로, 스도(須藤) 씨라고 하는데요. 이 아틀리에 열쇠에 대해 말씀드릴 게 있다고 해서……."

아틀리에 열쇠란 말을 듣고 히비노 경부보는 무심코 두 사람을 돌아보았다.

"아, 그래요. 스도 군. 이쪽으로 들어오게. 이 아틀리에 열쇠가 어쨌다고?"

곤도 형사는 아주 싹싹한 태도였다.

스도는 아직 스물 두셋 정도일 것이다. 장화 차림으로 아틀리에에 들어왔을 때 탁자에 약간 두려움에 찬 시선을 던진 것은 분명 거기에 시체가 있었다는 사실을 네모토 미쓰코로부터 들었기 때문일 것이다.

"네. 저, 그건 어제 오후 2시 무렵이었는데요……."

"흠, 흠. 어제 오후 2시 무렵에 무슨 일이 있었는데?"

"네, 저희 가게는 규도에 있는데요. 이 야가사키 방면으로 세 곳 정도 배달가야 할 곳이 있어서 스쿠터를 타고 가게를 나왔어요. 그랬더니 '미가와야, 미가와야' 하고 불러 세우는 사람이 있어서 돌아보니 여기 어르신이었어요. 자동차에서 내려서 옆에 서 있었습니다."

"아, 그렇군."

히비노 경부보는 긴장된 시선을 곤도 형사와 교환했다.

"그래서……?"

"네, 절 보시더니 지금 어디로 갈 건지 물으시더라고요. 저는 '야가사키 쪽에 세 곳 정도 전할 물건이 있어서 갑니다'라고 솔직하게 대답했습니다. 그랬더니 도중 어딘가에 들를 거냐고 하셔서 '아뇨, 배달을 마치면 바로 돌아갈 거예요'라고 했습니다. 그랬더니 '그럼 30분쯤 후에 돌아오겠군' 하고 확인하시기에 '그야 30분 정도면 괜찮은데 뭔가 용건이 있으십니까?' 하고 여쭤봤더니 그럼 저한테 가져다달라고 할 물건이 있다고 하시며 그 열쇠꾸러미에서 열쇠를 하나만 뽑아서 제게 건네신 겁니다."

스도는 곤도 형사가 들고 있던 열쇠꾸러미를 가리켰다.

"그렇군. 그 열쇠란 게 이 아틀리에 열쇠였단 거군."

"네."

"그래서 가져다달라고 한 건 뭐지?"

"지금 호시노온천에서 현대 음악제를 하고 있잖아요. 어제, 오늘, 내일 사흘간. 쓰무라 신지 씨의 작곡과 지휘로……."

쓰무라 신지의 이름을 입 밖에 냈을 때 스도의 눈은 탐색하듯 히비노 경부보의 얼굴을 보고 있었다.

"흠, 흠, 그래서……?"

"네, 그 초대장을 아틀리에 안에 두고 왔는데 제게 가져다주지 않겠냐고 말씀하셨습니다."

"그래서 자네, 받아들였군."

"네. 마침 이쪽에 배달이 있었으니까요."

"마키 씨는 그 사이 어디에서 기다렸나?"

"지로입니다. 규도에 지로라는 찻집이 있어요. 거기서 기다리고 있겠다고 하셨습니다."

"그때 마키 씨는 혼자였나? 아니면 누군가 동행이라도……?"

옆에서 끼어든 사람은 긴다이치 코스케다. 스도는 그쪽을 힐끗 보고는 다시금 탐색하는 시선을 히비노 경부보 쪽으로 돌렸다.

"네, 동행이 한 사람 계셨습니다."

"어떤 사람이었나? 남자? 여자?"

"아가씨였습니다. 그분 분명 오토리 지요코 씨의 따님이라고 들었습니다. 후에노코지 미사 씨 말입니다."

"후에노코지 미사……?"

히비노 경부보의 눈은 안경 너머에서 번쩍 빛났고 긴다이치 코스케도 무심코 휘파람을 불 것처럼 입술을 오므렸으나 역시 휘파람을 부는 짓은 그만두었다.

하지만 생각해보면 미사가 마키와 함께 있었다고 해도 이상할 건 없다. 전에는 양아버지와 의붓딸 사이였으니까. 하지만 연예주간지 등을 별로 읽지 않아 사전지식이 없고 도덕적으로 극히 고지식한 히비노 경부보로서는 왠지 석연치 않은 의심이 생길 수밖에 없었을 것이다.

"네, 그때 두 사람이 대화하는 모습을 보면……."

스도가 눈을 치켜뜨고 경부보의 얼굴을 보면서 이야기를 꺼냈다.

"흠, 흠, 그때의 두 사람이 대화하는 모습을 보면……?"

"네, 마키 씨는 음악제 초대장을 받았는데 별로 갈 생각은 아니었던 것 같습니다. 그런데 규도에서 후에노코지 댁 아가씨를 만나서 아가씨가 졸라서 그럼 '나도 가볼까' 하셨던 것 같아요."

'무슨 딸이 이렇담' 하고 히비노 경부보는 마음속으로 쓰게 혀를 찼다. 자신이 미사의 부모라면 그런 건 절대 허락하지 않을 것이다.

"그래서 자네, 여기 아틀리에까지 왔군."

히비노 경부보가 침묵하고 있어서 곤도 형사가 대신 물었다.

"네."

"하지만 그걸 어떻게 네모토 씨는 모를 수가 있나?"

"네, 저, 그거라면……."

네모토 미쓰코는 친절해 보이는 얼굴에 송구스런 빛을 띠었다.

"스도 씨 말로는 그게 딱 2시 반 정도였다고 하는데 그 시각이라면 저는 이웃의 미사키 씨 댁에 전기다리미를 빌리러 갔을 거라 싶어요. 여기 건 고장이 났거든요."

"어쨌거나 제가 왔을 때 아주머닌 아무 데도 안 계셨어요. 그래서 마키 씨를 기다리게 하면 안 되겠다 싶어서 멋대로 이 아틀리에에 들어왔습니다."

"초대장은 어디 있었죠?"

긴다이치 코스케가 물었다.

"이 탁자 위에 있었습니다. 아무렇게나 놓여 있었어요."

"그때 아틀리에는 잠겨 있었나?"

"네, 물론입니다."

"여길 나갈 때도 자네, 잠그고 나갔지?"

"네, 물론이죠."

"그래서 지로에 초대장을 가져갔나?"

"네."

"그때 미사 양이란 아가씨도 함께 있었나?"

"네, 같은 테이블에 마주 앉아 있었습니다. 저, 왠지 이상한 기분이 들었어요."

"이상한 기분이 들었다니?"

"저, 마키 씨와 미사 양이라는 사람의 관계…… 전에 부녀 지간이었다는 얘기를 들었거든요."

스도는 묘한 미소를 지으며 누구에게랄 것 없이 고개를 숙였다.

"그때 자네는 아틀리에 열쇠를 돌려주었을 텐데 마키 씨는 그걸 어떻게 했나?"

"네, 아까도 아주머니가 그에 대해 물으시던데 저, 테이블 위에 초대장과 열쇠를 내려놓고는 고맙다고 하셔서 그대로 지로에서 나왔습니다. 그래서 그 뒤에 열쇠를 어떻게 했는지 저는 모릅니다."

"주임님, 그건 미사라는 아가씨한테 물어보면 되지 않을까요?"

경부보가 고개를 끄덕이는데, 옆에서 긴다이치 코스케가 끼어들었다.

"네모토 씨, 어제 오후에 마키 씨가 나갈 때 복장과 오늘 아침 시체가 되어 발견되었을 때 복장에 어딘가 다른 점이 있습니까?"

"네, 점퍼만 달랐어요. 바지는 같았고요. 그리고 물론 어제 오후에는 그 작업복 같은 것은 입고 계시지 않았어요."

"모자는?"

"여기 사장님은 모자가 싫은 모양이신지 전쟁 후엔 한 번도 모자를 쓰지 않으셨다고 해요. 화가들이 잘 쓰는 베레모 있잖아요. '그거 안 쓰세요?' 하고 언젠가 여쭤본 적이 있는데 그런 거 싫다고 웃으신 적이 있습니다."

마키는 스도에게 받은 아틀리에 열쇠를 바지 주머니, 분명 안주머니에라도 쑤셔 넣었을 것이다. 이걸로 아틀리에의 열쇠만 열쇠꾸러미에서 분리해놨던 이유를 알게 되었는데, 이렇게 되니 쓰무라 신지를 꼭 만나야만 했다.

마키가 어제 오후에 입었던 점퍼 주머니에서 나온 프로그램에 의하면 연주회는 오후와 밤의 2부로 나뉘어져 있어, 오후 타임은 오후 3시부터였고 작곡가의 청중과의 토론 형식으로 구성되어 있었다.

시계를 보니 3시 반이다. 쓰무라 신지는 아직 호시노온천에 있을 시각이다.

"긴다이치 선생님, 저희는 지금 호시노에 가보려는데 선생님은 어쩌시렵니까?"

"네, 괜찮으면 저도 데려가주시죠. 하지만 그 전에 잠깐 산장 쪽을 조사해보고 싶은데요."

"산장에 뭔가 있습니까?"

"네, 여러분께서도 같이 가시죠."

긴다이치 코스케가 조사해보고 싶다고 한 것은 아까 다다히로가 책장에서 꺼내서 보고 있던 책이다. 다다히로가 보고 있던 두 권은 둘 다 고고학 문헌서였다.

The Material Culture of Early Iran
History and Monuments of Ur

둘 다 메소포타미아 지방의 고대문화에 대한 입문서 같은 것인 모양인데, 입문서라고는 해도 그 지방의 출토품 사진이 잔뜩 실려 있고 테라코타*나 모자이크가 미려한 컬러판 사진으로 삽입되어 있다.

"긴다이치 선생님, 이게 무슨……?"

긴다이치 코스케는 대답하지 않은 채 책 마지막 장을 펴고 두 사람 앞에 내밀었다. 거기에는 인주 색도 선명하게 다음과 같은 글자가 찍혀 있었다.

蔵(장)	飛(아스)
書(서)	鳥(카)

"앗, 이건 아스카 씨의 책이군요."

"제길. 그럼 그놈, 최근에 피해자를 만났군."

"그렇겠죠. 설마 작년에 빌려준 건 아닐 테니까요. 아스카 씨, 아까 아틀리에에서 자꾸만 뭔가를 찾고 있었잖습니까. 분명 이 책을 찾고 있었던 걸 거예요."

"하지만 그 사람은 왜 아무 말도 안 했지?"

"말할 필요가 없다고 생각했거나, 아니면 말하고 싶지 않았던 거겠죠. 게다가 오토리 여사 앞이었지 않습니까. 하지만 이 한 가지만 봐도 알 수 있듯 오토리 여사의 전남편이었던 네 사람과 아스카 씨와는 의외로 긴장감 넘치는 사이였을지

---

* 점토를 구운 것.

도 모릅니다."

긴다이치 코스케는《우르의 역사와 유적》을 집어 들고 여기저기 페이지를 넘기더니, 금세 찾던 것을 발견한 모양이다. 싱긋 하얀 이를 드러내고 웃더니 물었다.

"히비노 씨, 이거 어떻습니까?"

"네?"

"이 설형문자, 아까 성냥개비 배열과 좀 닮았다고 생각하지 않습니까?"

긴다이치 코스케가 펼쳐 보인 것은 우르 지방에서 출토된 점토판 사진이었다. 거기에는 메소포타미아의 고대문자, 설형문자가 한 면 가득 새겨져 있었는데 그것은 그 성냥개비의 배열과 제법 비슷했다.

"긴다이치 선생님!"

히비노 경부보는 눈을 크게 떴다.

"그럼 피해자는 죽음 직전에 설형문자로 무언가를 써서 남기려고 했단 말씀이십니까?"

"설마요."

긴다이치 코스케는 웃어넘겼다.

"마키 씨가 그만큼 설형문자에 대해 조예가 깊었을 거라고는 생각되지 않는데요."

"하지만 긴다이치 선생님. 아스카 회장은 왜 성냥개비의 배열에 그토록 집중했던 걸까요?"

"그건 말이죠, 곤도 씨."

긴다이치 코스케는 재미있는 듯 웃었다.

"회장님에게는 그 성냥개비 배열이 설형문자로 보였을지도 모르기 때문입니다. 그분 지금 고대 오리엔트에 열중이신 것 같으니 뭐든 메소포타미아의 설형문자로 보인다거나 이집트의 상형문자로 보이지 않겠습니까. 장기에 빠지면 천장의 옹이구멍까지 각근(角筋)으로 보인다거나 왕수비차(王水飛車)로 보인다는 식으로요. 아하하, 게다가……."

"게다가……?"

"방금 그 사람의 별장에는 그 방면의 대가, 고대 오리엔트 학의 대가가 와 있어요. 그러니 회장님, 그걸 베껴서 대가의 의견을 물어보려는 기백이 아니겠습니까. 대가 선생, 대체 어떤 표정을 할지, 아하하."

긴다이치 코스케는 더벅머리를 긁으면서 웃고 있었지만 히비노 경부보와 곤도 형사는 수상쩍은 듯 서로 얼굴을 마주보기만 했다.

제8장

하코네 자이쿠

도도로키 경부는 완전히 그 노부인과 친해졌다. 빳빳하게
풀을 먹인 순백의 칼라셔츠에 베이지색 마바지를 입고 같은
색의 구두를 신은 이 남자가 경찰이라는 사실을 상대는 예상
하지 못했을 것이다. 하지만 도도로키 경부 쪽은 이 노부인이
누구인지 알고 있었다.

혼잡한 우에노 역 플랫폼에 있을 때부터 이 부인은 도도로
키 경부의 주목을 끌었다.

살짝 깃을 젖혀 입은 갈색 삼베옷에 견식물로 만든 복대를
느슨하게 매고 검은 손가방을 든 이 부인은 분명 나이가 일흔
은 되었을 것이다. 작은 몸집이지만 건강해 보였고, 교토 여

자 특유의 계란형 얼굴은 역시 약간 쭈글쭈글하지만 검버섯 자국 같은 것은 보이지 않을 만큼 윤기 있어서 눈썹을 그리고 엷은 화장을 했어도 자연스러웠다.

후에노코지 아쓰코다.

대대로 화족 가문에 태어나 화족의 집에서 자란 아쓰코이 지만 그녀의 마음은 젊은 시절부터 계속 상처 입어왔다. 계모의 손에 자란 그녀는 아가씨 적부터 행복과는 거리가 멀었다. 후에노코지 야스타메에게 시집와서도 남편의 바람기에 괴로워하지 않으면 안 되었다. 결국 자식 복도 없던 그녀는 첩의 배에서 태어난 야스히사를 거둬야 할 지경까지 몰렸다.

당연히 그녀는 원래 가지고 있던 마음의 윤기를 잃고 끈덕지고 완고한 여자로 나이를 먹어갔다. 항상 자신의 껍질에 틀어박혀서 함부로 남에게 본심을 보여주지 않는 여자가 되어버렸다.

전쟁 후의 상황은 그녀를 더욱 완고하게 만드는 데 박차를 가했다. 일찍이 마음속 깊은 곳에서 깔보고 배척해 마지않았던 며느리의 생활력에 전적으로 의존하지 않으면 안 되게 되었을 때, 그녀의 마음은 굴욕으로 얼음처럼 얼어붙고 한층 완고해져갔다. 그러다보니 후에노코지 아쓰코의 표정은 항상 험상궂고 딱딱하고 경계적이었다. 그녀는 거의 웃음을 보이지 않았다. 웃을 때도 어딘가 억지미소 같은 것이 어렴풋이 떠오를 뿐이었다.

쇼와 35년 8월 14일 오전 10시 30분경, 우에노 역에 있는 조에쓰 선 플랫폼에서 급행 '구사쓰온천'의 발차를 기다리고 있었을 때, 그녀의 험상궂은 표정은 전보다 더 험상궂게 변했다. 아니, 그냥 험상궂다는 표현은 충분치 않다. 그녀는 동요하고 있었다. 험상궂은 가면 아래 도사린 동요, 그것은 뭔가 격렬한 불안과 초조 같았다. 눈썰미 있는 관찰자라면 거기서 어쩔 도리가 없는 공포마저 발견했을지도 모른다. 생각해 보니 내일은 가루이자와에서 기괴한 변사를 맞은 후에노코지 야스히사의 기일이다. 아쓰코는 가루이자와에서 야스히사의 일주기 법회를 열 작정이었다. 그날 밤도 아쓰코는 가루이자와에 없었다. 그 사실이 지금 아쓰코의 마음을 괴롭고 힘들게 하고 그때의 기억이 그녀의 마음에 공포를 불러일으키고 있었던 것이다.

보통은 절대적이라고 할 만큼 마음 밑바닥을 드러내지 않는 아쓰코였지만 지금 이렇게 노골적으로 마음속의 불안이나 초조, 공포가 엿보이는 이유는 이곳에는 자신이 누구인지 모르는 낯선 사람들만 있다고 안심한 나머지 표정 관리를 제대로 못한 탓이다. 설마 눈썰미 있는 관찰자가 바로 옆의 철

기둥에 몸을 기댄 채 신문을 읽는 척하면서 자기 안색을 죄다 엿보고 있으리라고는 꿈에도 생각지 못했던 것이다.

쇼와 33년이 저물어가던 무렵 아쿠쓰 겐조가 뜻하지 않게 최후를 맞이했을 때 그것은 단순한 교통사고로밖에 취급되지 않았다. 사고 차량에 대해 조사하기는 했지만 그것은 수사1과의 일은 아니었다. 방향지시기로 사람을 죽음에 이르게 할 수 있다니, 어떻게 생각해봐도 가능성이 희박한 살해방법이라 하지 않을 수 없었다. 아쿠쓰 겐조의 죽음이 굉장히 불행한 우연이라고 치부된 것도 무리가 아니다.

쇼와 34년 8월 후에노코지 야스히사가 가루이자와의 수영장에서 기묘한 죽음을 맞이함에 따라 아쿠쓰 겐조 사건이 새삼 주목을 받았다. 가루이자와 서에서 곤도라는 안짱다리 형사가 상경했을 때 그 담당주임은 도도로키 경부였다. 도도로키 경부는 곤도 형사와 함께 일찍이 오토리 지요코의 남편이었던 사람들, 그리고 근래 오토리 지요코의 다섯 번째 남편이 되지 않을까 싶은 인물의 신변을 조사해보았다. 그때 도도로키 경부는 후에노코지 아쓰코와 만났다. 단, 상대는 알아차리지 못하는 방법으로.

급행 '구사쓰온천'이 도착해 승객이 열차에 타기 시작했을 때 도도로키 경부는 아쓰코의 바로 뒤에 있었다. 그리고 극히 자연스럽게 아쓰코의 맞은편 좌석에 자리 잡는 데 성공했다. 두 사람의 좌석은 창가자리였다.

'구사쓰온천'은 만원이었다. 이 열차가 가는 쪽으로 피서를 떠나는 손님도 있었지만 도도로키 경부나 후에노코지 아쓰코처럼 신에쓰 선이나 국도 18호선이 통행금지 되는 바람에 조에쓰 선을 돌아 가루이자와에 가는 손님도 상당히 있었기 때문이다.

열차가 우에노 역 플랫폼을 떠나고 나서도 도도로키 경부는 경솔하게 정면에 앉은 노부인에게 말을 거는 바보짓은 하지 않았다. 관심없다는 표정으로 한참동안 창밖 풍경에 눈을 돌리고 있다가 이윽고 셔츠 주머니에서 신문을 끄집어내어 눈앞에 펼쳤다.

아쓰코의 얼굴에서는 아까의 괴로운 빛은 사라져 있었다. 그곳은 이미 타인만 있는 세상은 아니라는 사실을 그녀는 알고 있었을 것이다. 고작 3시간이라도 함께 여행하게 되면 남남으로 볼 수만은 없는 일이 생길지도 모른다. 그것을 아쓰코는 본능적으로 알고 있었다. 아쓰코는 타고난, 인상이 좋지 않아 보이는 험악한 표정으로 돌아와 아무렇지 않게 눈앞의 남자를 관찰하고 있었다.

아쓰코의 눈에 도도로키 경부가 어떻게 비쳤는지는 모른

다. 하지만 설마 관찰자, 그것도 일찍이 자신도 휩쓸린 사건을 조사한 적이 있는 사람이라고는 생각지 못했던 것만은 확실하다. 도도로키 경부의 키는 174센티미터, 남자답고 당당한 풍채는 언뜻 보기에 신사답다. 최근 갑자기 흰머리가 늘어난 머리는 왼쪽으로 단정히 가르마를 탔고, 몸가짐도 좋은 데다 회사의 중역 정도로는 보이는 관록이 있다.

오미야(大宮) 역을 떠났을 때 아쓰코는 손가방 안에서 뭔가를 꺼내려고 했는데 그 바람에 묘한 물건이 튀어나와 도도로키 경부의 발밑에 굴러 떨어졌다. 경부가 몸을 굽혀 주위 올려보니 그것은 하코네 자이쿠*로 만든 작은 상자였다. 성냥갑 8배 크기의 작은 상자로, 흰색, 황색, 다갈색, 갈색, 흑색의 다섯 가지 색 판이 엮여 기하학적인 모양이 아름답게 만들어져 있다. 저쪽의 나무토막을 당기고, 이쪽 나무토막을 밀고, 또 이쪽저쪽의 나무토막을 밀고 당기는 사이에 겨우 열리는 보석함이다.

도도로키 경부는 신기한 듯 그 상자를 들여다보았다. 하지만 곧 싱글벙글 웃으면서 앞으로 내밀었다. 아쓰코는 말없이 가볍게 고개를 숙이고 그것을 받더니 손가방에 쑤셔 넣고는

---

* 하코네의 전통 목공예품.

대신 작은 책 한 권을 꺼냈다. 도도로키 경부도 더 이상 작은 상자에 흥미가 없는 것처럼 눈앞에 신문을 펼쳤다. 하지만 도도로키 경부는 잠깐 동안에도 놓치지 않았다. 아쓰코의 눈에 일순 낭패의 빛이 떠오른 것을. 물론 그것을 받아들었을 때 아쓰코의 얼굴은 무표정하고 완고한 모습으로 돌아와 있었지만 말이다.

아쓰코가 꺼낸 것은 저명한 여류 가인이 주재하는 단가잡지였다. 아쓰코도 그 잡지 동인의 하나로, 매달 그녀의 단가가 지면을 장식하고 있었다. 아쓰코는 권두 첫 페이지부터 열심히 읽기 시작했다. 그리고 이 또한 손가방 안에서 꺼낸 볼펜으로 괜찮다 싶은 작품 위에 표시하기 시작했다.

하지만 뛰어난 관찰자인 도도로키 경부는 알고 있었다. 아쓰코가 정말 관심이 있는 것은 그 단가잡지가 아니라는 사실을 말이다.

하코네 자이쿠 상자를 받아들었을 때 그녀의 표정에는 아무 변화도 없었다. 아쓰코의 표정은 항상 변화 없이 딱딱하고 험하고 의연하게 가라앉아 있었다. 도도로키 경부의 부드러운 미소에 감사의 말을 했지만 그저 의례적인 가벼운 인사뿐이었다.

그녀는 그것뿐, 하코네 자이쿠 같은 건 잊은 듯한 행동을 보이고 있었다. 하지만 이따금 볼펜을 든 손을 잡지 위에 둔 채 고개를 들고 시선을 허공에 둔다. 분명 지금 읽고 있는 노래를 되뇌는 게 아니라 뭔가 마음속에 도사린 불안과 공포를 감추기 위해서라는 사실을 도도로키 경부는 알 수 있었다.

'이 할머니, 대체 뭘 그렇게 겁내고 갈피를 못 잡고 있는 거지?'

하지만 도도로키 경부는 변함없이 무관심한 얼굴로 주머니에서 꺼낸 세 종류의 신문에 번갈아 눈길을 보내고 있었다.

다카사키(高崎)에서 조에쓰 선과 신에쓰 선은 갈라진다. 그 다카사키에서 도도로키 경부는 도시락을 사서 먹었다. 아쓰코는 가루이자와에 도착해서 먹을 작정인지, 도도로키 경부가 왕성한 식욕을 자랑하는 것을 맞은편에서 말없이 보고 있었다. 도도로키 경부는 식욕을 충족시키자 빈 도시락을 좌석 아래 쑤셔 넣고 천천히 차를 마시고는 새삼 창밖으로 눈을 돌렸다. 이 부근부터는 태풍이 휩쓸고 간 흔적이 빠르게 창밖으로 스쳐 지나간다.

도도로키 경부는 생각난 듯 일어서서 그물선반에서 가방을 내렸다. 가장자리에 달린 지퍼를 열면 공간이 더 늘어나는 검은 가죽 가방이었다. 가방 안에서 꺼낸 것은 '가루이자와 안내'라고 쓴 작은 책이다. 아무렇지 않게 페이지를 넘기고 있으려니 아쓰코 쪽에서 먼저 말을 걸어왔다.

"저, 실례지만……."

마침내 물고기가 미끼에 걸려든 것이다.

"네……?"

하지만 고개를 들어 아쓰코의 얼굴을 보는 도도로키 경부의 표정은 무심 그 자체였다.

"가루이자와로 가시는 건가요?"

"네."

"실은 저……."

그렇게 말한 아쓰코의 눈에는 갑자기 타고난 경계심이 어렸다. 탐색하듯 눈앞의 남자를 관찰한다.

"실례지만 가루이자와 어디쯤 가시나요?"

"네, 미나미하라입니다."

도도로키 경부의 눈은 변함없이 무심한 미소를 띠고 있다. 상대에게 온화함을 느끼게 하는 눈이다.

"미나미하라……? 좋은 곳이라고 하더군요. 훌륭한 학자님들이 많이 계신다고요."

"네, 원래 학자들이 만든 휴양지니까요."

도도로키 경부는 바로 고명한 학자의 이름을 이 사람 저 사람 두셋 들먹였다. 전부 긴다이치 코스케한테 들은 이름이었지만 아이처럼 단순하게 과시하는 모습이 이 오만한 여성을 미소 짓게 했다. 항상 억지로 짓는 듯한 미소와는 조금 다른 모습이었다. 그래도 아직 경계심을 다 풀지는 않은 것 같았다.

"그래서 미나미하라에 별장을 갖고 계시는군요."

"당치도 않습니다."

도도로키 경부는 빙긋 웃었다.

"저는 아직 가루이자와에 별장을 가질 만한 인물이 아닙니다. 아시는지 모르지만 미나미하라에 난조 세이이치로의 별장이 있습니다. '난조 세이이치로'라고…… 아시는지요?"

"유네스코와 관계있는 분이시군요."

이런 여성들이 보통 그렇듯 그녀 역시 유명인에게 관심이 많은 사람 중 한 명이었다.

"네, 맞습니다. 그 난조의 별장에서 2, 3일 쉬고 올 생각입니다. 잠시 몸을 쉬게 해주고 싶어서요."

"하지만 난조 선생, 지금 분명 스위스인가로……."

"그래서 호랑이 없는 틈에 맘 놓고 쉬려고요."

"어머, 좋군요. 그럼 법률에 관계된 일을 하시나봐요?"

"네."

도도로키 경부는 싱긋 웃으면서 얼버무렸다. 이것은 거짓

말이 아니다. 아쓰코는 어떻게 받아들일지 모르지만 도도로키 경부는 자신을 법의 파수꾼이라 생각하며 임하고 있다.

아쓰코는 어쨌거나 경계심을 푼 모양이었다.

"실은 저도 가루이자와에 가는 길입니다."

"부인은 어디로……?"

"사쿠라노사와인데요. 태풍이 엄청 심했던 모양이라……."

"정면으로 당한 모양이더군요."

"네. 그래서 오늘 아침 손녀와 전화 통화했는데 손녀도 굉장히 겁을 먹었더군요."

"손녀분 외에 누군가……."

"가정부가 한 사람 있는데요. 아직 젊어서요."

"그럼 걱정되시겠군요."

"네, 그래서 한시라도 빨리 가고 싶지만 신에쓰 선이 운행하지 않아서요."

"국도 18호선도 엉망진창인 모양이더군요."

"네, 그래서 이 노선을 이용했는데 아무래도 이 노선은 처음이잖아요. 왠지 불안해서……."

"아, 그렇군요."

도도로키 경부도 겨우 상대의 진의를 납득하고 싱글벙글 웃으며, 하지만 가급적 소극적인 태도로 말했다.

"실은 저도 가루이자와에 가는 데 이 노선을 이용하는 건 처음입니다. 나가노하라(長野原)라는 곳에 가루이자와행 버스가 온다더군요."

"전에는 구사쓰에서 가루이자와까지 구사-가루 전철이라는 성냥갑 같은 작은 전차가 왔었어요. 그런데 그것도 폐지돼서……. 나가노하라라는 역은 처음이라……."

"여행에는 익숙하지 않으신 모양이군요."

"나이를 먹었으니까요."

"가루이자와를 벗어나 더 멀리 여행 다니거나 하신 적은 없나요?"

"거의 하지 않습니다. 기껏해야 우스이 고개 정도……. 참, 그렇군요. 오니오시다시(鬼押出)에 한 번 간 게 가장 멀리 나간 거라고 해야 할까요."

"하하하, 나가노하라에서 나가는 버스는 조슈(上州) 미하라(三原)에서 그 오니오시다시를 거쳐 가루이자와로 통하는 것 같더군요."

"어머, 그럼 상당히 돌아가는군요."

아쓰코는 불안해했다. 나이 든 일본 부인들에게서 흔히 보이는 모습이다. 판에 박힌 궤도 위에서 움직일 때는 편안하지만 조금이라도 궤도에서 벗어나면 불안을 느끼는…… 아쓰코도 그런 타입인 듯했다.

"그럼 이렇게 하면 어떨까요? 저는 나가노하라에서 택시를 부를 생각인데, 같이 가지 않으시겠습니까? 저는 미나미하라 입구에서 내리면 되니까 부인은 그대로 사쿠라노사와까지 가시면 어떨까요. 미나미하라는 나카카루이자와부터 신 가루이자와까지니까 그 부근까지 가시면 안심일 겁니다."

"그렇게 해주시면…… 하지만 폐를 끼치는 거 아닌가요?"

"당치도 않습니다. 어차피 혼자 타나 둘이 타나 마찬가지니까요."

"죄송합니다. 처음 뵙는 분께 이런 무리한 부탁을 드려서요. 하지만 그렇게 해주셨으면 합니다. 저 왠지 불안해서요……."

아쓰코는 창밖을 보았다. 그 부근은 태풍의 가장자리가 잠시 지나간 정도였는데도 지붕이 날아간 집이 있었고 여기저기 기울어진 전봇대도 보였다.

"그렇군요. 이거야 지독한 모양이군요. 뭐, 괜찮습니다. 여행은 길동무가 있어야 한다지 않습니까. 반드시 가루이자와까지 모셔다드리겠습니다."

나중에 생각해보고 아쓰코는 스스로도 이상해서 참을 수 없었다. 무턱대고 남에게 마음을 허락할 사람이 아닌데 왜 그 남자에게만은 그때 매달릴 생각이 들었는지. 도도로키 경부

227

는 도도로키 경부대로 내심 의심을 하고 있었다. 아까 우에노 역 플랫폼에서 보인 불안과 초조의 그림자는 여행에 익숙지 않은 여자의 소심함에서 온 것일까. 그렇게 단정하기에는 좀 심각한 거 아닌가.

오후 1시 35분 예정이던 도착시간이 조금 늦어져, 도도로키 경부와 후에노코지 아쓰코가 나가노하라의 촌스러운 플랫폼 에 내린 것은 1시 45분 무렵이었다. 여기에서 열차를 내린 손 님이 예상보다 많은 것을 보고 도도로키 경부는 조금 당황했 다.

"부인, 이 손님 대부분은 가루이자와로 가나보군요. 이거야 서두르지 않으면 택시가 다 나가고 없을지도 모르겠는데요."

"어머, 어쩌죠."

하지만 서둘러봐야 노인네 다리다. 두 사람이 개찰구를 나 왔을 때는 역 앞 광장에 버스가 한 대 있을 뿐 택시는 죄다 나 가고 단 한 대 남아 있던 자동차도 지금 먼저 온 손님이 교섭 중이었다.

"부인, 이러면 할 수 없습니다. 버스를 타는 수밖에요. 이 버 스, 가루이자와 역까지 가는 것 같습니다. 뭣하면 저도 거기 까지 같이 가드려도 좋습니다만……."

하지만 그 버스도 만원이었다. 이제 어찌할 바를 몰라 주위를 둘러보던 아쓰코는 방금 한 대 남은 자동차에 타려던 남자의 옆모습을 보더니 낮은 목소리로 외쳤다.

"앗, 사쿠라이 님, 사쿠라이 님!"

그러고는 두세 걸음 그쪽으로 달려가려고 했다.

"아시는 분입니까?"

"네, 저, 조금⋯⋯."

"그럼 제가 가보죠."

'사쿠라이'라는 성이 도도로키 경부의 흥미를 끌었다. 경부가 조사한 바에 따르면 문제의 인물, 아스카 다다히로의 사위 이름이 사쿠라이 데쓰오라고 했다.

이름을 부르자 이상한 듯 자동차 안에서 얼굴을 내민 남자를 보고 '뭐야, 이 남자였나' 하고 도도로키 경부는 웃음이 나왔다. 이 남자라면 도도로키 경부나 아쓰코와 같은 기차로 왔기 때문이다.

"무슨 용건이신지⋯⋯?"

처음 보는 남자가 말을 걸자 사쿠라이 데쓰오는 이상하다는 듯 눈썹을 찌푸렸다. 나이는 서른 전후일 터인데 동그란 얼굴은 터질 것 같고 눈썹이 두껍고 짙은 동안은 날마대사와 닮아서 표준형의 미남이라고 말하기는 힘들지만 유머와 매력이 넘치고 정력적이다. 어깨와 가슴의 근육이 알로하셔츠 아래에서 부풀어 올라 있다.

"네, 저쪽에 계신 부인이 뭔가 용건이 있다고 하셔서요."

"부인……?"

사쿠라이 데쓰오는 창에서 얼굴을 내밀고 이쪽으로 다가오는 아쓰코의 모습을 발견하더니 바로 문을 열고 자동차 밖으로 뛰어내렸다. 빈틈없이 딴딴한 체구이지만 생각보다 몸놀림이 민첩하고 균형이 잡혀 있다. 신몬산업의 엘리트다웠다.

"후에노코지 할머님 아니십니까? 자, 타십시오. 어서요."

"미안해요, 불러 세워서. 실은 이분이 가루이자와까지 데려다주실 예정이었는데 공교롭게도 택시가 다 가버려서."

"괜찮습니다. 괜찮습니다. 제가 모셔다드리죠. 자, 자, 타십시오."

사쿠라이 데쓰오는 아주 싹싹한 성격인 모양이다.

"그럼 부탁드리겠습니다. 저는 버스로 갈 테니까요."

도도로키 경부가 돌아서려는데 아쓰코가 미안한 듯 말했다.

"저, 그럼 너무……."

"같이 타셔도 좋지 않습니까. 까짓 거 같이 가시죠. 가루이자와 어디까지 가십니까?"

"미나미하라입니다."

"이분은 미나미하라의 난조 세이이치로 님의 별장까지 가실 예정이에요."

난조 세이이치로의 이름이 아무래도 도도로키 경부에게 유력한 신분증명서가 되어준 모양이다. 사쿠라이 데쓰오가 난조 세이이치로의 이름을 알고 있었는지 어떤지는 의문이지만 그는 타고난 싹싹함을 발휘했다.

"미나미하라라면 어차피 가는 길입니다. 자, 자, 타시죠."

"그렇습니까. 그럼 폐를 끼치겠습니다. 아뇨, 전 조수석이면 됩니다. 아. 그렇지. 저는 도도로키라고 합니다. 잘 부탁드립니다."

조수석에 탔을 때 도도로키 경부는 문득 아까 본 후에노코지 아쓰코의 하코네 자이쿠를 떠올렸다. 우연히 가루이자와까지 자동차를 함께 탄 세 사람도 3개의 나무토막이나 마찬가지 아닌가. 3개의 나무토막 여기를 누르고 저기를 당기면 대체 안에서 어떤 것이 튀어나올까.

제9장

A+Q ≠B+P

긴다이치 코스케와 히비노 경부보, 곤도 형사 세 사람을 태운 자동차가 야가사키를 떠났을 무렵 물은 눈에 띄게 빠져 있었다. 아까는 전체가 호수처럼 보였지만 지금은 여기저기 풀밭 모습을 드러내고 둥둥 뜬 모양새를 하고 있다.

그 야가사키를 떠났을 무렵 긴다이치 코스케는 생각난 듯 말했다.

"참, 그렇죠. 호시노온천이란 나카카루이자와의 북쪽에 있죠?"

"네."

"그렇다면 작년 후에노코지 씨가 머문 시라카바 캠프란 것은 그 중간에 있는 건가요?"

"그런데요, 그게 무슨……."

"괜찮으시면 거길 잠깐 들러보고 싶은데요. 많이 돌아갑니까?"

"아뇨, 많이는 아닙니다. 좋아, 그럼 요시모토 군, 시라카바 캠프에 잠깐 들려주게."

"알겠습니다."

야가사키에서 시라카바 캠프까지는 자동차로 12~13분 거리였다.

도중에 규도 입구 로터리에서 롯본쓰지 쪽으로 돈 지점에서 아쓰코 일행을 태운 자동차와 스쳐 지나갔지만 서로 알아차리지 못했던 것은 상대가 가루이자와의 택시였기 때문이다. 여름도 바야흐로 한창인 무렵, 시즌에 들어가면 평상시 인구의 10배 가까이 불어난다는 가루이자와이니, 아무리 태풍 뒤라고는 해도 다니는 택시는 많았다.

아까 지나갔을 때는 캠프 손님들이 아직 우왕좌왕하던 독하우스도 이제 정상적인 모습으로 돌아와 있었다.

개집을 부풀린 것 같은 모양의 독하우스가 30채 정도 늘어서 있는 중간에 공동취사장이 있고 그 옆에 스낵바 같은 건물이 있었다. 그 외에 관리인이 근무하는 관리소가 있지만 그곳을 들여다보니 관리인인 네쓰(根津)는 지금 스낵바에 있는 모양이다.

세 사람이 스낵바 쪽으로 들어가자 학생인 듯한 캠프 손님들이 두 사람, 카운터를 둘러싸고 관리인 네쓰와 소리 높여 이야기하고 있었다. 세 사람이 문턱을 넘은 순간 이런 이야기가 들려왔다.

"오토리 지요코의 남편이라."

긴다이치 코스케와 히비노 경부보, 곤도 형사 세 사람은 무심코 얼굴을 마주보았다.

네쓰는 히비노 경부보와 곤도 형사의 얼굴을 보더니 겸연쩍은 듯 두 학생에게 눈짓을 했다.

"여, 어서 오십시오."

그는 웃는 얼굴을 했다.

"곤도 씨, 오토리 지요코의 남편이 또 한 사람 살해당했다면서요?"

"소식이 빠른데요, 아저씨."

곤도 형사는 두 학생에게 턱을 으쓱했다.

"하지만 아저씨, 그렇게 얼버무리지 않아도 되잖아. 방금 이 사람들이 한 얘기는 마키 교고 씨 일 아닌가."

"마스터, 이 사람들 뭐야?"

학생 한 명이 물었다.

"경찰 어르신이죠."

"우헉!"

한 학생이 목을 움츠렸지만 또 한쪽은 심기가 불편한 듯 말했다.

"뭘 그리 벌벌 떨어. 우리가 뭐 나쁜 짓을 한 것도 아닌데."

"그렇다면 자네들은 이번 사건에 대해 뭔가 아는 게 있나?"

히비노 경부보가 안경 너머로 눈동자를 빛냈다.

"아, 이번 사건이 아니에요. 작년 사건을 얘기 중이었죠."

"그럼 자네들은 후에노코지 씨 사건에 대해 뭔가 아는 게 있나?"

곤도 형사가 추궁했다.

"아, 아는 정도까지는 아니고요. 어제 이 가루이자와에서 묘한 남자를 만났거든요."

"묘한 남자라니?"

"아, 그 전에 자기소개를 하겠습니다. 여기 있는 사람은 후지타 긴조(藤田欣三), 이렇게 말하는 저는 마쓰무라 마사루(松村まさる), 둘 다 Q대생인데요, 둘 다 출랑대는 성격이라."

"그만해, 너 촐랑거리는 건 정평이 나 있지만 나까지 같은 취급당하는 건 사양하고 싶다."

"아, 자네들이 촐랑거리든 아니든 그건 우리가 알 바 아니야. 우리가 알고 싶은 건 작년 사건에 대해 자네들이 뭔가 아는 게 있냐는 거지."

"아, 그거 말인데요, 형사님."

심각하게 말을 꺼낸 것은 자기는 촐랑대지 않는다고 주장한 후지타 긴조다. 촐랑거린다는 말을 부정해서인지 말투도 얌전했다.

"실은 저희, 어제 이 가루이자와에서 묘한 남자를 만나서 지금 그 얘길 하던 참이에요."

"묘한 남자라니?"

"방금 마스터에게 듣고 이름이 생각났는데요, '다시로 신키치'라고 예대 음악부 학생이래요."

긴다이치 코스케는 무심코 학생의 얼굴을 다시 보았다.

"다시로 신키치……? 누구야, 그건…….."

"저, 곤도 씨도 잘 잊으시는군요. 작년 하나레 산에서 동반 자살을 시도해 여자는 죽고 남자 쪽은 살았잖아요. 살아남은 사람이 다시로 신키치입니다."

마스터가 카운터를 훔치면서 말했다.

"아, 참, 그렇지. 그러고 보니 그런 일이 있었는데, 그 남자는 어떻게 됐나?"

"아, 그런가. 곤도 씨는 그때 후에노코지 씨 사건에 여념이 없던지라 듣지 못했군요. 다시로 신키치가 동반자살을 시도한 것은 8월 16일, 후에노코지 씨의 시체가 발견된 것과 같은 날이라던데 그 전날 밤 다시로 신키치는 여기 머물렀습니다."

"그럼 후에노코지 씨와 함께였나?"

곤도 형사의 목소리가 무심코 커졌다.

"그래요. 게다가 그날 밤, 후에노코지 씨가 여기를 나갈 때까지 맞은편 언덕에서 다시로 신키치와 오랫동안 이야기를 주고받았던 것을 이 학생들이 보았다고 합니다."

"자네들, 그 다시로 신키치라는 청년을 올해도 이 가루이자와에서 보았다는 거군."

이것은 긴다이치 코스케의 질문이다.

"네."

후지타 긴조는 '이상한 놈이 나타났네' 싶은 표정으로 긴다이치 코스케를 머리부터 발끝까지 쭉 훑어보면서 그래도 얌전하게 말을 이었다.

"어제 만났어요."

"어디서?"

"호시노온천에서."

이렇게 말한 사람은 마쓰무라 마사루다.

"지금 거기서 현대 음악제란 걸 한다나 봐요. 어제 오후 그 토론회 하는 데 왔었어요. 변함없이 심각한 낯빛이어서 또 자살을 하려는 건 아닐까 하고 후지타와 얘기했다니까요."

다시로 신키치가 고미야 유키와 동반자살을 기도한 것은 작년 8월 16일 오후였다. 고미야 유키는 죽었지만 다시로 신키치는 살았다. 모레가 기일이라는 사실을 긴다이치 코스케도 생각해냈다. 다시로 신키치가 그 후 어떻게 됐는지 긴다이치 코스케는 몰랐지만 합의하에 한 동반자살이라는 사실은 고미야 유키의 유서를 봐도 명백했다. 두 사람의 건강상태나 처지로 보아 유키 쪽에서 제안한 게 아닐까 싶었다. 검시 결과에 의하면 유키의 가슴의 병은 꽤 진행되어 있었다고 한다. 그래서 살아남은 다시로도 그다지 죄를 추궁당하지 않았을 것이다. 다시로가 어느 정도 유키를 사랑했는지는 모르지만 자신을 남기고 죽어간 여자를 추모하기 위해 이 땅에 온 것도 인간으로서의 도리에서 우러나온 것일지도 모른다. 다시로는 예대 음악부 학생이었다고 들었다. 복학할 수 있었는지는 모르지만 쓰무라 신지의 토론회에 왔다는 것도 이상하지 않다.

긴다이치 코스케는 자신도 묘하게 관련된 작년의 동반자살이 이번 사건과도 얽혀 있다는 사실에 흥미를 느꼈다.

"자네들, 다시로 신키치란 청년이 어디에 머물고 있는지 물어봤나?"

"아뇨, 별로. 저희 얘기도 안 했는데요. 별로 아는 사이라고
할 수도 없어서요. 그저, 그 남자지? 작년 동반자살 시도했다
던? 그래, 맞아. 그런 얘기를 나눈 정도예요."

"저흰 촐랑이들이니까요. 작년 하나레 산에서 동반자살 사
건이 있었단 얘길 듣고 바로 달려갔어요. 구조대와 같이요.
그랬더니 그놈, 같은 캠프에 있던 놈이지 않았겠어요?"

"그래서 그때도 마쓰무라와 얘기했었어요. 그 남자, 캠프
에서도 희한하게 생각에 잠겨 있던데 가루이자와에 동반자살
하러 왔었군, 하고요."

"게다가 동반자살을 시도한 그 남자가 전날 밤 후에노코지
씨와 긴 대화를 주고받았던 걸 자네들은 봤단 말이군."

히비노 경부보가 처음으로 끼어들었다. 이 젊은 경부보와
학생들과는 그리 나이 차가 많지 않다.

"아, 그땐 후에노코지란 것도 오토리 지요코의 남편이란 것
도 몰랐죠."

마쓰무라 마사루의 툭툭 내뱉는 말투에 젊은 경부보는 자
못 짜증난 얼굴이 되었다.

"하지만 아까 마스터의 말론……."

"아, 아, 이렇게 된 거예요."

마쓰무라가 또 뭔가 놀리려고 하는 것을 옆에서 후지타가 당황해서 이어받았다.

"그날 밤은 15일로 백중맞이 날이었죠. 이 가루이자와에서도 여기저기서 봉오도리가 있었어요. 그래서 이곳 캠프 멤버들도 '아미다'에서 차가운 맥주나 땅콩을 한 덕 내서 캠프파이어를 하기로 했어요. 마스터도 같이 냈죠."

"같이 한 게 아니지. 그땐 내가 최고의 스폰서였어."

"당연하죠. 보통은 심하게 바가지 씌우잖아."

"마사루, 넌 가만있어. 마스터는 진지하잖아."

후지타는 그렇게 친구를 나무랐다.

"그런데 그 두 사람, 후에노코지 씨와 다시로 군……. 둘 다 이름은 아직 몰랐지만 그 두 사람만이 끼는 걸 거절했어요. 그리고 후에노코지 씨, 캠프파이어가 시작될 무렵엔 상당히 취해 있었죠. 그보다 조금 전에 제가 같이 즐기자고 권하러 갔을 때 이미 취해서 독하우스 안에서 잠들어서는 뭔가 불평을 해대면서 꼬부라진 못으로 머리맡에 있던 널빤지에 낙서를 하고 있었어요. 소중하게 위스키 병을 끌어안고는 말이죠. 독하우스 안은 술 냄새가 가득했어요. 그래서……."

"아, 잠깐 기다려."

곤도 형사가 가로막았다.

"후에노코지 씨가 널빤지에 낙서를 했다고?"

"네, 어딘가에서 주워왔겠죠. 꼬부라진 못 같은 걸로요."

"마스터, 후에노코지 씨가 머문 곳은?"

"17호 하우스예요. 내친 김에 말씀드리겠는데요, 다시로 신키치가 머문 곳은 그 옆인 18호 하우스였습니다."

바로 대답이 가능했던 까닭은 나란히 머문 두 사람이 둘 다 묘한 운명에 놓였다는 점이 네쓰에게 강한 인상을 남겼기 때문일 것이다.

"그건 지금도 있지?"

"네, 그대롭니다. 보시겠습니까?"

"나중에 보지. 그럼 자네 계속해줘."

곤도 형사가 재촉했다.

"네, 그 사이에 캠프파이어가 시작됐어요. 다들 차츰 취해서 '코끼리 한 마리가 거미줄에'*를 했습니다. 그런데 캠프파이어에서 빠진 두 사람만이 저쪽 구석 언덕에서 뭔가 이야기를 하고 있잖아요. 그때 '빠진 사람이 있구나' 싶어 묘하게 신경이

---

* '코끼리 한 마리가 거미줄에 걸려서 놀았습니다. 너무 즐거워서 또 한 마리를 오라고 불렀습니다. 코끼리 두 마리가 거미줄에 걸려서 놀았습니다. 너무 즐거워서 또 한 마리를 오라고 불렀습니다……' 이런 식으로 노래를 부르며 친구를 불러서 10명 정도가 되면 마지막에 '너무 어두워져서 집에 돌아가자고 말했습니다'라고 말하며 끝을 내는 놀이이다.

쓰이더군요."

"오지랖이 넓으니까, 넌."

"오지랖이 아냐. 근본이 친절한 거지."

"달갑지 않은 친절이란 거야, 그런 건."

"뭐라 그랬냐, 너."

"뭐, 됐어. 됐어. 그래서……?"

"그날 밤은 굉장히 안개가 짙었어요. 안개가 짙어진 건 8시 지나서였는데 제가 언덕에 올라갔을 땐 아직 별이 선명하게 보였죠."

"너, 뭐 하러 간 거야?"

"제비뽑기는 안 해도 되니까 이쪽에 와서 신나게 놀지 않겠 냐고."

"매몰차게 거절당했지?"

"뭐, 그렇지."

후지타 긴조가 씁쓸하게 웃었다.

"후에노코지 씨는 뭐라고 하며 거절했나?"

"괜찮다고. 나는 이쪽이 좋다고. 그러니 다시로 군 역시 '나 도……'라고 하고."

"웃기다. 아주 꼴좋게 됐어."

"두 사람은 무슨 얘길 하고 있었나?"

"그건 저도 모릅니다. 제 발소릴 듣고 둘 다 입을 다물어버렸으니까요."

"그래서 넌 얼간이라는 거야. 좀 살금살금 걷지 그랬어? 그랬으면 스타의 전남편에게 재미난 이야길 들을 수도 있었을 텐데."

"아하하, 그렇군."

후지타는 명랑하게 웃었다.

"그래서? 그리고 또 무슨 일이 있었나?"

"아뇨, 제가 아는 건 그게 전부예요. 그 뒤엔 캠프파이어 하는 사람들에게 섞여서 법석을 피웠으니까 후에노코지 씨가 언제 여기를 나갔는지 그것조차 모를 정돕니다. 다시로 군과는 그걸 마지막으로 얘기를 나눈 적이 없으니 제가 아는 건 그 정도예요. 보고 끝."

후지타 긴조는 스낵바 의자에서 내려오더니 직립부동자세로 거수경례했다.

"주임님, 그럼 17호 하우스를 보러 가실까요?"

태풍이 어디로 상륙할지 모르는 꾸물꾸물한 날씨였다. 어제는 캠프를 하는 사람 수도 많지 않아서 17호 하우스도 비어 있었다.

독하우스란 말 그대로 개집과 꼭 닮은 판자를 댄 오두막집이었지만 지면에 직접 지은 것이 아니고 높이 1미터 남짓하게 사방을 나무기둥으로 받친 판자 위에 지어져 있다. 오두막집의 사방은 가로가 긴 판자로 감싸여 있었다. 입구에 나무로 만든 문이 붙어 있고 안은 다다미 3장 크기였다.

이런 오두막집이 30채 남짓 늘어서 있으니 장관이었다. 그래도 텐트촌보다는 상급이라 해야 할 것이다. 이곳에 묵는 사람들은 관리하우스에서 침구류를 빌릴 수 있고 취사 등도 공동취사장에서 해결할 수 있다. 한 잔 걸치고 싶으면 바에 가면 된다.

실로 간단하고 소탈한 숙박업소였다. 그렇기에 과거 자작 가문 출신에 한때는 미남스타로 이름을 날렸던 인물이 이런 곳에 머물렀나 생각하니 어쩐지 애잔하다. 게다가 지금 최고의 위치에 있는 오토리 지요코의 첫 번째 남편이라고 생각하니 더욱 비참한 느낌이다. 후에노코지 야스히사는 어지간히 궁핍했던 게 틀림없다.

독하우스 바닥까지는 나무로 만든 3단 계단이 놓여 있었다. 그 계단을 올라가 조악한 판자문을 열어보니 주위의 널빤지도 바닥도 촉촉이 습기를 머금은 것이 보였다. 널빤지 바닥은 구멍투성이였고 여기저기 구멍에서 미역취가 싹을 내밀고 있는 모습이, 풍류를 넘어 참담하다.

내부에는 전등 따위는 있을 리 없고 채광창이 하나 있었지만 차서 올리는 식의 판자문을 막대로 지지해놓는 방식이라, 열어놓아도 채광효과는 별로 없다. 그래서 오두막집 안은 어두컴컴했다.

"후지타 군, 후에노코지 씨는 어느 쪽에 머리를 두고 누워 있었나?"

"이쪽에서 볼 때, 왼쪽에 머리를 두고 있었어요. 벽을 보고 누워 왼팔을 베개로 삼고 오른손으로 판자에 뭔가를 끼적이고 있었습니다."

그곳은 오두막집의 구석이었고 게다가 빛을 받는 창 반대쪽이라 어슴푸레한 느낌도 더 강했다. 긴다이치 코스케는 라이터를 꺼내 건넸다.

"아, 고맙습니다."

히비노 경부보가 라이터를 비추더니 거북한 듯 몸을 움츠리고 잠시 여기저기를 조사해보았다.

"긴다이치 선생님, 이거 아닙니까?"

"어디어디……."

"이거, 왠지 방정식 같군요."

바닥에서 50센티미터 정도 지점에 왼쪽에서 오른쪽으로 점점 올라가며 글씨가 쓰여 있었다. 그날 밤 후에노코지 야스히사가 쓴 것은 이것이 틀림없었다. 만취해서 쓴 거라면 명확치 않은 것도 무리가 아니다. 그래도 그것은 대충 다음과 같이 적혀 있었다.

A+Q ≠B+P

"A 플러스 Q는 B 플러스 P와 같지 않다……."

"어디, 어디……."

긴다이치 코스케도 몸을 구부려 들여다보았다. 확실히 그것 말고는 읽을 수가 없었다.

"곤도 씨, 어떠십니까? 이거 뭐라고 읽습니까?"

곤도 형사도 들여다보았다.

"이거 주임님 말씀대론데요. A 플러스 Q는 B 플러스 P와 같지 않다……. 대체 뭡니까, 이건? 긴다이치 선생님, 여러 분야에 박식하신 것 같은데 이런 방정식이 있습니까?"

"글쎄요……."

긴다이치 코스케는 더벅머리를 긁었다.

"저도 아는 게 없어서 이런 방정식은 모릅니다. 하지만 히비노 씨."

"네."

"당신은 작년 사건 직후에 이 독하우스를 조사하지 않으셨……"

"아, 조사하긴 했는데 이 낙서는 몰랐습니다. 낙서가 있는지도 몰랐으니까요."

젊은 경부보의 뺨은 굴욕감으로 경련하고 있었다. 하지만 그 낙서는 경부보의 부주의를, 부주의라고 책망하기에는 뭣할 정도로 희미했고 게다가 불분명했다. 게다가 높이도 발견되기 힘든 위치이기도 했다.

"A 플러스 Q는 B 플러스 P와 같지 않다……인가?"

곤도 형사는 다시 한 번 입속으로 중얼거렸다.

"후에노코지 선생, 대체 뭘 표현하려던 거지. 저, 주임님, 그 외에 뭔가 쓰여 있는 건 없습니까?"

"어디……."

히비노 경부보가 라이터 불을 좀 더 가까이 가져대자 역시 앞에서 이야기한 방정식 아래 비슷한 긁힌 자국이 있다. 그것은 방정식보다 더 희미하고 불명확했지만 우연히 생긴 자국으로 보기에는 선의 맥락이 명확하다. 두 사람이 이마를 맞대고 지렁이가 기어가는 듯한 선에서 겨우 판독한 바에 따르면 이랬다.

Sasuke Sasuke Sasuke

점점 글자가 작아지고 있었는데 그것밖에는 읽을 수 없다.

"긴다이치 선생님, 이거 '사스케'라고 읽는 거죠?"

"그렇겠죠? 3개 나 그렇게밖에는 못 읽겠어요."

"첫 글자가 대문자로 된 걸 보면 이거 고유명사일 겁니다. 사스케…… 사스케……. 주임님, 이번 사건 관계자에게 이런 이름이 있습니까?"

하지만 아무도 짚이는 사람은 없었다. 깜박이는 라이터 빛 속에서 세 사람은 슬며시 얼굴을 마주보았다.

자살이든 타살이든 과실사든, 후에노코지 야스히사가 이 세상을 떠나기 직전에 이것을 썼다면 결국 유언이나 다름없다. 만취한 사람의 무의미한 끄적거림으로 간과해도 좋을까.

'게다가……' 하고 긴다이치 코스케는 생각한다. 후에노코지 야스히사는 이것을 쓴 날 오후 늦게 쓰무라 신지를 만났다. 그 결과로 '쓰무라 신지에게 들었어, 들었다고. 아스카 다 다히로를 만나도 되느냐'며 오토리 지요코에게 협박전화를 하게 했다면, 이 방정식도 사스케라는 이름도 뭔가 그와 관련이 있는 것은 아닐까.

히비노 경부보도 같은 생각인 듯했다.

"이거 아무래도 쓰무라 씨를 만나야만 되겠군요. 곤도 군, 감식반을 불러서 이 낙서를 사진으로 찍으라고 해. 아, 그보다 이 판자를 한 장 뜯어서 증거품으로 가져갈까?"

"주임님, 그게 좋겠습니다. 뭐, 이까짓 개집 따위."

남의 물건이어서인지 안짱다리 형사는 호탕하다.

"곤도 군."

"네."

"난 이제부터 18호 하우스를 조사할 거야. 그 사이에 자넨 밖에 있는 학생에게 다시로 신키치라는 남자의 외모와 특징에 대해 잘 물어봐줘. 긴다이치 선생님."

"네."

"모레가 동반자살한 사람의 기일이라면 다시로 신키치라는 남자, 그날 하나레 산에 고인의 명복을 빌러 오지 않을까요?"

"그럴 가능성이 크겠군요."

"그렇다면 녀석, 지금 이 가루이자와 어딘가에 묵고 있을 거야. 무슨 수를 써서라도 그 녀석을 찾아내지 않으면……. 후에노코지 씨에게 무슨 얘길 들었을지도 몰라."

"하지만 주임님, 그 녀석, 이름을 바꿨을지도 모릅니다. 그 사건이라면 신문에도 났으니까요."

"그러니까 인상착의를 자세히 캐물어. 올해는 이 캠프는 피했을 거야. 어차피 그렇게 젊은 놈이면 일류호텔에 묵었을 리 없어. 다른 캠프나 싸구려 호텔에 묵었을 게 뻔하니 그놈을 빨리 찾을 수 있도록 수배해줘."

"그럼 호시노온천 쪽은?"

"그쪽은 나 혼자 충분해. 아, 긴다이치 선생님이 같이 가주시겠지."

히비노 경부보에게 긴다이치 코스케란 남자는 어려운 존재임과 동시에 한편으로는 믿음직한 상대인기도 한 모양이었다. 사실, 긴다이치 코스케란 이 남자는 어느 쪽이든 그리 방해는 되지 않는 사람이다.

지난해에 다시로 신키치가 묵었던 18호 하우스에서는 이거다 싶은 발견은 없었다. 이웃한 17호 하우스와 마찬가지로 바닥도 주변도 널빤지도 오늘 아침의 태풍으로 흠뻑 젖어 있었다.

거기서 밖으로 나가니 곤도 형사가 관리인 네쓰를 붙잡고 널빤지를 한 장 뜯을 수 있는지 교섭 중이었다. 네쓰는 굉장히 곤혹스러워했으나 어쩔 수 없이 승복한 모양이다.

아까 만난 두 학생이 호기심에 찬 얼굴로 두 사람의 대화를 듣고 있었다.

"아, 잠깐 관리인님."

긴다이치 코스케가 생각난 듯 입을 열었다.

"이 17호 하우스 말인데요. 여기, 작년 사건 후에도 머문 손님이 있었죠?"

"그야 물론입니다. 이 안에서 살인사건이 있었던 것도 아니니까요."

"그 사람들의 주소와 성명은 다 적어두셨겠죠?"

"그건 받아뒀습니다. 하지만……."

"하지만……?"

"아, 모든 사람이 진짜 이름을 적어놨는지 아닌지, 거기까진 확인해드릴 수가 없어요. 실제 여기 있는 두 사람만 해도……."

"앗, 무슨 말을 하는 거야, 마스터. 난 진짜 주소랑 이름을 제대로 적었다고요."

"과연 그럴까? 후지타 긴조란 남의 눈을 속이기 위한 가명이고 실은 모 중대사건의 지명수배자 아니야?"

"뭐래, 이 자식."

"히비노 씨."

긴다이치 코스케는 경부보 쪽으로 몸을 돌렸다.

"이 17호 하우스에 작년 여름 사건 이후 묵고 간 손님 명단을 관리인님께 받아두시면 어떻겠습니까?"

"긴다이치 선생님."

경부보는 뭔가 말하려고 했지만 바로 생각을 고쳐먹은 듯했다.

"마스터, 방금 선생님께서 하신 말씀 들었지? 그렇게 할 거니까."

그리고 바로 차에 올라 시라카나 캠프를 벗어나자 경부보가 말을 건넸다.

"긴다이치 선생님."

"네."

"선생님은 사건이 있은 후 저 17호 하우스에 누군가 이 사건 관계자가 묵은 게 아닐까 의심하시는 겁니까?"

"혹시 묵었던 사람이 있다면 누굴까요? 이 사건의 관계자로……."

히비노 경부보는 한참 생각한 후 아연하게 중얼거렸다.

"쓰무라 신지……일까요?"

"그런 부분을 잘 조사해야 합니다. 어느 쪽이든 그 낙서는 신중하게 조사할 필요가 있겠죠."

"누가 나중에 손을 댔다고 생각하시는 겁니까?"

"전문가가 조사하면 바로 판명 나겠죠. 그런 의미로 그 판자를 통째로 가져오게 한 것은 정말이지 적절한 조치였다고 감탄하고 있습니다."

히비노 경부보는 입을 다물었다.

긴다이치 코스케라는 남자는 단순히 방해되지 않을 뿐만 아니라 정말이지 유효적절한 충고를 해준다는 사실을, 이 수재형 경부보도 알아차리기 시작했던 것이다.

"히비노 씨."

한동안 침묵이 흐른 후 이번에는 긴다이치 코스케가 먼저 입을 열었다.

"네."

"다시로 신키치라면 저도 알아볼 수 있을 겁니다."

"긴다이치 선생님이요……?"

경부보는 깜짝 놀란 듯 옆자리에 앉은 긴다이치 코스케를 돌아보았다.

"어째서요? 아는 사이십니까?"

"아뇨, 못 들으신 모양이군요. 전 경찰분께 제대로 명함을 건네고 갔는데 말이죠. 작년 다시로 신키치와 고미야 유키의 동반자살을 발견한 건 바로 접니다."

"선생님이……?"

히비노 경부보는 두 번 놀라 다시금 긴다이치 코스케의 옆얼굴을 바라보았다.

"네, 작년에도 전 요맘때 이 가루이자와에 왔었습니다. 8월 16일 오후 저는 혼자 터덜터덜 하나레 산에 올라갔죠. 정상에 닿았을 땐 날씨가 아주 맑았고 아사마도 고아사마도 잘 보이더군요. 그때 언젠가 동반자살이 있었다던 동굴을 들여다봤어요. 박쥐가 잔뜩 천장에 붙어 있더군요. 그 사이에 멀리서 번개 소리가 들리고 날씨가 급변할 것 같아서 서둘러 샘 쪽으로 내려오기 시작했습니다. 갑자기 안개가 짙어져서 제 주변을 휘감기 시작하더군요. 그런데 중간에 아래에서 올라오는 두 남녀를 만난 겁니다. 저는 그 둘을 스쳐 지나가면서 지금 올라가봐야 안개가 짙어서 아무것도 못 볼 거라고 주의를 주려고 말을 걸었는데요. 두 남녀는 제 말을 들으려고도 안 하고 그대로 정상 쪽으로 올라가더군요."

"그래서……?"

긴다이치 코스케가 한숨 돌리는 것도 아까운지 경부보는 말을 재촉했다.

"전 그대로 5분 정도 내려왔는데요. 안개가 자꾸 짙어지니 묘하게 방금 스쳐 지나간 남녀가 신경 쓰이더군요. 그래서 길가에 있는 바위에 앉아 한참을 두 남녀가 내려오길 기다렸어요. 정상에 올라가봐야 안개가 짙어서 아무것도 보일 리 없으니까요. 하지만 두 남녀는 내려올 기미가 없더군요. 전 결국 더 기다리지 못하고 정상으로 올라갔습니다. 정상은 조금 전처럼 깊은 안개로 감싸여 있었는데요. 전 혹시나 싶어 동굴을 들여다보았죠. 바로 그 남녀가 거기 누워 있더군요. 여자는 이미 숨이 끊어져 있었지만 남자는 아직 맥이 있었습니다."

긴다이치 코스케는 거기서 입을 다물더니 어두운 눈빛으로 창밖을 바라보았다. 자동차는 지금 미나미하라의 건널목 옆을 지나 서쪽으로 향해 국도 18호를 질주하는 중이었다.

"그래서요……? 선생님은 어떻게 하셨습니까?"

"물론 서둘러 산을 내려왔더니 마침 아까 시라카바 캠프 부근에 빈 차가 있더군요. 그걸로 댁…… 경찰에 알리러 갔습니다."

"아, 그럼 작년 동반자살은 선생님이 신고하신 거였습니까?"

"네, 나중에 생각해보니 후에노코지 씨의 사건이 있어서 경찰서는 어수선했습니다. 저는 경찰 한 분에게 자세한 사정을 고하고 명함에 미나미하라의 임시 거처……. 아시는지 모르겠지만 변호사인 난조 세이이치로 말인데요."

"네, 이름은 잘 압니다. 유명한 분이니까요."

"그분이 제 고향 선배라 매년 가루이자와에 오면 난조의 별장 별채에서 신세를 지거든요."

"아, 그래요……."

히비노 경부보의 태도가 조금 변했다.

"저는 명함 뒤에 난조의 집과 전화번호를 적어서 경찰분께 건네 주소를 알려놓았죠. 4시 반 조금 지나서의 일이었습니다. 그 후 경찰에서 연락이 있을까 싶어 난조의 별채에서 기다렸는데 별일 없었고 저녁 7시 무렵 난조의 별장에 온 어떤 도우미가 하나레 산에서 동반자살이 발견됐다. 여자는 죽었지만 남자는 아직 숨이 있고 병원에 옮긴 모양이란 이야기를 큰소리로 말하는 걸 들어서 마음을 놓았습니다. 그래서 7시 54분에 '마루이케'로 돌아왔어요. 급한 용건은 해결을 봤으니까요."

"그렇군요."

"그래서 살아난 남자가 예대 음악부 학생이고 다시로 신키치, 여자 쪽이 전 가극단원으로 극단에서 쫓겨난 후 콜걸을 했던 고미야 유키라는 사실을 도쿄에 돌아가서 신문을 보고 알았죠."

"그건…… 그렇게 된 거군요. 선생님이 그 동반자살의 발견자셨다는 건 지금까지 꿈에도 몰랐습니다."

"네, 저도 나중에 난조 부인에게 뭔가 연락이 오지 않았는지 물어봤는데 아무것도 모르는 것 같았습니다."

나중에 확인한 바에 따르면 긴다이치 코스케와 마주 앉았던 경찰 양반이 구조대를 지휘하여 하나레 산에 올랐는데, 그러던 중에 명함을 분실해버린 것이다.

제10장

할머니와 손녀

 그 부근 일대는 구사쓰온천과 가까운 탓인지 가는 곳마다 유황분이 분출하는 듯 어떤 개울이나 계곡에도 독이 든 것 같은 적갈색 물이 솟구치고 있어 태풍 직후의 황량한 풍경을 더 삭막하게 만들고 있었다.

 바위를 세차게 때리는 푸른 물살이라는 말은 이 부근에는 해당되지 않는다. 바위를 세차게 때리는 물도 냇가의 물줄기도 죄다 적갈색이다. 나가노하라 역 바로 앞에 깊은 계곡이 있어 풍경 자체는 더할 나위 없지만 그 바닥을 흐르는 물이 적갈색인 것을 보고 아쓰코는 오싹해서 어깨를 움츠렸다.

 유황을 캐기 위해 곳곳에 염전처럼 직사각형의 얕은 못이 있고 짙은 적갈색의 물이 가득 채워져 있었다. 태풍으로 인해 흘러넘친 그 물이 독처럼 부근 논밭에 침투하는 것을 보니 피의 지옥이 연상되어 등줄기가 오싹했다.

"세상에."

아쓰코가 무심코 중얼거리는 것을 듣고 사쿠라이 데쓰오가 물었다.

"왜 그러세요?"

"어머, 미안하군요. 저 물 색깔 말이에요."

"아, 저거요. 할머님은 이 부근에……?"

"처음이에요. 매년 가루이자와에 들러도 조금도 멀리 나간 적이 없다고 해서 아까도 도도로키 님께서 웃으셨답니다."

"그럼 구사쓰에는요?"

"몰라요. 가본 적이 없으니."

"어째서입니까? 자동차가 있으니 좀 나가시면 어때요."

"역시 나이가 있어서일까요. 겁이 나서요. 그럴 여유도 없고 말이지요."

"어째서요? 할머님 정도 신분이면 안정되신 편이잖습니까?"

젊고 건강하고 걱정 없는 사쿠라이 데쓰오라는 길동무를 만나 약간 너그러워진 아쓰코의 표정이 그 순간 뭔가에 찔린 것처럼 험상궂게 변하는 것을 뒤에도 눈이 있는 도도로키 경부는 느끼고 있었다.

도도로키 경부는 나란히 앉은 운전사와 두서없는 대화에 여념이 없는 것처럼 보였지만 온 청각은 뒷좌석에 집중되어 있었다.

아쓰코의 안색이 변한 것을 알아차렸는지는 별개의 문제이고, 사쿠라이 데쓰오도 역시 여기서 오토리 지요코의 이름을 언급할 만큼 무신경한 남자는 아니었는지 그대로 입을 다물어버렸다.

잠시 어색한 침묵이 흘렀지만 아쓰코가 어색한 분위기를 벗어나보려는지 입을 열었다.

"한데 사쿠라이 님은 역시 젊으니 빠르시군요."

"뭐가 말입니까?"

"이 차, 딱 한 대 남아 있던 걸 잡으셨지 않아요."

"아, 이거요?"

사쿠라이 데쓰오는 싱글벙글 웃었다.

"할머님. 이건 가루이자와의 택시예요."

"어머나."

"아, 오늘 아침 히로코와 전화로 얘기했을 때 아무래도 나가노하라는 작은 역이니 택시도 많이는 없을 거라고 생각해

서 히로코에게 말해서 가루이자와에서 데리러 나오도록 해달
라고 조치해둔 겁니다."

"어머나, 역시 빈틈이 없으시군요. 저도 그렇게 했으면 좋
았을 것을요."

"이걸로 됐지 않습니까. 한 대만 있으면 충분하죠."

"그런데……."

"네."

"그렇다면 부인은 어젯밤 혼자 계셨군요?"

"그렇습니다."

"아까부터 생각한 건데, 어제는 토요일이지 않습니까. 어째
서 와주지 않으셨나요? 그야 바쁘신 건 알지만요."

"아하하, 오늘 아침에도 히로코가 불평을 늘어놓더군요. 하
지만 설마 그 태풍이 가루이자와를 직격하리라곤 생각도 못
해서요."

여름철 가루이자와는 아내들에게는 천국일지도 모르지만
도쿄에 근무지가 있는 남편들에게는 큰 희생을 요구한다. 회
사에서 휴가를 잡는 것도 1주일이 고작일 것이다. 주말을 이
용해서 아내에게 서비스를 하더라도 그 사이 홀아비로서 불
편을 맛보지 않으면 안 된다.

하지만 어떤 부류의 건실치 못한 남편들은 그동안에 천국

같은 자유 속에서 향락을 누릴 수 있다. 부인에게 일일이 변명을 늘어놓지 않아도 한껏 날개를 펼칠 수 있는 것이다.

도도로키 경부가 입수한 정보에 의하면 사쿠라이 데쓰오도 그 중 하나였다.

데쓰오와 히로코가 결혼한 지도 꼭 채워 5년이 된다. 결혼 후 바로 히로코가 임신했다. 임신 6개월에 히로코는 불행한 교통사고를 당해 그 충격으로 유산하고 말았다. 부부의 불행은 단지 거기에 그치지 않아, 히로코는 두 번 다시 임신할 수 없다는 말을 의사에게 들었다.

그 외에 히로코의 몸 어디에도 교통사고 후유증은 없었다. 부부생활에 있어서도 이전과 조금도 달라진 부분은 없었다. 하지만 절대 아이를 갖지 못한다는 것을 알면서 성행위를 한다는 사실에 부부는 허무함을 느끼지 않을 수 없었다. 게다가 아이를 좋아하고 아이를 너무나 원했던 데쓰오는 더욱 허전한 마음이 들었다.

데쓰오의 바람기가 시작된 것은 그로부터 얼마 지나지 않아서였다. 아무리 아이를 좋아하는 데쓰오라도 다른 여자에게 아이를 낳게 할 생각은 없었다. 아직 젊은 데쓰오로서는 그런 번거로운 일은 만들기 싫었다. 그저 똑같이 허무한 섹스를 할 거라면 변화라도 필요하다고 스스로를 변호하고 있었다. 교통사고의 책임이 자신의 부주의로 인한 것이라고 깊이 반성하고 있던 히로코는 남편의 바람기를 묵인할 수밖에 없었다.

도도로키 경부는 그런 사사로운 사정까지는 몰랐지만 이 남자가 긴자나 아카사카의 호스티스 사이에서 상당한 주색가로 알려져 있다는 사실만은 알고 있었다.

"부인이 원망하신 것도 무리가 아니에요. 어젯밤에는 혼자 있었다면 분명 불안했을 테니까."

"하지만 그 사람도 이제 어린아이가 아니죠. 게다가 혼자라 해도 하녀가 있고요."

"하지만 그 에이코 양도 어젯밤에는 봉오도리에 갔었지 않나요. 그러니……."

"어, 할머님은 우리 집 에이코를 아십니까?"

"네, 그 사람은 저희가 댁에 소개한 거랍니다."

"에이코를…… 할머님께서요? 하지만 그 아가씬 가루이자와 출신이라고 들었는데요."

"네, 우리 사토에 역시 그렇죠. 저도 한때 도우미가 없어서 힘들었답니다. 그런 중에 우리집에 찾아오던 손님이 사토에를 소개해주었지요. 그 후 댁도 곤란하다고 해서 사토에의 친구인 에이코 양을 소개한 거랍니다."

"아, 그랬군요. 여러 가지로 폐를 끼쳤습니다. 전혀 몰랐던 지라……."

데쓰오는 고개를 숙였다.

"에이코가 봉오도리에 갔다고요?"

"아무래도 이 지역 사람이잖아요. 1년에 한 번 있는 봉오도리니까요. 우리 집 사토에와 만나 나간 뒤에 정전이 되었다고 하더군요. 굉장히 무서웠다고 오늘 아침에도 전화로 미사에게 몹시 원망을 들었답니다."

"그럼 히로코보다도 미사 양이야말로 불쌍하군요. 하필 그런 밤에 외출을 하다니 너무하신 할머님입니다."

도도로키 경부는 쇼토쿠 태자* 같은 사람이다. 쇼토쿠 태자는 열 사람의 호소를 동시에 들었다는데 지금의 도도로키 경부가 그랬다. 어젯밤의 태풍에 대해 운전사의 두서없는 이야기를 들으면서 다른 귀로는 등 뒤의 대화를 잘도 듣고 기억하는 것이다.

"아, 할머님. 제가 여기 오는 게 하루 늦어진 건 이유가 있

---

* 聖德太子. 6세기 말에서 7세기 초에 고대 일본의 정치체제를 확립한 인물. 일본이 불교국가로 자리 잡는 데 절대적인 공헌을 하였다. 전설 중 하나로 그가 사람들의 청원을 들을 기회가 있었는데, 앞을 다투어 호소하는 열 명이 넘는 사람들의 말을 빠뜨리지 않고 전부 이해하여 적합한 답을 해주었고, 이후 그는 '도요사토미미(豊聰耳)', 즉 '아주 밝은 귀'라는 이름을 얻게 되었다고 한다.

어섭니다."

사쿠라이 데쓰오가 스스럼없는 얼굴로 말했다.

"무슨 말씀이신지?"

"실은 내일이 장인어른께서 주최하는 골프대회입니다. 거기에 참석하려면 하루치 일을 미리 해놓지 않으면 안 되었거든요. 저도 샐러리맨이니까 자주는 못 쉽니다. 요 3년간은 매년 8월 15일로 정해져 있었습니다. 장인어른이 주최하는 골프대회는……."

데쓰오의 이야기를 듣는 사이 아쓰코의 입가에 번져 있던 미소가 그대로 얼굴에 얼어붙은 것 같았다.

생각해보면 작년 그 골프대회 날 밤이었다, 후에노코지 야스히사가 괴이한 죽음을 당한 것은. 데쓰오도 그 사실을 알아차렸는지 달마대사 같은 동안이 헉, 하고 놀란 것처럼 낭패해 있었다.

데쓰오는 여기서 작년 일에 대해 당연히 유감을 표해야 한다고 생각했지만 사건이 사건인 만큼 꺼내기 곤란해하고 있었다. 그런 차에 아쓰코 쪽에서 아무렇지 않게 화제를 돌렸다.

"그 골프 이야기를 하니 생각났는데요. 무라카미 가즈히코 님이라는 분이 계시지요?"

"네, 네. 가즈히코가 왜요?"

화제가 의외의 방향으로 흘러가서 데쓰오는 안심했다기보다 의아했다.

"그분, 댁과는 어떤 관계인가요? 아스카 님이 굉장히 신경 써주시는 것 같던데요."

"아, 그 남자⋯⋯. 그 남자라면 저도 아주 질투하고 있죠."

"어머나, 그게 무슨 말씀⋯⋯."

"우리 히로코도 그 남자라면 사족을 못 씁니다. '가즈히코 씨, 가즈히코 씨' 하고요. 제가 하는 말 같은 건 전혀 안 들어도 가즈히코가 말하면 바로 오케이니까요. 남편이고 남이고 없다니까요."

데쓰오는 상대의 진의를 가늠하려 하면서 일부러 떠들어대고 있다.

"설마 그런⋯⋯."

"아, 할머님. 실은 그 가즈히코야말로 저희의 큐피트예요."

"무슨 말씀이신가요?"

"제가 히로코에게 반해서 작업을 걸려고 했던 무렵에 말이죠. 아무래도 경쟁자가 많았잖습니까. 당시엔 예뻤으니까요, 히로코도."

"지금도 예쁘지요."

"그런가요. 높은 데 핀 꽃 같던 무렵과는 달리 제 여자가 되

고 나니 잘……. 아하하, 이런 말을 하면 벌 받겠군요. 아, 농
담은 그만하고. 어쨌거나 많은 경쟁자를 KO시키고 제가 승
전보를 울리려고 했죠. 여러 가지 책략을 궁리해봤는데 그 사
이에 가즈히코에게 꽂혀서요. 어쨌거나 히로코가 진짜 남동
생처럼 귀여워하니까요. 장수를 노리려면 우선 말부터 노리
라는 말대로 그 녀석에게 접근했습니다. 그런데 나중에 알고
보니 그 남자를 노린 경쟁자는 저 말고도 많이 있었던 모양인
데 어찌된 영문인지 가즈히코 녀석, 특별히 제 손만 잡아주더
군요. 여러 가지 편의를 봐주고 적절한 충고를 해주었던 겁니
다. 덕택에 무수한 경쟁자를 물리치고 제가 사랑의 승리자가
되었단 얘깁니다. 아하하. 아, 좋은 녀석이에요. 가즈히코란
녀석은."

　백미러에 비친 데쓰오의 얼굴은 자못 거리낌이 없어서 이
남자가 긴자나 아카사카의 호스티스 사이에 플레이보이로 명
성이 자자한 남자인가 하고 도도로키 경부도 당황했을 정도
였다. 하지만 가즈히코란 어떤 사람인가 싶어 쇼토쿠 태자 선
생은 등 뒤의 대화에 조금 더 귀를 기울였다. 변함없이 운전
사와 두서없는 이야기를 하면서.

　"아, 정말 실례. 엉뚱하게 마누라 자랑을 해버렸네요. 그런
데 할머님, 가즈히코가 어쨌습니까."

"아, 미사가 골프란 걸 보고 싶다고 했답니다. 그래서 아는 분께 부탁하여서 클럽하우스까지 데려가달라고 했지요. 작년 여름의 일이었어요. 그랬더니 마침 아스카 님이 가즈히코 님과 같이 오셨는데, 미사가 또 코스를 돌아보고 싶다고 떼를 쓰지 않았겠어요. 아스카 님이 웃으시며 '그래, 좋다, 같이 가자, 가즈히코, 잘 돌봐주게'라고 하셔서 코스에 데리고 다녀주시게 됐는데 나중에 미사에게 들으니 가즈히코 님이 굉장히 잘 돌보아주셨다고 하더군요."

"아하하, 가즈히코라면 좋은 코치가 되었겠죠. 스포츠맨이고 아무튼 좋은 녀석이니까요."

"네, 그래서 볼을 치는 법 등을 코치해주었다고 하더군요. 게다가 사쿠라노사와까지 자동차로 배웅도 해주셨고요. 물론 아스카 님의 지시였지요. 그런데……."

"네."

"그 후 작년 가을이었는데, 어느 음악회에서 아스카 님을 뵈었는데 역시 가즈히코 님이 같이 계시더군요. 그때도 요즘 젊은 사람에게는 드물게 행동거지가 반듯한 분이라고 탄복했는데 댁과는 어떤 관계이신가 싶어서……."

데쓰오는 잠시 생각에 잠겼다.

"아, 실례했습니다. 가즈히코의 출신에 대해선 전혀 감출

게 없습니다. 할머님은 쇼와 10년의 사건을 아시는지요? 히로코의 조부님의 장렬한 최후를……."

"어머!"

아쓰코는 숨을 삼키는 소리를 냈다.

도도로키 경부도 놀랐지만 일부러 운전사에게 말을 건네면서 등 뒤의 대화에 더욱 귀를 기울였다.

"그때 아스카 가문에 무라카미…… 분명 무라카미 다쓰야라고 기억하는데, 그런 하숙생이 있었다고 합니다. 그날 밤 반란군이 침입했을 때 그 무라카미 씨가 몸을 바쳐 처조부님을 구하려 하다가 가장 먼저 제물이 되었던 거죠. 그 뒤에 조부님도 당하셨고요."

"아, 그래요. 그런 일이 있었지요. 그럼 그 가즈히코 님이라는 분은……?"

"네, 그 무라카미 다쓰야 씨의 아들입니다. 그 무렵 아스카 님 댁에 시즈 씨라고 아주 아름다운 하녀가 있었다고 합니다. 그 두 사람 사이에 태어난 것이 가즈히코인데, 그 사건이 있은 이듬해에 태어나서 자기 아버지에 대해서는 전혀 모릅니다."

"어머, 그래서 어머니는 어떻게 되셨는지……?"

"시즈 씨라는 사람도 가즈히코가 대여섯 살 때 죽었다고 합니다. 그래서 장인장모님이 불쌍히 여겨 히로코나 지금 영국에 있는 히로야스와 형제처럼 키웠던 겁니다. 어쨌거나 조부님께 목숨을 바치고 죽은 사람의 유복자이니까요."

"도리로……. 요즘 젊은 사람 중에는 드물게 잘 자란 분이라 생각했습니다. 그래서 아스카 님을 '아저씨'라고 부르는군요."

"장인어른의 절대적인 숭배자이죠. 그와 운전사를 하는 아키야마 군, 이 두 사람에게 장인어른 험담이라도 해보세요, 호되게 야단맞을걸요."

"아, 아키야마 씨."

아쓰코는 아키야마에 대해서도 궁금한 게 많은 모양이었다. 너무 깊이 들어가는 건 실례라 생각해 망설였지만 그래도 다다히로의 이야기가 나와서 마침 적기라 싶은 모양이다.

"아스카 님이란 분은 꽤 많은 숭배자를 거느리셨다고 하더군요."

"아하하, 저도 그 중 한 명인데요. 장인어른은 모순이 많은 분입니다. 그게 또 그분의 매력이지만요. 장인어른의 가장 좋은 점은 누구에게나 관용적인 분이라는 점입니다. 저는 그 관용이 지나쳐서 싫은 부분도 없지 않지만요. 아하하."

무사태평하게 웃음을 터뜨렸지만 백미러에 비친 얼굴에 살짝 회한의 빛이 지나가는 것을 도도로키 경부는 놓치지 않았다.

나가노하라에서 가루이자와까지의 거리는 한참 멀고 길었다. 덕택에 오니오시다시(鬼押出)를 지났을 무렵에는 자동차 사고를 만나 20분가량 차를 세워야 할 지경에 이르렀다. 무모한 젊은이의 난폭운전의 결과로 렌터카가 도로변에 있는 나무에 충돌해 두 사람이 즉사, 한 사람은 의식불명이 되었다고 한다. 그런 사고로 하필 현장을 정리하느라 통행이 금지된 장소와 운 나쁘게 맞닥뜨린 것이다.

'휴, 요즘 시대 젊은 사람들이란' 하고 아쓰코가 되풀이하고 또 되풀이해 중얼거린 것은 두말할 나위도 없다.

자동차가 나카카루이자와에 다다랐을 때는 3시 반이 지나 있었다. 나가노하라에서 2시간이나 걸렸기 때문이다.

덕택에 도도로키 경부는 여러 사실을 알게 되었다.

그 후 아키야마의 이야기도 나와서 아키야마 다쿠조라는 남자와 아스카 다다히로의 관계에 대해서도 알게 되었다. 아키야마라는 남자는 다다히로를 위해서라면, 예를 들어 불속이든 물속이든 뛰어들 정도로 충성심이 깊다는 사실도 알게 되었다. 한편으로 가루이자와 서의 곤도 형사는 방향지시기에 의해 아쿠쓰 겐조를 죽음에 이르게 한 자동차는 하얀 넘버*가 틀림없다고 믿어 의심치 않는다는 이야기도 들었다. 도도로키 경부는 왠지 모르게 마음이 두근거리는 것을 막을 수 없었다.

나카카루이자와에서 미나미하라까지는 자동차라면 금방이다. 미나미하라 입구에서 도도로키 경부가 내리자 자동차는 국도 18호선부터 갈라져 아까 긴다이치 코스케가 지나간 하나레 산 아랫길을 롯폰쓰지에서 규도를 향해 달렸다. 도중에 시라카바 캠프가 있어 독하우스가 세워져 있었지만 그 옆을 지날 때 아쓰코는 그곳을 외면했다. 작년 일 때문에 차마 볼 수도 없는 것일까.

롯폰쓰지에서 규도 입구까지 왔을 때 맞은편에서 온 경찰의 자동차와 스쳐 지나갔다. 그 자동차에는 긴다이치 코스케와 히비노 경부보, 곤도 형사 세 사람이 타고 있었지만 서로 알아차리지 못하고 지나쳐버리고 말았다.

사쿠라이 데쓰오의 별장은 규도의 번화가에서 동쪽으로 들어간 지점에 있어서 다카하라 호텔보다 조금 앞쪽에 있었다. 그 부근도 구 가루이자와에 속해 있었는데 전나무가 죽 늘어선 풍경이 멋졌다. 멋진 방갈로풍의 건물이 숲 안쪽으로 엿보

---

* 흰 바탕에 녹색 글자인 자동차 번호판. 자가용 자동차를 가리킨다.

이는 별장 바깥에 도착했을 때 자작나무가 대여섯 그루 비스듬히 기울어져 있는 게 보였다. 의외로 산뜻하게 정리되어 있는 것은 신몬토지에서 사람이 왔기 때문일 것이다.

아쓰코는 그곳에서 내려 히로코에게 인사를 하고 가고 싶다고 했다. 마침 히로코는 목욕 중이었다. 그래서 데쓰오가 집까지 모셔다드리겠다고 하는 것을 억지로 거절하고 자동차를 타고 사쿠라노사와까지 들어오니, 물은 이제 완전히 빠졌지만 졸참나무는 아직 기울어진 상태였다.

자동차가 못을 건넜을 때 기울어진 졸참나무 덤불 아래에서 문득 사람 그림자가 하나 나타났다. 남자였다. 그 남자는 이쪽을 향해 걸어왔지만 자동차를 보고는 발을 돌려 총총히 아사마카쿠시 쪽으로 가는 언덕을 올라가더니 바로 맞은편 절벽을 돌아 자취를 감추었다. 왠지 비틀거리는 듯한 걸음걸이였다.

아주 잠깐의 일이라 얼굴은 잘 보이지 않았지만 묘한 모양의 헌팅캡을 눌러 쓰고 커다란 선글라스를 낀 사람이었다. 검은 머플러 같은 것을 목에 두르고 있어 그것을 턱 언저리에서 여몄고 오른손에는 검은 장갑을 끼고 있었다. 그러고 보니 머리부터 발끝까지 검정 일색인 남자였다.

이 부근은 양쪽에서 산이 바짝 붙어 있어 왠지 어둡고 게다가 일단 개었던 하늘이 다시 흐려져서 여우비 같은 비가 조금씩 떨어지고 있었다. 높은 나무들의 가지 끝 사이로는 엷은 보랏빛 안개가 퍼져 있었다. 갑자기 나타났다 사라진 남자의 모습은 마치 검은 아지랑이처럼 보였다.

'누구지? 내가 아는 사람 중에 저런 사람은 없는데⋯⋯.'

아쓰코는 검은 아지랑이가 사라진 졸참나무 앞에서 자동차를 내렸다. 물은 이미 완전히 빠져 있었다. 미사와 도우미인 사토에의 모습이 포치에 나타났다. 사토에의 모습을 보고 아쓰코는 왠지 모르게 화가 난 얼굴로 운전사에게 정중히 감사 표시를 했다.

포치로 올라가는 계단은 흙을 굳혀서 만들었는데 단이 3개다. 포치 위 오른쪽에 자전거를 세우는 자리가 있었고 거기에 미사의 자전거가 흠뻑 젖은 채 놓여 있었다.

"미사코."

미사의 호적상 이름은 미사지만 그것은 너무 간단해서 아쓰코의 마음에 들지 않았다. 아쓰코만이 '코'를 붙여 미사코라고 부르고 있다.

"방금 여기서 나간 사람은 누구지?"

아쓰코는 추궁하는 태도로 물었다.

"하무니, 무슨 말씀이세요?"

"방금 여기를 나갔지 않니. 검은 양복 입은 남자. 그 사람이 누구냐고?"

"아뇨, 하무니. 아무도 여길 나가지 않았는데요."

미사는 할머니 뒤를 따라 포치에서 홀로 들어가면서 천진한 눈으로 할머니를 보고 있다.

홀 한구석에 주방이 있고 그 안쪽에 8장짜리 크기의 다다미방, 6장 다다미방, 3장짜리 하녀방이 있다. 어차피 1년에 30일이나 기껏해야 40일 사용하니, 가루이자와의 별장치고는 죄다 간소하고 단순하다. 그래도 이 별장에는 절벽 아래 못 근처에 아쓰코가 좋아하는 다실이 아담하게 마련되어 있다.

"미사코, 너 거짓말을 하는 건 아니겠지? 나는 분명히 보았단다. 쓰러진 졸참나무 아래를 지나 이 집을 빠져나가는 남자를. 크고 검은 안경을 쓰고 있었는데."

변함없이 추궁하는 태도이다. 얼굴은 험악하고 눈빛에는 의심이 가득했다.

미사는 익숙한지 별로 신경도 쓰지 않았다.

"아뇨, 그런 사람 미사는 몰라요. 어디 다른 곳의 배달원일까요. 사토에는 알아요?"

"아뇨, 저도 모릅니다."

미사보다 두세 살 위일 사토에가 오히려 바들바들 떨고 있다.

"오빠라면 검은 안경 같은 건 쓰지 않았어요. 게다가 돌아가신 지가 벌써 30분이나 지났는걸요."

미사가 시선을 보낸 벽시계는 3시 50분을 가리키고 있다.

"오빠라니 누구를 말하는 게냐?"

"무라카미 오빠 말이에요."

"아, 가즈히코 님을 말하는 거구나?"

"네."

"가즈히코 님이 여기 오셨느냐?"

"네."

"왜?"

아쓰코의 말투는 의심에 가득 차 있다.

"하무니가 아스카 아저씨에게 전화하라고 하셨잖아요. 미사, 그렇게 했어요. 그때 포치 아래까지 물이 올라와서 불안해서 그 얘길 아저씨께 했더니……."

"'말씀드렸더니'라고 하는 게야."

"네, 말씀드렸어요. 그랬더니 아저씨가 사람을 보내주시겠다고 하셨어요. 미사, '괜찮아요, 걱정하지 않으셔도 돼요'라고 했…… 아니, 말씀드렸지만 나중에 오빠가 와주셨어요."

"가즈히코 님은 몇 시 무렵에 오셨느냐?"

“1시······.”

“반이었습니다.”

사토에가 덧붙였다.

“아, 그래. 사토에 양, 당신은 저쪽으로 가주세요.”

사토에가 물러가자 할머니와 손녀는 테이블을 사이에 두고 앉았다.

“가즈히코 님은 30분 정도까지 여기 계셨구나.”

“네, 하무닌 1시 35분에 나가노하라에 도착하는 기차로 오신다고 했죠. 그럼 딱 지금쯤 도착하실 시간이잖아요. 나가노하라에서 여기까진 자동차로 아무리 오래 걸려도 2시간이니 그때까지 있어주겠다고 하셔서요. 그땐 아직 물이 포치 아래까지 차 있었어요. 오빠는 북알프스에서 돌아오는 길이라며, 반바지에 배낭을 메고 있었어요.”

그럼 아까 본 남자와는 완전히 다르구나, 아쓰코는 생각했다.

“그래서 가즈히코 님은 3시 반 무렵까지 여기 계셨구나.”

“네.”

“그동안 무슨 얘길 했니?”

“알프스 얘기하고, 또 이집트나 아라비아 이야기를 해주셨어요. 미사는 잘 알아듣지 못했지만······.”

아, 나쁜 버릇이라고 아쓰코는 몰래 한숨을 쉬었다. 그런 취미만 없으면 정말 좋은 청년인데.

"그래서 그동안 넌 뭘 했니? 얌전히 이야기를 듣고 있었겠지?"

"네."

그것은 할머니와 손녀의 대화라기보다 엄격한 사감과 사감의 감독하에 있는 가련한 학생의 대화 같았다. 익숙해 보이기는 했지만 미사의 모습은 어딘가 안절부절못했다.

"오빠는 그런 얘기를 하고 있을 때 굉장히 즐거워 보였어요."

"그동안 넌 쓸데없는 얘길 하거나 쓸데없는 짓을 하지는 않았겠지?"

"네, 하지만……."

"하지만……? 뭐지? 뭔가 쓸데없는 말을 했어?"

"하무니, 죄송해요. 하지만 미사, 너무 따분했는걸요. 게다가 오빠도 그렇게 하라고 하셔서 미사, 오빠 얘기를 들으면서 자수를 하고 있었어요."

한쪽에 있는 벽 장식장에 등나무로 만든 귀여운 바구니가 놓여 있었다. 아쓰코는 일어나 그 바구니를 열더니 안에서 50센티미터 남짓한 정사각형 모양의 성긴 마로 만든 천을 끄

집어냈다. 미사는 그것을 테이블센터로 쓸 생각인 게 분명하다. 아주 독창적이고 현란한 색채가 배합되어 있었다. 자수는 80퍼센트 정도 완성되어 있었다. 멋들어지게 만들어진 꽃의 아라베스크였다.

"넌 이런 걸 손님 앞에서 하고 있었니? 그래서 가즈히코 님은 뭐라시던?"

"굉장히 예쁘다고 칭찬해주셨어요."

"미사코."

아쓰코는 날카로운 목소리로 말했다.

"내가 항상 너한테 말하지 않던. 숙녀란, 좋은 아가씨란, 결코 상대 앞에서 자기 멋대로 행동하지 않는 거라고."

"하무니, 죄송해요."

"'하무니'란 말은 그만 쓰렴. 너도 더 이상 아이가 아니니까."

아쓰코는 자수가 놓인 천을 돌돌 말아 바구니 안에 던져 넣더니 쾅 소리를 내며 뚜껑을 닫았다.

가즈히코는 아무래도 마키 교코의 사건이나 오토리 지요코가 여기에 와 있다는 사실을 미사에게 말하지 않고 가버린 모양이다.

제11장
스승과 제자

　호시노온천이란 나카카루이자와에서 조금 북쪽으로 올라간 지점에 위치한, 가루이자와에서도 유서 깊은 호텔 이름이다. 이 호텔에서는 최근 매년 여름이 되면 음악회가 열린다.

　긴다이치 코스케와 히비노 경부보가 도착했을 때 회장에서는 활발한 토론이 벌어지고 있었다. 시간은 이럭저럭 5시였지만 여름이라 주변은 아직 밝았다.

　흔한 온천여관의 연회장을 약간 고급스럽게 만든 작은 홀이었다. 그래도 무대에는 그랜드피아노가 놓여 있다. 4중주 같은 것을 하기에는 안성맞춤인 무대였다. 그 작은 무대에 강사 세 사람이 앉아 관객석에 앉아 있는 젊은 음악애호가와 지금 열심히 토론을 하는 중이었다. 관객석에는 다다미가 깔려 있었고 그 위에 금속제 파이프로 만든 접이식 의자가 놓여 있었다. 관객은 30~40명 정도일까.

히비노 경부보는 한눈에 무대를 훑었다.

"없어."

"쓰무라 신지 씨가 없나요?"

긴다이치 코스케가 작은 목소리로 물었다. 그는 아직 쓰무라 신지와 만난 적이 없다.

"없는 것 같은데요."

관객석에 있지 않을까 하나하나 찾아보았지만 쓰무라 신지 같은 사람은 눈에 띄지 않았다.

"이봐, 자네."

히비노 경부보도 역시 토론을 방해하지 않으려는 배려심은 있었다. 마지막 줄에 있는 학생의 귀에다 대고 물었다.

"쓰무라 신지 씨는 어디 있지?"

"네?"

학생은 이상하다는 듯 히비노 경부보와 긴다이치 코스케를 번갈아 보았다.

"쓰무라 신지 선생님은 오늘은 참석 안 하셨는데요."

"참석 안 했다고?"

히비노 경부보는 놀라 긴다이치 코스케를 돌아보더니 다시 학생의 귓가에 대고 물었다.

"누구 주최자 되시는 분 없나? 우린 경찰인데⋯⋯."

학생은 다시금 히비노 경부보와 긴다이치 코스케를 번갈아 보다가 바로 옆자리에 있는 학생에게 뭔가 속삭였다. 그 학생이 또 그 옆자리의 젊은 학생에게 속삭이자 그 청년이 일어나 이상한 듯 두 사람의 모습을 보면서 관객석 끝을 돌아 앞쪽으로 달려갔다. 주위에 있던 젊은 남녀들이 힐끗거리며 히비노 경부보와 긴다이치 코스케를 쳐다보았다.

관객석 맨 앞에 책상을 두고 마흔 살 남짓한 남자가 앉아 있었다. 그곳에 아까 일어난 학생이 다가가 뭔가 귀에 속삭였다. 책상 앞에 앉은 남자는 이쪽을 보면서 학생의 속삭임에 귀를 기울이다가 곧 일어나더니 허리를 약간 굽히고 이쪽으로 다가왔다.

"제가 주최자 중 한 사람인데요. 무슨 일이 있습니까?"

꽤 거만한 말투였지만 그 얼굴에는 명백히 불안과 의심의 기색이 엿보였다. 작년에도 정확히 이 시기에 이런 일이 있지 않았던가.

"전 이런 사람인데⋯⋯."

히비노 경부보는 경찰수첩을 보였다.

"잠깐 쓰무라 씨에 대해 듣고 싶습니다만⋯⋯."

"아, 그렇습니까. 그럼 찻집으로라도 가시죠."

그는 앞장서서 걸어가기 시작했으나 갑자기 생각이 났는지 안내해온 학생을 돌아보았다.

"자네, 다치바나 군더러 찻집으로 오라고 해주게."

찻집에는 네다섯 명 다른 손님이 있었다. 주최자는 가장 구석에 있는 테이블에 긴다이치 코스케와 히비노 경부보를 안내했다.

"전, 이런 사람입니다만⋯⋯."

긴다이치 코스케도 명함을 받고 당황해서 품에서 자기 명함을 꺼냈다. 방금 건네받은 명함에는 신현대음악협회 이사 시노하라 가쓰미(篠原克巳)라고 쓰여 있었다.

시노하라 가쓰미도 긴다이치 코스케의 명함을 보았다.

"앗!"

그는 입속으로 중얼거렸다.

"성함은 진작부터 들었는데⋯⋯. 한번 만나뵙고 싶다고 생각했었습니다."

그는 정중히 고개를 숙였다.

"또 무슨 일이 일어났습니까?"

"아, 그것보다⋯⋯."

옆에서 히비노 경부보가 끼어들었다.

"쓰무라 씨에 대해 여쭙고 싶은데 쓰무라 씨, 오늘은 불참했다고 하더군요."

"그게……."

시노하라 이사는 떨떠름한 표정을 했다.

"쓰무라 씨한테서는 아무 연락도 없어서요……. 곧 다치바나라는 젊은 학생이 올 테니 그 학생한테 물어보십시오. 쓰무라 군, 열쇠를 잃어버려서 어딘가에서 어정거리고 있지 않겠냐고 하더군요."

"열쇠를……?"

히비노 경부보는 다시금 긴다이치 코스케와 얼굴을 마주보았다. 또 열쇠다.

"열쇠라니 무슨 열쇠입니까?"

"본인의 방갈로 열쇱니다."

"본인의 방갈로 열쇠라니, 쓰무라 씨의 방갈로는 어디에 있습니까?"

"아사마가쿠시 쪽에 있다고 합니다. 저는 자세히 모르지만……. 아, 저기 오는군요. 다치바나 군, 다치바나 군."

테이블 옆에 온 사람은 자못 잘 교육받고 자란 도련님 같은 인상의 청년이다. 아까 두 학생도 그랬지만 이 다치바나 청년도 히비노 경부보와 나이가 별로 차이 나 보이지 않는다.

시노하라 가쓰미가 두 사람을 소개하자 다치바나 청년도 명함을 내밀었다. 명함에는 예대 음악부 작곡과 다치바나 시게키라고 되어 있었다.

"아, 자넨 예대 작곡과인가?"

"네."

다치바나 시게키가 답답한 듯 자리에 앉자 보이가 다가왔다.

"긴다이치 선생님은 뭘 시키시겠습니까?"

"네, 전 레몬티 차가운 걸로."

"히비노 씨는?"

"아, 저도 같은 걸 주십시오."

"다치바나 군, 자네도 그걸로 괜찮겠나?"

"네."

"그러면 차가운 레몬티 넉 잔."

시노하라 가쓰미는 상대 중 한 사람이 긴다이치 코스케라는 사실을 알고 나서는 갑자기 붙임성 있는 태도가 되었다. 레몬티를 넉 잔 주문하더니 다치바나의 귀에 뭔가 속삭였다. 다치바나가 갑자기 겁을 먹은 듯 긴다이치 코스케를 다시 본 것은 긴다이치 코스케의 명함에는 직함이 없기 때문이다. 이 청년은 긴다이치 코스케의 이름을 몰랐던 것 같다.

"아, 다치바나 군. 긴다이치 선생님과 히비노 씨는 쓰무라 씨에 대해 물어보러 오신 거라네. 쓰무라 씨, 아직 어디 있는지 모르나?"

"아, 그분은……."

다치바나 시게키가 어색하게 웃었다.

"완전히 행방불명입니다."

"행방불명……."

도수 높은 근시안경 너머로 히비노 경부보의 눈이 괴이하게 빛났다.

"네, 저는 아까 아사마가쿠시의 방갈로에 다녀왔는데요. 현관문에는 자물쇠가 걸려 있었고 창이란 창에는 죄다 커튼이 쳐져 있었습니다. 저, 몇 번이나 선생님의 이름을 불러봤는데요. 아무 대답도 없더군요. 선생님 어쩌면 가루이자와에서 달아나신 거 아닐까요. 좀 특이한 분이잖아요."

다치바나 시게키는 느긋하게 웃었지만 히비노 경부보에게는 웃을 일이 아니었다.

"달아났다고? 쓰무라 씨가 가루이자와에서 달아나야 할 이유라도 있는 건가?"

"아뇨, 별로……. 그저 선생님은 변덕쟁이니까요. 마음에 안 드는 게 있으면 약속이고 뭐고 어기는 일이 많습니다. 이

전에는 그런 사람이 아니셨는데 말이죠."

다치바나가 그렇게 말하자 시노하라 이사는 당혹스러운 모양이다.

"그렇지, 근 1년 남짓한 동안 쓰무라 씨, 완전히 사람이 변해서 말이야. 하지만 다치바나 군, 자네 아까 마도로스파이프가 어쩌고 그러지 않았나? 그 얘길 두 분께 해드리면……."

"아, 그렇죠. 저, 커튼 가장자리가 좀 걷혀 있어서 그리로 안을 들여다봤습니다. 그랬더니 선생님이 애용하는 마도로스파이프가 테이블 위에 있더라고요. 그 파이프, 어제 여기서 피우시던 파이프라서요. 그래서 어제 일단 여기로 돌아오시긴 했구나 싶어서 이름을 부르며 부엌문까지 가보았죠. 하지만 아무리 불러도 대답이 없어서 포기하고 돌아왔습니다. 하지만 좀 이상해요."

"이상하다니 뭐가……?"

"앞문도 뒷문도 잠겨 있었어요. 그런데도 어제 여기서 피웠던 선생님 파이프가 방갈로 안에 있어요. 그러니 선생님, 열쇠를 어떻게 하신 건가 생각했습니다."

다치바나 청년의 말은 순서가 뒤죽박죽이고, 대부분 자신의 지레짐작일 뿐이라 무슨 이야기인지 알 수가 없었다. 조바심이 난 히비노 경부보가 무심코 말을 하려는데, 긴다이치 코스케가 옆에서 가볍게 얼버무리듯 물었다.

"그렇지 참. 그 열쇠 말인데, 다치바나 군, 쓰무라 씨는 어제 열쇠를 잃어버렸다던데 그건 무슨 이야기지?"

"아, 그거요. 그래서 쓰무라 선생님, 방갈로에 못 들어가고 우물쭈물하고 있는 거 아닌가 싶어 아까 모시러 갔었어요. 그랬더니 테이블 위에 마도로스파이프가 놓여 있지 않겠습니까. 그런 걸 보면 열쇠를 어디서 찾으셨나봐요."

"쓰무라 씨가 열쇠를 잃어버렸다는 건 무슨 말인가? 히비노 씨도 그에 대해 묻고 싶어 하시던데……."

"아, 그거요?"

다치바나 시게키가 이상한 듯 웃었다.

"어제도 여기서 오후에는 토론, 밤에는 연주회가 있었거든요. 쓰무라 선생님의 작품연주회로, 선생님 본인이 지휘를 하셨죠. 그런데 어제 하늘이 점점 이상해지지 않겠어요. 게다가 7시 반쯤 한 번 정전이 있었죠. 그땐 바로 불이 들어왔는데 이번엔 정말 정전되지 않겠냐, 정전되고 허둥거리는 것보다 낫다며 연주회를 중지하기로 한 거죠. 손님도 아주 적었으니까요. 시노하라 씨, 그건 시노하라 씨 결정이었죠?"

"아, 그래."

시노하라 이사는 종업원이 가져온 레몬티를 받아들며 대답했다.

"정전이 되면 손님에게 폐를 끼치는 거니까 싶어서."

그는 그렇게 말하면서 의중을 살피듯 긴다이치 코스케와 히비노 경부보의 얼굴을 번갈아 보고 있었다. 다치바나 시게키는 아직 분위기를 파악하지 못한 모양이었다.

"그게 7시 40분쯤이었죠. 제가 선생님들…… 쓰무라 선생님을 포함해 다섯 분 계셨는데 그 중 세 분을 자동차에 태워 순서대로 모셔다드렸습니다. 그때 쓰무라 선생님, 방갈로 열쇠가 없다며 난리가 나셨죠."

"그 열쇠, 쓰무라 씨 어디 넣었지?"

"재킷 주머니라고 했습니다."

"그 열쇠는 정말 없었나요?"

"네, 그땐 정말 없었어요. 선생님, 주머니란 주머니는 죄다 뒤져보셨거든요. 선생님, 들라크루아의 그림이 그려진 악보가방을 갖고 계셨는데 지퍼를 열고 악보가방 안까지 찾아보셨지만 거기에도 없었습니다. 하지만……."

"하지만……?"

"네, 그렇게 마도로스파이프가 있는 걸 보니 선생님, 문 열쇠구멍에 열쇠를 끼워둔 채 깜박하셨던 거 아닐까 싶어요. 쓰무라 선생님, 좀 덜렁거리시는 분이니까요."

다치바나 시게키는 미소를 머금은 채 시노하라 이사를 돌아보았다. 시노하라 이사는 그에 답하지 않고 변함없이 긴다이치 코스케와 히비노 경부보를 번갈아보고 있다.

"하지만 쓰무라 씨가 문 열쇠구멍에 열쇠를 끼워둔 채 깜박한 게 아니라 정말 재킷 주머니에 넣어둔 걸 잃어버렸다면 그건 언제일까요?"

"그랬다면 오후겠죠."

"어째서?"

"밤의 연주회 때는 선생님 본인이 직접 지휘하셨습니다. 첫번째 정전까지. 그때는 제대로 재킷을 입고 계셨으니까요."

"오후에는 재킷을 벗었나요?"

"오늘 토론을 보셨으니 아시겠지만 모든 선생님들이 가벼운 복장으로 계시잖아요? 밤 연주회에서도 선생님들은 그렇게 러프한 스타일로 지휘하시는 분들도 계셨어요. 하지만 쓰무라 선생님은 최근 성격이 바뀌셨다고 해도 워낙 신경질적이고 꼼꼼하시니까요. 나비넥타이에 검정 재킷을 제대로 갖춰 입고 계셨습니다."

"쓰무라 씨의 성격이 최근 변했단 얘기는 나중에 자세히 들었으면 하는데요, 그럼 오후 토론 때는 역시 쓰무라 씨도 와이셔츠 차림이었단 거군요."

긴다이치 코스케가 확인했다.

"맞아요, 그렇습니다. 그 토론 후에 선생님은 여기서 사람을 만나셨는데 그때도 와이셔츠 차림이었습니다."

"사람……이라면 누구를?"

잽싸게 비집고 들어온 사람은 히비노 경부보다.

"네, 제가 선생님께 안내해서 아는데 마키 교코 씨란 분이었습니다."

다치바나 시게키는 잠시 주저한 후 말을 이었다.

"그분 오토리 지요코 씨의 세 번째 남편이라고 하더군요."

역시 젊어서 입가에는 미소를 띠고 있지만 눈은 호기심으로 가득 차 있다.

"아, 그래. 오토리 여사가 쓰무라 씨 전에 결혼했던 남편이지. 그런데 그때 마키 씨는 혼자였나?"

"아뇨, 귀여운 아가씨가 함께 있었습니다. 분명 미사 양이라고 했는데요. 아직 열 예닐곱…… 그 정도 나이의 아가씨였습니다."

히비노 경부보는 긴다이치 코스케에게 눈짓을 보냈다. 역시 두 사람은 쓰무라 신지를 만났던 것이다.

"그때 쓰무라 신지 씨는 재킷을 어떻게 하고 있었나?"

"글쎄요……."

다치바나 시게키가 고개를 갸웃거리자, 옆에서 이사인 시노하라 가쓰미가 대신 말했다.

　"그거라면 제가 기억합니다. 저도 그때 이 찻집에 있었거든요. 저는 저기쯤, 쓰무라 씨는 딱 이 옆자리에 있었습니다. 쓰무라 씨, 그때 의자 등받이에 재킷을 걸치고 있었죠. 왜 그런 걸 기억하느냐면 쓰무라 씨, 손님과 이야기를 하면서 엉거주춤한 자세로 팔을 뒤로 돌려 뭔가 우물쭈물 뒤지고 있었어요. 뭐 저런 이상한 짓을 하느냐고 생각하고 있으려니 재킷 주머니에서 담배를 한 개비 꺼내더라고요. 전 무심코 웃었어요. 쓰무라 씨도 참, 좀 이상한 데가 있군, 팔을 뒤로 돌려 꺼낼 거라면 담뱃갑을 통째로 꺼내던지 아니면 잠깐 일어서면 간단하잖아 싶어 이상하다고 생각했던 기억이 있습니다."

　"쓰무라 씨는 그런 분입니다. 본인은 굉장히 진지한데 다른 사람이 보면 웃게 되는 일이 가끔 있어요."

　"아, 잠깐 기다리게."

　히비노 경부보가 가로막았다.

　"쓰무라 씨란 분은 마도로스파이프를 애용하고 있다고 아까 자네가 그랬는데……."

　"아, 실례했습니다."

　다치바나 시게키는 가볍게 고개를 숙였다.

"선생님은 파이프와 궐련 두 가지 다 쓰십니다. 궐련이라면 호프죠. 게다가 어제는 파이프가 막혀서 투덜투덜하셨어요. 헤비스모커라서 한시도 손에서 담배를 놓은 적이 없는 것 같습니다."

"쓰무라 씨는 파이프를 2개 가지고 계셨던 건 아닌가요?"

긴다이치 코스케가 온화하게 옆에서 끼어들었다.

"그럴 분이 아닙니다. 파이프 하나를 끝까지 쓰시고 그게 망가지기 전에는 새것을 사시지 않아요. 쩨쩨한 게 아니라 일종의 편집증 같은 데가 있으십니다."

"쓰무라 씨가 마키 교고 씨나 미사란 아가씨와 여기서 만난 건 몇 시쯤이죠?"

"오후 토론이 끝난 뒤니까 5시가 넘어섭니다. 오후 토론이 3시부터 5시까지, 밤의 연주회가 7시부터 9시까지이니까요."

대답한 사람은 시노하라 이사다.

"제가 5시 반쯤 전화를 바꿔드렸을 때도 선생님은 아직 손님과 함께 계셨습니다."

"전화……?"

경부보가 물었다.

"누구한테 온 전화였지?"

다치바나 시게키는 그제야 경부보의 안색이 심상치 않다는 것을 알아차렸다.

"시노하라 씨, 쓰무라 선생님한테 무슨 일이 있나요?"

시노하라 이사는 그 말에는 대답하지 않고 말없이 긴다이치 코스케와 히비노 경부보의 얼굴을 번갈아 보았다. 다치바나 시게키의 얼굴이 약간 창백해졌다.

"이유는 이따 얘기하지. 일단 대답해보게. 5시 반쯤 쓰무라 씨에게 전화한 사람은 누군가? 남자? 여자?"

"여성이었습니다. 쓰무라 선생님에겐 여성 팬이 많습니다."

"이름은……? 상대는 당연히 이름을 댔겠지."

"아뇨, 그런데 상대 여성은 이름을 말하지 않았습니다. 그저 바꿔드리면 알 거라고만……."

"그래서 자넨 상대가 말한 대로 순순히 바꿔준 건가, 이름도 안 듣고……."

경부보는 실망한 나머지 말이 거칠어졌다. 도련님 타입인 다치바나 시게키도 화가 났는지 하얀 볼에 핏기가 섰다.

"할 수 없잖습니까. 저는 그저 전화 바꿔주는 사람에 불과해요. 전화를 받을지 말지는 쓰무라 선생님이 결정하십니다."

"쓰무라 씨는 전화를 받았군."

"물론이죠."

'물론이죠'라는 말에 쓸데없이 힘이 실린 것은 상대의 꾸짖는 듯한 말투에 빈정이 상했기 때문일 것이다.

"아, 잠깐."

경부보가 계속해서 뭔가 말하려는데 긴다이치 코스케가 잽싸게 끼어들었다.

"당신이 전화를 바꿔주었을 때 쓰무라 씨는 아직 마키 씨나 미사 양이라는 아가씨와 함께 여기 있었습니까?"

"네, 이 옆 테이블에 있었습니다."

"그때 쓰무라 씨의 모습은 어땠습니까? 이름을 듣지 않고도 전화 상대가 누군지 아는 것 같았나요?"

"네. 그러고 보니 쓰무라 선생님, 왠지 겸연쩍어했어요. 마키 씨나 미사 양이라는 아가씨 눈치를 보면서 좀 전화를 꺼리는 듯한 기색이었죠. 그래서 제가 '아무 데도 안 보이시는데요 하고 전해드릴까요?' 했더니 '아냐, 그럼……' 하고 전화를 받으셨습니다."

"그럼 쓰무라 씨는 상대가 누군지 짐작이 갔던 거로군."

히비노 경부보가 끼어들었다.

"짐작이 갔다기보다는 기다리고 있었던 게 아닐까요? 제가 '여성분 전화입니다'라고 했더니 바로 '아, 그래' 하고 일어서려다가 갑자기 두 사람을 의식하고 우물쭈물하셨으니까요."

"그렇다면 그 전화를 건 인물을 마키나 미사, 혹은 그 중 한 사람이 아는 여자……라고 봐도 되겠군."

"거기까지는 저도 모르겠습니다만……."

"젊은 여자였나?"

"할머니는 아니었습니다. 왠지 주변을 꺼리는 듯한 모습이었어요."

"그게 5시 반쯤의 일이었다는 거군."

5시 반이라면 오토리 지요코가 이 가루이자와에 와 있었다. 하지만 긴다이치 코스케는 그것보다 열쇠 쪽에 흥미가 있는 모양이었다.

"그때 쓰무라 씨의 재킷은……?"

"네, 아까 시노하라 씨가 말씀하셨다시피 의자에 걸쳐놓았는지 어쩐지는 기억에 없습니다. 하지만 전화를 받았을 때 와이셔츠에 나비넥타이만 맨 채 재킷을 걸치지 않았다는 사실은 확실합니다. 그래요, 참. 와이셔츠 주머니에서 마도로스파이프의 꼭지 부분이 살짝 보였어요."

"시노하라 씨, 당신은 어떻습니까? 쓰무라 씨의 재킷 말입니다만……?"

"아, 그런데 전 그 전에 다방을 나와서요."

"그렇다면 그 뒤에 마키 씨와 미사라는 아가씨가 남았다는 거군요?"

"네."

"두 사람은 언제 돌아갔습니까?"

"모르겠습니다. 전 쓰무라 선생님보다 한발 앞서 여길 나와서 두 사람의 모습은 그 후로 보질 못해서요."

"시노하라 씨도 그렇군요."

"네, 저도……."

시노하라 이사도 송구스런 듯 고개를 숙였다. 히비노 경부보는 답답한 듯했다.

"긴다이치 선생님, 그 일이라면 미사란 아가씨에게 물어보면 되겠죠. 그보다 이름 모를 부인의 전화 내용 말인데, 어떤 내용인지 모르나?"

"아쉽게도 저는 다른 사람의 전화를 엿듣는 취미는 없어서요."

경부보의 뺨에 핏줄이 섰으나 긴다이치 코스케는 태연했다.

"다치바나 군은 예대 작곡과에 있죠?"

"네, 그건 아까도 말씀드렸습니다."

"그럼 다시로 신키치란 남자를 압니까?"

"저와 같은 과에 있었습니다. 어제도 여기서 만났어요."

"아, 그래요. 다시로 군, 학교에서 퇴학당했다고요?"

"아, 퇴학이라기보다 스스로 그만둔 거죠. 그 자식, 작년 그렇게 바보 같은 짓을 해버렸지만 사실은 꽤 우수한 놈입니다. 저도 질투할 정도로 날카로운 감각을 갖고 있었죠. 그런데 그 자식, 어쩌된 영문인지 열등감 같은 걸 갖고 있었어요. 그래 서 우리에게서 차츰 고립되더니 마침내 작년 그런 바보짓을 해버린 겁니다. 그리고 한층 도피적이 되고 폐쇄적이 되어 학 교를 그만두고 말았죠. 전 어제 오랜만에 여기서 만나서 어 때, 학교에 돌아오지 않겠냐고 했는데 왠지 심하게 반항적으 로 나와서……. 한 번 그런 일이 있으면 돌이킬 수 없는 건가 싶었습니다."

다치바나 시게키는 다시로 신키치에 대해서 이야기하게 되 자 갑자기 말이 많아졌다. 이 유복한 청년은 다시로 신키치와 같은 남자의 고뇌를 이해할 수 없으리라. 경멸한다기보다 오 히려 다분히 동정적인 말투였지만, 전혀 다른 환경에서 자란 두 사람 사이에서는 물과 기름처럼 섞이지 않는 우정밖에 자 라지 않았을 것이다.

"다시로 신키치라는 그 불량한 청년은 쓰무라 신지 씨와도 뭔가 얘기를 했나?"

히비노 경부보의 질문이다. '불량'이라는 말을 듣고 다치바 나 시게키는 싫은 표정을 지었다.

"그야 사제지간이니까요. 토론이 시작되기 전이었습니다.

저쪽 로비 구석에서 한동안 이야기를 하고 있더군요. 나중에 쓰무라 선생님께 여쭤보니 선생님의 최근 작곡가로서의 활동에 통렬한 비판을 늘어놓고 갔다더군요. 원래 날카로운 감각을 가진 녀석이었지만 그 사건 이후 더욱 가시가 돋친 것 같습니다."

"언제까지 여기 있었나?"

"토론 도중까지 있었던 것 같은데요. 어느샌가 보이지 않더라고요. 저도 느긋하게 이야기를 나눠보고 싶었는데요."

다치바나 시게키는 아쉬운 모양이었다.

"어디 머무는지 말 안 했나?"

"아뇨, 묻지 않았습니다. 작년에 지낸 캠프가 아닐까요?"

"복장은……?"

"아, 그거요. 노란 홍콩셔츠*였습니다. 점퍼는 베이지색. 바지는 회색에, 살짝 때가 긴 농구화. 초록색 배낭을 어깨에 걸치고 쓰무라 선생님과 서서 이야기를 하고 있던 걸 기억합니다. 머리는 부스스하고, 요약하면 폐인처럼 만사가 귀찮은 청년을 연상해주시면 됩니다."

사람 좋아 보이는 다치바나 시게키의 표정에는 측은한 기

---

* 여름용 반소매 비즈니스 셔츠를 말한다.

색이 어둡게 드리워져 있었다.

"신장은 어느 정도인가?"

"저와 비슷하니까 166∼167센티미터 정도가 아닐까요? 저는 작년 그 사건 이후로 만나지 않았지만 뺨이 홀쭉해지고 눈이 번쩍거려서 뭔가 음침해 보였어요. 그런데 다시로에게 무슨 일이……?"

"아, 됐어. 됐어. 그럼 어제 일을 들려주게. 자네가 세 선생님을 자동차로 모셔다드렸다니……."

그렇게 말하는데 긴다이치 코스케가 가로막았다.

"그것보다 히비노 씨, 쓰무라 신지 씨의 최근 변화란 걸 들어보지 않겠습니까? 쓰무라 씨가 최근 어떤 식으로 변했는지……."

이야기의 맥이 끊겨 히비노 경부보는 조금 불만인 듯했다.

"아, 그래요. 그럼 그 점에 대해선 긴다이치 선생님께 맡기죠. 부탁드립니다."

히비노는 아예 긴다이치에게 질문을 맡겼다. 본인도 그 부분에 대해 더 듣고 싶었기 때문일 것이다.

"그럼 다치바나 군, 자네 말해주겠나? 그보다 시노하라 씨에게 여쭤볼까요? 쓰무라 씨, 어떤 식으로 변했는지요?"

"아, 긴다이치 선생님."

시노하라 이사는 훌떡 벗겨진 이마를 문지르면서 약간 당혹스런 표정이 되었다.

"함부로 말하고 나중에 쓰무라 씨에게 원망을 들을까봐 곤혹스럽긴 한데, 인간의 본질이란 그렇게 쉽게 변하는 건 아닙니다. 쓰무라 씨는 예나 지금이나 변함없이 사람 좋은 도련님에다 신경질적이고 어둡고 꼼꼼한 사람입니다. 단 최근 본인의 사람 좋은 부분, 도련님 같은 부분, 매사에 지나치게 꼼꼼하고 어두운 구석에 자기혐오를 느끼기 시작했던 모양입니다. 그래서 일부러 약속을 어기거나 연습을 빼먹고는 했지만 그러고 나면 꼭 후회하더군요. 그래서 제가 언젠가 말해줬죠. '그렇게 성격에 안 맞는 짓을 하는 건 그만두지 않겠어? 아무리 악당이 되고 싶어도 자넨 도저히 악당이 될 만한 사람이 아니니까'라고요."

"쓰무라 씨는 술을 드시나요?"

"아, 그래요. 그것도 쓰무라 씨의 변화 중 하나인데, 이전부터 못 마시는 편은 아니었지만 최근 1년간 갑자기 술을 즐기게 되었어요. 그 사실에 대해서도 여러 의견이 있습니다만……."

후에노코지 야스히사가 기이한 죽음을 맞이한 날, 가지고 있던 조니워커의 검은 병도 쓰무라 신지가 준 것이었다.

"언제부터 그런 식으로 변한 겁니까, 쓰무라 씨는?"

시노하라 가쓰미는 잠시 주저한 끝에 대답했다.

"역시 그 사건, 오토리 여사와의 이혼 후부터죠."

오토리 지요코와 헤어진 후 마키 교고는 성냥퍼즐광이 되었고 쓰무라 신지는 음주로 우울함을 달래게 되었다니, 뭔가 거기에 뭔가 얽힌 고리가 보이는 듯했다.

"그래요, 참. 그 이혼 말인데요. 뭔가 구체적인 동기라도 있습니까?"

"글쎄요……. 다른 사람의 프라이버시를 파고드는 건 자제하고 싶습니다만 제 의견을 물으신다면 별로 이렇다 할 구체적인 동기는 없는 것 같습니다. 두 사람 다 개성 강한 예술가였고 각자 일이 있어서 엄청난 스케줄에 쫓기고 있었어요. 이래서야 만족스런 부부생활은 무리죠. 게다가 상대는 이혼경력이 많은 여성이니까요. 여기 있는 다치바나 군의 양친 같은 예는 굉장히 희귀한 예입니다."

"송구스럽습니다. 하지만 시노하라 씨, 저희 부모님도 여러 차례 위기는 있었어요."

"아, 그래. 자넨 꺾쇠* 같은 아들이니까."

"뭡니까, 그 꺾쇠 같은 아들이란 말은?"

---

* 자식은 부부간의 꺾쇠로, 꺾쇠 모양으로 부부간의 정을 잇는 역할을 한다는 뜻.

긴다이치 코스케가 왕성한 호기심을 드러내자 두 사람은 소리 높여 웃었다.

"긴다이치 선생님은 모르십니까? 다치바나 고로(立花梧郎) 선생님을."

'앗' 하고 감탄하며, 긴다이치 코스케는 새삼 다치바나 시게키의 얼굴을 다시 보았다.

"그럼 이쪽은 다치바나 고로 선생님의……?"

"하나 밖에 없는 아드님."

"그럼 피아니스트 사와무라 후미코(沢村文子) 씨의……?"

"아드님이기도 하지요. 그래서 자식은 꺾쇠, 꺾쇠 같은 아들. 아하하."

긴다이치 코스케도 겨우 그 의미를 알 수 있었다.

다치바나 고로라고 하면 사쿠라 필하모니를 만든 사람인 동시에 키워낸 인물이기도 하다. 다치바나 고로가 키워낸 사쿠라 필하모니는 지금 명실상부 일본에서 가장 뛰어난 관현악단이라고 불리며, 다치바나 고로는 지휘자로서도 작곡가로서도 실로 당대 1인자여서 많은 우수한 음악가가 그 문하에서 배출되었다. 사와무라 후미코 역시 여류 피아니스트로서 현재 최고 위치에 있다.

"그렇군요."

긴다이치 코스케는 감격에 찬 한숨을 흘리고 무심코 더벅머리를 긁었다. 다시로 신키치와 대비해서 생각했기 때문이다. 그 파멸형 청년과 이 우수한 집안의 도련님과는 필경 물과 기름일 수밖에 없겠구나 싶었다. 그렇게 생각하고 다치바나 시게키를 다시 보니 다소 신경질적인 부분이 있는 것도 무리가 아니었다. 화사하고 섬세했으며, 다섯 손가락을 나란히 내밀면 밖으로 젖혀질 듯한, 좋은 의미에서 규중총각다운 인품이 그 풍모에 섞여 있다.

"어쨌든 이 사람, 이렇게 좋은 자식입니다. 부모님 다 이 사람한텐 정신을 못 차리시죠. 그래서 꺾쇠 중의 꺾쇠 같은 아들입니다."

"그렇군요."

긴다이치 코스케는 부끄러움에 얼굴이 빨개진 다치바나 시게키를 다시 보았다.

"그렇다면 쓰무라 씨와 오토리 여사 사이에는 그 꺾쇠가 없었다는 말씀이군요?"

"아, 꺾쇠가 있어도 헤어지는 부부도 있죠."

히비노 경부보가 불쾌한 듯 중얼거린 것은 미사를 가리킨 것이리라. 이 말은 다른 세 사람에게도 통한 듯 잠시 거북한 침묵이 이어졌지만 시노하라 이사는 노련하게 받았다.

"다치바나 선생님은 처음부터 그 두 사람의 결혼에는 반대하셨죠. 어차피 잘 될 리가 없다며."

"아, 그렇다면 쓰무라 씨는 다치바나 선생님의……."

"제자입니다. 그리고 이 다치바나 시게키 군은 쓰무라 씨의 애제자이고요."

그리고 다시로 신키치도 쓰무라 신지의 제자이다.

"하지만 그 두 사람은 원만하게 협의이혼했다고 들었는데 그래도 쓰무라 씨에겐 충격이었을까요? 사람이 변할 만큼?"

"아무래도요. 거기엔 미묘한 무언가가 있지 않겠습니까? 아무튼 그 후로 쓰무라 씨는 묘하게 회의적이 되었고 인간불신에 빠진 것 같으니까요."

"인간불신……?"

긴다이치 코스케는 그 말을 새겨들었다.

"그 말씀은, 오토리 여사가 뭔가 쓰무라 씨를 배신했다든가 속였다는……."

"아, 그런 건 아니고, 즉 연애니 결혼이니 그런 부분에 회의적이 된 게 아닐까요?"

"긴다이치 선생님."

옆에서 다치바나 시게키가 온화하게 끼어들었다.

"쓰무라 선생님이 변하셨다는 데 대해 너무 심각하게 생각하지 말아주십시오. 선생님이 변하셨다고 해도 극히 사소한 부분입니다. 선생님이 자기 결점을 일부러 드러내려고 했든, 없는 결점을 있는 척하려고 했든, 분명 그건 그러려고 애쓰는 것일 뿐 지금도 친절하고 생각이 깊은 분입니다. 게다가 선생님, 그런 척을 이상하게 하셔서 저희는 때때로 웃음을 터뜨린 적이 있어요."

"이상하게 하시다뇨?"

"예를 들어 그 복장 같은 거요. 선생님은 최근 어딘가에서 헌팅캡을 손에 넣으셨던데 그게 보통 헌팅캡이 아니고 셜록 홈즈가 쓰던 것 같은 굉장히 눈에 띄는 모자인 데다 온통 까만 색이란 말이죠. 선생님, 거기에서 힌트를 얻으셨는지 위부터 아래까지 검정 일색인 복장으로 검정 모직 머플러를 목에 두르고 장갑까지 검정에다가 잠자리 모양의 선글라스를 끼고 있었어요. 그래서 제가 한 말이 있습니다. '선생님, 그런 이상한 짓 좀 그만하세요. 그건 완전 갱 영화에 나오는 킬러잖습니까' 그랬더니 오히려 그 말이 맘에 들었는지 '그래, 그래, 난 킬러야, 킬러라구' 하며 위협적인 태도를 보이기도 하셨는데, 그게 진심인지 장난치는 건지 웃겨 죽겠더군요. 쓰무라 선생님, 변하기는 했지만 그 정도로 순수하고 어린애 같은 분입니다."

"그래, 그래. 그리고 보니 어젯밤에도 돌아가는 길에는 킬러스타일로 차려입지 않았어?"

"그렇습니다. 선생님, 열쇠가 없다고 난리치셨잖아요. 그래서 이쪽은 혈안이 되어서 찾고 있었는데 선생님, 어느 틈엔지 킬러스타일로 변신하고 계시니 어처구니가 없기도 하고 이상하기도 하고, 아하하."

다치바나 시게키는 소리 내어 웃었다. 이제야 겨우 쓰무라 신지가 돌아갈 무렵의 일로 이야기가 진행되자 히비노 경부보가 참을 수 없었는지 끼어들었다.

"그럼 어젯밤 일을 묻지. 자네, 7시 40분경 강사 세 명을 차례대로 자동차로 모셔다드리려고 하는데 쓰무라 씨가 열쇠가 없다며 법석을 떨었다는 거군."

"그렇습니다. 하지만 결국 어딘가에 떨어져 있겠지 싶어서 같이 자동차에 타시게 했습니다. 방금 얘기한 킬러스타일로⋯⋯. 아하하."

"열쇠가 없는데 어떻게 방갈로에 들어갈 생각이었나?"

"아, 그건 아사마가쿠시에 가보면 아시겠지만 그게 빌린 별장이거든요. 그래서 아주 간단한 구조로 덧문도 없고 유리문에 커튼이 달려 있을 뿐이라 창유리를 깨서 손을 넣으면 안쪽에 걸려 있는 빗장을 열 수 있습니다. 하지만⋯⋯."

다치바나 시게키는 고개를 갸웃거렸다 .

"아까 말했을 때 저는 유리창이란 유리창을 조사해봤지만 아무 데도 부서진 곳은 없었습니다. 그렇다면 선생님이 결국 문의 열쇠구멍에 열쇠를 꽂아둔 채 잊어버리신 게 아니겠습니까. 쓰무라 선생님이란 분은 그렇게 덜렁대는 분입니다. 게다가 바로 이웃에 집주인이 살고 있으니 거기서 열쇠를 빌려갔을지도 모르고요."

"그래서 자네가 차례대로 모셔다드리고……?"

히비노 경부보는 자못 초조한 기색이었다.

"네, 다른 두 선생님을 차례대로 모셔다드리고……."

"차는 자네가 운전했나?"

"네, 제 차니까요."

"다치바나 군은 이쪽에 별장이……?"

긴다이치 코스케가 물었다.

"네, 제가 있는 곳은 미나미가오카입니다."

"그렇군요. 그래서 차례로 모셔다드리고……?"

"쓰무라 선생님이 마지막으로 남았습니다. 그런데 쓰무라 선생님, 규도 입구까지 오더니 갑자기 내리겠다고 하시는 겁니다. 이미 상당히 바람이 거세져서 저도 이상하게 생각했는데 뭔가 살 물건이 있으시다는 거였습니다. 그런데 롯폰쓰지까지 돌아왔는데 정전이 되더군요. 이러면 선생님 난감하시겠다 싶었지만 규도에는 회중전등을 파는 가게도 있으니 그 대로 돌아왔습니다. 여기에 또 제가 마무리해야 할 일이 남아 있었으니까요."

"그런데 아까 가보니 테이블 위에 마도로스파이프가 있었는데 쓰무라 씨의 흔적은 없었군요."

긴다이치 코스케는 정확하게 짚어가며 확인했다.

"네."

"게다가 어느 창유리에도 깨진 흔적이 없었다는 말씀이군요. 그리고 문에는 자물쇠가……?"

"밖에도 안에도 걸려 있었습니다. 그러니 결국 열쇠는 어딘가에 있었겠죠."

"안에서 낮잠이라도 자고 있었던 게 아닐까?"

그렇게 말하기는 했지만 그것은 마음을 가라앉히기 위한 경부보의 한마디에 지나지 않았다.

"아뇨, 그건 좀……."

"그렇다면?"

다치바나 시게키는 아직 입가에 빙긋 미소를 띠었다.

"쓰무라 선생님이란 분, 나방을 싫어하셔서요."

"나방이……? 나방이 어쨌는데?"

"그런 걸 병적이라고 해야 할까요. 나방이 한 마리라도 들어

오면 마치 어린아이처럼 난리를 치십니다. 그래서 쓰무라 선생님이 지휘하시는 날 밤에는 저희는 모든 창의 방충망에 심각한 주의를 기울이지 않으면 안 됩니다."

"그게 어쨌다는 거지? 나방이 대체 어쨌다는 거야?"

히비노 경부보는 안달이 나서 물었다.

"아까 아사마가쿠시에 가봤더니 유리창 안쪽에 나방이 잔뜩 붙어 있었어요. 마치 프린트한 것처럼요."

히비노 경부보와 긴다이치 코스케는 거의 동시에 의자를 박차고 일어섰다.

"다치바나 군, 자네, 미안한데 지금 그 방갈로란 곳으로 안내해주지 않겠나?"

"긴다이치 선생님, 무슨 일이십니까?"

시노하라 이사는 엉거주춤한 자세로 긴다이치 코스케와 히비노 경부보를 번갈아 보고 있다. 다치바나 시게키도 얼굴이 하얗게 굳었다.

"히비노 씨, 말해주시면……?"

긴다이치 코스케에게 눈짓으로 허락을 받고 경부보는 입을 열었다.

"아, 그래요."

히비노 경부보는 안경 너머로 금붕어 같은 눈을 두 사람에게 돌리더니 한 구절 한 구절에 힘을 실어 말했다.

"시노하라 씨도 다치바나 군도 제 말을 잘 듣고 수사에 협력해주셨으면 합니다. 어제 여기서 쓰무라 씨와 대화를 나눈 마키 교고 씨는 어젯밤…… 아니 오늘 아침 본인의 아틀리에에서 시체로 발견되었습니다. 자, 다치바나 군. 가지."

제12장
고고학 문답

"하지만 선생님, 거기에는 더 이상 발굴할 게 없지 않습니까?"

"그렇지 않습니다. 인더스 강 영역은 아주 넓어요. 하라파 쪽은 분별없는 철도건설 때문에 회복하기 힘들 정도로 황폐해 져버렸지만 모헨조다로 쪽은 아직 발굴의 여지가 있습니다. 아스카 씨는 아실 거라 싶은데 모헨조다로 유적은 7개의 층으로 만들어져 있죠. 그런데 지금까지 발굴된 것은 위쪽 3개의 층뿐입니다. 이제 매몰된 지하 부분을 발굴해 고대문명의 전모를 밝히는 것이야말로 현대 고고학자의 책임이 아니겠습니까. 게다가 제 추측으로는 인더스 강 유역에는 하라파나 모헨조다로를 이을 제3의 고대도시가 있는 게 틀림없습니다. 저는 확신할 수 있습니다. 세상에 아직 알려지지 않은 고대도시의 발굴, 그만큼 멋진 사업은 없지 않겠습니까."

"그야 그렇죠. 그런 도시가 실재한다면 말입니다."

"있고말고요. 제 연구는 틀림없습니다. 게다가요, 아스카 씨. 고고학자란 것은 새로운 유적을 발굴하는 것만이 능사는 아닙니다. 이미 발굴된 과거 위대한 문명의 유적을 가급적 완전한 형태로 보존하는 것에 전념하는 것도 고고학자에게는 중대한 의무입니다."

"그렇죠. 그곳은 황폐하게 변한 것 같더군요."

"그렇습니다. 그대로 놔두면 흙으로 돌아가버리겠죠. 그래서 지금 보존하지 않으면 안 되는 겁니다. 그러려면 파키스탄 정부의 힘만으론 무리예요."

그곳은 아스카 다다히로의 이른바 덴(den), 즉 동굴이다. 동굴이라고 해도 12장짜리 다다미방이 고작인데, 입구 문이나 창을 둘러싼 주위 벽에는 천장까지 이르는 서가가 꾸며져 있고 그곳에 가득 꽂혀 있는 것은 세계 각국의 고고학 문헌들이었다. 개중에는 일본인의 서서도 상당수 있어, 마토바 히데아키의 책이 꽂혀 있는 것은 말할 필요도 없다. 긴다이치 코스케가 아까 마키 교고의 별장에서 발견한 아스카의 장서 등도 이 서가에서 가지고 나온 것일 것이다.

다다히로는 냉혹하고 무자비한 기업가였지만 한편으로는 몽상가인 동시에 호사가이기도 했다. 그것이 기묘한 균형을 유지하고 있던 시절에도 그는 때때로 이 동굴로 도피하여 지금은 이 세상에 없는 부인 야스코를 걱정시켰다. 아버지의 횡사 이래 시대의 파도가 그의 몽상을 봉인하고 말았다. 두 번 다시 고대 오리엔트에서 노니는 일은 허락되지 않았다. 전쟁 후는 전쟁 후대로 그에게 주어진 사명이 그런 도락에서 멀어지게 만들 수밖에 없었다. 하지만 그런 시대에도 때때로 여기 틀어박히는 것이 그에게는 유일한 스트레스 해소법이었던 모양이다.

이곳에는 다다히로의 꿈이 있다. 서가에 늘어선 문헌이나 앨범은 말할 것도 없고 커다란 유리로 된 캐비닛 5개에는 희귀한 고대 오리엔트의 출토품이 가득 장식되어 있다. 이집트의 아마르나 문서도 있고 메소포타미아의 점토판도 있다. 이집트의 피라미드 어딘가에서 발굴되었다는 황금이나 홍옥, 유리 및 녹장석으로 만든 목걸이, 자패 허리띠나 손거울, 화장대, 보석세공이 박힌 금박상자, 모두 고대 이집트의 왕비들이 사용하던 물건들이었을 것이다. 메소포타미아 우르 지방에서 출토된 석기류나 공예품, 그들 상당수는 가짜나 모조품이라고 다다히로는 겸손하게 말했지만 그래도 몽상가의 꿈을 부추기기에는 충분했다. 개중에는 조금 전 화제에 올랐던 모헨조다로의 출토품, 진흙을 개어 만든 토기나 원숭이 같은 귀여운 동물들, 활석으로 만든 평평한 판자에 코끼리나 혹소 등 인도 동물을 그리고 거기에 독특한 상형문자를 새긴 것, 즉 인더스 문명의 그림문자판 등도 섞여 있다.

전쟁 후 자신의 의무는 일단 끝났다. 그것도 결코 실패가 아니라 빛나는 성공으로 종지부를 찍었다고 자부하는 다다히로는 기업가로서 자신과 몽상가로서의 자신의 기묘한 균형이 소리를 내며 무너져가고 있음을 깨달았다. 일단 균형이 깨지자 기업가로서 분주했던 나날들이 허무하게 느껴졌다. 물론 다다히로는 자신의 삶에 후회하지는 않는다. 오히려 충분히 만족한다. 하지만 충족되지 않는 무언가가 있다는 것을 의식하기 시작했고, 나이가 들수록 그 빈자리가 더욱 크게 느껴졌다. 다다히로가 혹시 현재의 자신에게 조금이라도 후회하는 부분이 있다면, 어물쩍하는 사이에 벌써 쉰을 넘겨버리고 말았다는 바로 그 점일 게다.

다다히로는 최근 초조했다. 고대 오리엔트 문명은 다다히로의 못다 이룬 꿈이었다. 그 꿈이 끝내 못다 한 꿈으로 끝날 거라는 초조함은 다다히로의 가슴을 후벼 팔 정도로 절절했다. 그런 다다히로의 귀에 들어온 마토바 히데아키의 웅변은 메피스토펠레스의 속삭임처럼 감미로웠을지도 모른다.

"아쉽군요. 이게 원래의 흙으로 돌아가버리다니. 그렇게 되기 전에 한 번 가보고 싶습니다."

한숨을 쉬듯 속삭이는 다다히로의 앞에는 인더스 문명에 관한 두툼한 문헌이 펼쳐져 있었고, 그곳에는 모헨조다로의 광대한 벽돌 문명의 유적 사진이 실려 있었다. 그것은 고대도시의 자취로 거대한 수영장의 유적인 것 같았다.

"이건 언제쯤 만들어진 건가요?"

옆에서 온화하게 끼어든 사람은 오토리 지요코다. 사실, 그녀는 이 메피스토펠레스의 유혹을 내심 무척 두려워하고 있었다. 그녀는 최근 다다히로의 약점을 알아차리기 시작했다. 게다가 그녀 자신도 다다히로와 마찬가지로 초조함을 느끼고 있었다.

쇼와 35년은 그때까지 번영을 누리던 영화계가 정점을 달리던 시기였다. 그해를 기점으로 대중오락 왕좌의 지위는 영화에서 텔레비전으로 급속히 넘어갔다. 아니, 미국에서는 이미 그렇게 되었고 일본에서도 엄청난 기세로 텔레비전 수상기가 보급, 발전되기 시작하고 있었다. 컬러 텔레비전이 보급되기 시작했던 것도 쇼와 35년이다. 영화의 하락세는 이미 거기까지 도달해 있었다. 총명한 오토리 지요코가 등 뒤로 다가온 불길한 발소리를 감지하지 못했을 리 없었다. 게다가 그녀 역시 다다히로와 마찬가지로 나이를 의식한 초조함을 어쩌지 못했다. 어느 쪽이든 지요코가 이 기회에 다다히로와의 관계를 분명히 하려고 한 것도 무리가 아니다.

하지만 총명한 지요코는 그런 내색을 하지는 않았다. 방금 꺼낸 질문도 아주 온화하고 심지어 열정적인 호기심처럼 보였다.

마토바 히데아키는 그런 그녀의 마음을 막연히 이해하는 것인지 모르는 것인지, 그의 대답 역시 아주 온화하고 또 열정적이었다.

"이것은 기원전 2500년에서 1500년 사이에 번영했던 문명이니 현재 시점부터 거슬러 올라가면 4500년에서 3500년 이전의 문명이 됩니다. 그런데요, 오토리 씨."

"네."

"이 인더스문명이 왜 귀중하냐면요. 이것은 나일 강 유역에 번영한 고대 이집트 문화나 티그리스, 유프라테스의 두 강 사이에 번영한 고대 메소포타미아 문명처럼 한 사람의 독재자나 주권자의 허영심에 의해 만들어진 문명이 아니라, 일반 서민의 손에 의해 일반 서민을 위해 만들어진 문명이기 때문입니다."

아무래도 이 말이 아스카 다다히로의 아픈 곳을 자극한 모양이다. 적어도 다다히로의 과거의 언동을 보아 그럴 것이라고, 마토바 히데아키는 예측하고 있었다. 사실 현재의 신몬 왕국의 번영은 다다히로의 독재로 인해 만들어진 것이지 않은가.

"그래서 그곳에는 이집트의 피라미드나 메소포타미아의 지그라트처럼 거대한 건조물 같은 것은 없습니다. 거기 있는 것은 방금 오토리 씨께서 보신 것처럼 일반 서민을 위해 정연하게 지어진 도시계획의 유적뿐입니다. 분명 그것이야말로 세계에서 가장 오래된 도시계획이겠죠."

"어머, 이게, 이런 도시가 4000년 전에 만들어졌다고요? 이거 하수도 아닌가요?"

지요코가 눈앞에 있는 사진에 흥미를 보인 것은 적당히 맞장구친 것도 아니고, 또 다다히로의 취미에 아부하고자 하는 속 보이는 행동도 아니었다. 만사 진귀한 것, 고귀한 것에 강한 관심을 보이지 않을 수 없는 그녀의 타고난 호기심에서 나온 것이었다. 그 사실이 마토바 히데아키에게 용기를 준 모양이다.

"그렇습니다. 그렇습니다. 보세요, 여기저기 맨홀까지 만들어져 있지 않습니까. 그런 걸 봐도 이집트나 메소포타미아의 유적이 왕이나 신을 위한 궁전이나 분묘, 또는 신전인 것과 달리 인더스 문명의 유적은 윤택한 시민생활을 보여주는 고대도시의 자취입니다. 보세요, 그쪽에 있는 것이 큰 욕탕의 유적인데요."

지요코는 정연하게 설계된 큰 수영장 사진을 보면서 탄성을 질렀다.

"어머, 멋지군요."

눈을 빛낸 것도 어린아이 같은 호기심을 지닌 그녀의 본심인 것이다.

"하지만 이게 왜 황폐해졌다는 건가요?"

"아, 그도 그럴 것이 인더스 문명이란 것은 벽돌 문명이어서요."

마토바 히데아키는 어느 샌가 강의 투로 설명하고 있었다.

"모든 유적은 벽돌을 쌓아올린 것으로부터 성립된 겁니다. 그 사진에 있는 훌륭한 도시계획 유적이든, 큰 욕탕의 유적이든 말이죠. 그런데 그 부근 일대가 염분이 많은 곳이라 지표가 하나 가득 염분으로 덮여 있습니다. 가보니 마치 서리가 내린 아침의 도쿄 외곽처럼 주변 일대가 새하얗더군요. 게다가 햇빛이 비치면 반짝이며 빛을 반사해서 눈을 뜨고 있을 수가 없을 정돕니다. 이 염분이 심상치 않은 요소로, 이게 지표 가까이에 있는 지하수에 녹아 들어가면 화학작용을 일으켜 벽돌을 완전히 부식시키고 맙니다. 그래서 이걸 이대로 방치하면 4000년이나 지하에서 잠들어 있던 후에 거의 완전한 형태로 발굴된 고대문명의 유적이 발굴된 그대로 흙으로 돌아갈 우려가 있는 겁니다. 게다가 이건 파키스탄 정부만의 힘으로는 역부족입니다. 그러니 우리 고고학자 전체가 책임을 지고 국제적인 캠페인을 해야 할 지경이 되었죠."

"파키스탄이란 옛날에 인도였던 곳이죠?"

"맞아요. 이번 제2차 세계대전 후 인도에서 분리 독립한 신흥국가입니다. 동파키스탄과 서파키스탄으로 갈라져 있는데요. 문제의 유적은 서파키스탄에 있죠."

"선생님은 최근 다녀오셨다고 하더군요."

옆에서 끼어든 사람은 다다히로였다.

"아니, 다녀왔다고 해도 단순한 여행자, 관광여행 같은 겁니다. 하지만 아쉽다는 생각을 지울 수 없습니다. 이 거대한 유적이 흙으로 돌아가버린다 생각하니까 말이죠. 어쨌거나 지표에 가까운 벽돌을 손에 들면 앗 하는 사이에 다 부서져버리니까요. 그때 꽤 여러 곳을 다녀봤는데요. 아직 발굴의 여지가 있다고 생각했어요. 아니, 현지에서도 그걸 잘 알면서도 자금이 없어서 방치하는 겁니다. 어쨌거나 지금까지 발굴된 유적을 보존하는 데만 해도 힘이 부치는 상황이니까요."

"옛 인도라면 분명 덥겠군요."

"아니, 그렇지도 않습니다. 제가 간 건 2월이었는데 그쪽에선 가장 좋은 계절이라 하더군요. 일본의 5월 정도로 따뜻했어요."

"어때? 오토리, 가볼까?"

다다히로는 즐거운 듯한 모습이다.

"네, 가볼까요? 당신이 데려가주시면요."

"여성도 문제없어요. 탐험이나 발굴이라면 대모험처럼 들리지만 그것은 옛날 일입니다. 지금은 하나의 과학이에요. 그 대신 로맨틱한 맛은 사라졌죠. 가게 되면 카라치까지 비행기로 가고 거기서 북쪽으로 300킬로미터 남짓 더 걸립니다. 모헨조다로의 교외에는 관광객용의 공항까지 있을 정도니 마음만 먹으면 여자분이라도 별 문제 없는 여행이 될 겁니다."

"그런데 '모헨조다로'라는 것은 무슨 뜻인가요? 뭔가 의미가 있겠죠?"

"'사자(死者)의 언덕'이라는 뜻입니다. 가보시면 아시겠지만 말 그대로 그곳은 적갈색 침묵의 세계입니다. 현대의 공단주택을 연상케 하는, 쓰레기 버리는 구멍까지 구비한 광대한 벽

돌 유적이죠. 이미 유적의 꽤 윗부분까지 부식이 진행되어서 마치 사자의 세계를 헤매는 듯한 느낌이 사무치게 몸에 스며들 겁니다."

혹시 그때 가즈히코가 들어오지 않았다면 마토바 히데아키의 장광설은 계속되었을 것이다. 가즈히코는 배낭이나 등산용 지팡이는 어딘가에 두고 온 것 같았다. 반바지에 하얀 칼라셔츠를 입은 모습이 어쩐지 썰렁해 보였다.

가즈히코의 모습을 보더니 다다히로는 눈꼬리에 주름을 잡고 하얀 치아를 드러냈다.

"여, 가즈히코. 수고했다. 아키야마에게 들었는데 저쪽은 엄청났다면서?"

"네. 하지만 이젠 괜찮습니다. 물도 다 빠져서요. 오토리 씨, 오랜만입니다."

"어머, 죄송해요."

지요코는 눈부신 듯 상대를 보면서 당황해서 의자에서 일어섰다.

"미사를 바래다주었다면서요. 엄마인 제가 신경도 못 쓰고 있는데, 정말 송구스럽습니다."

"아뇨, 아저씨가 말씀하셔서요. 하지만 이제 괜찮으니 안심하세요."

"어머님이 외출 중이셨다던데요."

"아, 그건 제가 잘못했습니다."

"잘못했다니……?"

다다히로가 끼어들었다.

"아뇨, 거기 할머님, 1시 반 무렵 나가노하라 도착 예정인 열차로 오신다고 했지 않습니까. 제가 사쿠라노사와의 별장에 간 게 딱 그 무렵이었습니다. 나가노하라에서 아마 자동차로 오실 텐데 그러려면 2시간 정도 잡으면 충분할 거라고 생각했던 겁니다. 그래서 3시 반까지 기다렸는데 할머님이 오시질 않는 거예요."

"조에쓰 선 쪽에도 뭔가 고장이 났나?"

"아뇨, 아저씨. 할머님은 조에쓰 선을 타셨다고 했어요."

"그럼 어떻게 된 거야?"

"저, 좀 더 기다렸으면 좋았을 텐데요. 그런데 미사가 여러 가지로 신경을 써주더군요. 좀 딱하기도 하고 물도 다 빠졌기에 3시 반 조금 넘어서 여기저기 태풍의 피해를 둘러본 뒤 문득 생각나서 사쿠라이 누님 댁에 가봤습니다."

"아, 그래?"

다다히로의 대답은 왠지 무미건조했다.

"그랬더니 방금 도착했다며 형님이 와 계셨습니다. 그런데

이야기를 들어보니 후에노코지 할머님과 같이 오셨다고 하더
군요."

"어머나."

"데쓰오가 와 있나?"

"네. 내일 아저씨가 하시는 골프시합에 참석하려고 여기 오
는 걸 하루 미뤘더니 난리가 났다며 미안해하고 있었어요. 아
하하, 그 형님, 누님에게 꽤 당하는 모양입니다."

거리낌 없이 웃는 얼굴이 상큼하다. 전쟁 후에는 남자가 여
성화되었다고들 하지만 이 사람에게는 해당되지 않는 말이라
고 지요코는 항상 만날 때마다 마음속으로 감탄하고 있었다.
신장은 174~175센티미터인데 운동신경이 발달한 듯 동작이
리드미컬하고 느낌이 좋다. 그러고 보니 학생시절 축구선수
를 했다고 한다. 피부색은 약간 가무스름하지만 결이 곱고 깨
끗한 피부다. 스포츠맨다운 미남이다.

"히로코는 어떻게 하고 있나? 나무가 꽤 많이 쓰러졌다고
오늘 아침 무렵에 전화가 왔는데……."

그렇게 말하면서 다다히로는 가급적 아무렇지 않은 척했지
만 왠지 목소리에 그늘이 느껴졌다.

"그렇죠, 참. 누님, 나중에 형님과 함께 이쪽에 오실 것 같습
니다. 저녁을 먹으러 온다고 말씀하시더군요. 쓰러진 나무 쪽

은 사무실에서 두세 사람이 와서 이미 정리했습니다.”

“저…… 그래서 어머니는 사쿠라이 님과 같이 계셨나요?”

“맞아요, 그에 대해 누님은 후에노코지 할머님께 실례했다고 송구스러워하더군요.”

“무슨 말씀이신지요?”

“아, 후에노코지 할머님과 형님은 같은 기차로 온 것 같더군요. 그런데 그 기차가 굉장히 혼잡해서 서로 몰랐다고 합니다. 나가노하라에서 내렸더니 아무래도 조에쓰 선을 타고 돌아서 이쪽으로 오는 사람들이 많으니 택시가 다들 떠나버려서 할머님께서 어쩔 줄 모르셨던 모양이에요. 형님은 요령이 좋은 사람이라 누님에게 부탁해서 가루이자와에서 택시를 보내달라고 했다 합니다.”

“데쓰오는 자기 차를 어쩌고?”

“아, 그거 말인데요. 조에쓰 선 쪽은 길이 어떨지 잘 모르니 자가용이 오히려 시간을 더 잡아먹을 거라 생각했답니다.”

“그야 그렇죠. 그럴 땐 기차 쪽이 정확하니까.”

마토바 히데아키가 옆에서 맞장구를 쳤다.

“그래서 나가노하라 역 앞에 데리러온 택시에 타려는데 할머님이 불러서 여기까지 같이 왔다고 합니다. 그런데 도중에 큰 자동차사고가 있어서 한동안 오도 가도 못 하고 완전히 늦어졌다는군요. 그런데 순서로는 사쿠라이 별장 쪽이 먼저지 않습니까. 그래서 할머님께서 인사를 하시겠다 했는데 공교 롭게도 누님이 목욕 중이라 할머님께 인사도 못 드리고 무척 실례였다고 송구스러워했어요."

그렇게 설명하는 모습이 온화하고 요령이 좋아, 이 사람 굉 장히 머리가 좋구나 하고 탄복하지 않을 수 없다. 이야기를 하면서도 싱글벙글 웃고 있고 목소리도 울림이 깊은 바리톤 이다.

"어머, 그럼 할머니도 손녀도 다 여러분께 신세를 졌군요. 저는 대체 뭘 하고 있었던 걸까요?"

"아하하."

다다히로는 거리낌 없이 웃었다.

"아까도 당신, 그 일로 젊은 경부보 씨에게 꽤 오래 붙들려 있지 않았소?"

"정말. 그런 사람이 보면 저 굉장히 나쁜 여자로 보이겠죠?"

그렇게 말하면서도 지요코는 별로 신경 쓰지 않는 모습이 다. 그런 부분이 이 여자의 자산일 것이다.

"아, 참. 아저씨, 그쪽은 어떤가요?"

지요코를 껄끄러워하면서도 일단 들어주어야겠지 하고 가 즈히코는 생각하는 것이다. 그쪽이란 말할 것도 없이 야가사키 이야기다.

"아, 그거 말인데 가즈히코 군. 자넨 이걸 어떻게 생각하나?"

마토바 히데아키가 가리킨 테이블 위에는 고고학 문헌이 잔뜩 펼쳐져 있는 한편으로 성냥개비가 기묘한 배열을 그리며 놓여 있었다. 가즈히코도 아까부터 거기에 신경을 쓰고 있었다.

"선생님, 그게 뭔가요?"

"아, 피해자가 엎어져 있던 테이블 위에 성냥개비가 이런 식으로 배열되어 있었다고 해."

"피해자라면 마키 씨는……?"

"청산가리라고 해. 마키 씨는 누군가에게 청산가리로 살해당한 것 같다더군."

옆에서 다다히로가 온화하게 설명을 덧붙였다. 역시 그 얼굴은 약간 긴장되어 있었다.

"즉 마키 씨는 어제 자기 산장에 있는 아틀리에에서 누군가와 만나 얘기를 했어. 그런데 상대 남자, 아니 남자인지 여자인지 지금은 모르지만…… 상대가 청산가리를 먹인 것 같다는 것이 경찰의 생각이야. 그때 마키 씨는 상대에게 성냥개비를 써서 뭔가를 설명하려고 한 듯하고 그 성냥개비 배열의 의미를 알게 되면 상대가 누군지 찾아낼 수 있지 않을까 하는 거지."

"아스카 씨는 이걸 설형문자가 아닌가 해서 그대로 베껴오셨는데 자네, 이걸 어떻게 생각하나?"

"마키 씨는 설형문자를 아십니까?"

그렇게 말하면서도 가즈히코는 성냥개비의 배열에서 눈을 떼지 않았다.

"아, 2, 3일 전에 마키 씨가 여기 오셔서 메소포타미아의 고대문명에 관한 책을 두세 권 빌려갔다고 해."

"마키 씨, 최근 슬럼프로 그림을 못 그렸다더군. 그래서 뭔가 자극이 되지 않을까, 즉 영감을 받을 수 있지 않을까 해서 말이지. 그 정도로 설형문자를 마스터할 수는 없겠지만 긴다이치 선생도 굉장히 열정적으로 이걸 베껴 적어서 나도 뭔가 참고가 되지 않을까 싶어 베껴왔네. 설마 싶긴 하지만."

"가즈히코 님, 뭔가 짚이는 데가 있나요?"

"제가요……? 말도 안 되죠."

삼킬 듯 그 기묘한 성냥개비의 배열을 보고 있던 가즈히코는 힐끗 지요코 쪽을 보았지만 바로 마토바 히데아키에게로 눈을 돌렸다.

"선생님은 이것에 대해서 뭔가……."

"몰라. 일단 이건 설형문자가 아니잖아."

"그렇죠. 혹시 의외로 마키 씨에게 설형문자에 대한 지식이 있었다고 쳐도 이걸로 뭔가 설명하려고 했다면 상대도 설형문자를 알아야 할 텐데요. 일본에 설형문자를 아는 사람이 몇 사람이나 있을 거란 생각은 안 들어요."

"아하하, 그러고 보니 그렇군. 내가 아무래도 어떻게 됐나보군."

다다히로는 웃었지만 가즈히코는 웃지 않았다. 그는 이제 성냥개비 배열을 보려고도 하지 않고 다다히로의 얼굴만 자세히 살피며 물었다.

"아저씨, 그래서 긴다이치 선생님은 이것에 대해 뭐라고 하셨나요?"

"아니, 별로……. 그 사람, 뭔가 알아도 좀처럼 입 밖에 내지 않는 걸지도. 마지막 증거를 잡기 전까지는……."

"긴다이치 선생님은 아직 마키 씨 별장에……?"

"아, 지금쯤은 호시노온천 쪽으로 가지 않았을까? 쓰무라 신지 씨를 만나러……."

"참, 그렇지. 쓰무라 선생님도 지금 가루이자와에 계시죠."

"가즈히코는 어떻게 알지? 전봇대에 붙은 포스터라도 보았나?"

"아뇨, 저 도쿄를 출발하기 전부터 알고 있었습니다."

"어머, 어떻게? 가즈히코 씨는 그 사람을 알고 계셨나요?"

"아뇨, 그럴 리 없죠. 저, 쓰무라 선생님을 뵌 적도 없습니다. 그저 제 친구…… 고등학교 친구 중에 다치바나 시게키란 남자가 있습니다. 그 녀석이 우에노의 예술대학 음악부에 들어가서 작곡 공부를 하는데요. 매년 가루이자와 음악제의 살림을 맡는 녀석이라고나 할까요. 올해의 음악제는 쓰무라 선생님의 작품발표회라고 하던데요."

거기에 데쓰오와 히로코가 와서 이 대화는 자연스럽게 끝나고 말았다.

이미 5시가 되었다.

역시 히로코도 귀엽다. 사이키델릭한 화려한 모양의 원피스에 새빨간 카디건을 대충 걸친 것뿐이었지만 이 여자는 그것을 멋지게 소화해내서 그리 현란한 느낌은 없었다. 고상한 미모 속에 도사린 야성은 외조부의 피를 이어받았기 때문일까. 턱이 살짝 길어서 의지가 강해 보이고 자못 반항적으로 보인다. 다다히로를 보는 눈이 조금 부끄러워 보이는 듯한 까닭은 오늘 아침의 쌀쌀맞은 전화에 신경이 쓰였기 때문일까. 부부 둘 다 지요코와도 아는 사이인 듯 인사에도 붙임성이 느껴졌다.

지요코가 시어머니 일에 대해 감사 인사를 하자 데쓰오는 평소처럼 태평한 모습으로 대답했다.

"아, 당치도 않습니다. 할머님 쪽에서 저를 발견해주셨거든요. 게다가 할머님, 동행이 있었어요."

"어머, 어머님께 동행이? 어떤 분인가요?"

"동행이라도 기차 안에서 알게 된 것 같더군요. 그분이 이쪽까지 함께 와주실 작정이었는데 택시가 다 나가버려서 곤란했던 모양입니다."

"그분, 사쿠라노사와까지 같이 오셨나요?"

"아뇨, 그분은 미나미하라에 있는 지인에게 가신다고 하여……."

"미나미하라?"

그렇게 물은 사람은 다다히로이다.

"미나미하라의 누구?"

"글쎄요. 할머님은 아시는 것 같은데 저는 전혀……. 하지만 굉장히 훌륭한 신사분이었습니다."

그 말을 들었다면 도도로키 경부도 필경 콧대를 세웠을 것이다.

데쓰오도 히로코도 가즈히코로부터 야가사키 사건을 못 들었을 리 없을 텐데, 누구도 그 이야기를 꺼내지 않는 것은 예의 때문일까.

"참, 그렇지. 형님, 누님, 소개할게요. 이분이 마토바 히데아키 선생님."

"아, 선생님 얘기는 아까도 가즈히코한테 들었는데요. 그래서 수확은요?"

데쓰오는 참으로 붙임성이 좋다.

"수확이라고 하시면……?"

"아, 아버님을 함락시키실 수 있을 것 같습니까? 그거요, 모헨조다로 탐험여행은……?"

"아, 그거요?"

마토바 히데아키는 활짝 웃었다.

"하루아침에 되겠습니까. 뒷일은 가즈히코 군에게 맡기려고요."

"그야 그렇죠? 아버지라면 가즈히코에게 맡기세요. 이 사람한테는 사족을 못 쓰니까요."

그렇게 말하면서 히로코는 반대편에 있는 캐비닛 안을 보고 있었다.

"그런데 부인, 여기에 또 한 사람 저한테는 강력한 아군이 나타날 것 같습니다. 저도 큰 희망을 품고 있어요."

"어머, 누군가요?"

"오토리 씨. 오토리 씨가 제 말에 공감해주셔서요. 가즈히코 군도 가즈히코 군이지만 이건 오토리 씨에게 맡겨야겠다 싶네요."

"어머나!"

아까부터 별로 관심 없는 듯 캐비닛 안에 든 무슨 왕비의 왕관 같은 것을 보던 히로코가 갑자기 고개를 들어 지요코 쪽을 보았다. 한순간 복잡한 표정이 떠올랐지만 금세 그것은 따뜻한 웃는 얼굴 속에 녹아갔다.

"오토리 씨, 그거 정말인가요? 아버지와 함께 해주신다는 거?"

"호호호, 농담이에요. 하지만 이분이 정말 데려가주신다면 가보려고 해요. 저, 따라다니면서 구경하는 것을 좋아하니까요."

"부탁해요. 아무쪼록 같이 가주세요. 마토바 선생님이나 가즈히코가 같이 갈 거니까 괜찮겠지만 오토리 씨가 같이 가신다면 저도 더 안심할 수 있겠네요. 저는 역시 여자라서요."

"그러면 히로코는 어때? 같이 가지 않겠니?"

그 말에 히로코가 대답도 하기 전에 끼어든 사람은 가즈히코였다.

"안 돼요. 아저씨, 그런 말씀을 하시면."

"왜 그러냐, 가즈히코."

"이 형님은 언뜻 보기에 전제군주 같은 남편인 척하고 있지만 누님이 없으면 아무것도 못하니까요. 세이조의 집에 가보세요. 홀아비살림이 말이 아니에요."

"아하하."

갑자기 다다히로가 팍 웃음을 터뜨려서 사람들은 놀라서 그쪽을 돌아보았다.

"그렇지. 데쓰오와 히로코라면 가즈히코가 가장 잘 알겠지. 좋아, 히로코를 데려가는 것은 그만두자. 만약 가기로 했다고 해도 말이지."

다다히로가 힘을 주어 말하자 데쓰오는 고개를 움츠렸고 히로코는 캐비닛에서 꺼낸 왕관을 들어올리면서 '호호호' 하고 웃었다. 그때 아키야마 다쿠조가 황급히 들어왔다. 이렇게 보니 아키야마는 그리 키가 크지 않은 편이다. 게다가 근육질의 몸은 불도그를 연상케 한다.

"아키야마, 왜 그러지? 뭘 두리번거리고 있어?"

"아, 주인님."

아키야마는 그쪽으로 잠깐 고개를 숙였다.

"가즈히코 군, 사쿠라이 씨 부부께서도 모르고 계셨습니까?"

"뭘요?"

"이상한 놈이 이 근처를 어슬렁거리고 다니는 것 같습니다."

"아키야마 씨, 이상한 놈이라니 무슨 말이에요?"

"아, 내가 오기 바로 전의 일인데 이상한 놈이 저쪽 숲속을 어슬렁거리고 있었어. 어디서 들어온 걸까. 그래서 내가 쫓아 갔는데, 자넨 그런 거 못 봤어?"

"글쎄요. 어떤 사람이었나요?"

"얼굴은 못 봤어. 검은 베레모 같은 것을 뒤집어쓰고 검은 머플러로 얼굴을 가리고 있었으니까. 참, 거기에 검은 선글라 스를 쓰고 있었지."

"아키야마, 그게 왜 이상하다는 거지?"

히로코는 그때 맞은편을 보고 있어서 아무도 그 얼굴을 본 사람은 없었지만 한순간 등이 굳어지는 것을 다다히로만은 놓치지 않았다. 하지만 그 목소리는 차분했고 아무 거리낌도 없었다.

"아니, 그게 말입니다. 주인님. 방금 후에노코지 어르신 역 시 그 비슷한 남자가 이 별장 옆 수풀에서 나가는 것을 보았 다고 하셨습니다. 위에서 아래까지 온통 검정으로 감싼 남자 였다고요."

"어머, 후에노코지 어머님이 오셨어요?"

"네, 미사 양을 데리고……. 아까 도와주신 인사를 하기 위해서라고 합니다."

아키야마는 다다히로를 향해 그렇게 말했다.

"참, 가즈히코, 혹시 오늘 아침 사건에 대해 얘기했나?"

"아뇨, 아저씨, 그 얘긴 하지 않았어요. 미사 혼자 있었던걸요."

"오토리 씨가 여기 와 있다는 건……?"

"아뇨, 그 얘기도 할 기회를 놓쳤어요."

"아, 그래. 그럼 아키야마, 응접실로 안내해드려. 아, 잠깐 기다리게."

다다히로는 벽시계를 보았다.

"지금 5시 반이군. 그럼 오늘 밤은 같이 여기서 식사를 하자고 말하고 오게. 모처럼 다들 모였으니까. 그 사이에 전기도 들어오겠지."

"하지만 주인님, 이상한 놈은 어떻게 합니까?"

"아키야마, 자네답지 않군. 누군가가 헤매고 있던 거겠지."

"하지만 주인님. 상황이 상황이라서요."

"그럼 일단 경계하기로 할까."

그렇게 말하면서 다다히로는 가즈히코의 거동을 살폈다. 가즈히코는 마토바 히데아키 뒤에 서 있었는데 그 눈은 고고학자의 어깨 너머, 책상에 놓인 성냥개비 배열을 삼킬 듯 좇고 있었다.

제13장
목격자

　쓰무라 신지의 방갈로가 있는 아사마카쿠시는 산과 산 사이에 있는 좁은 협곡 안에 있다.

　그 부근은 양쪽에 산과 산이 있고 그 사이에 협곡이 있다. 그 협곡 바닥을 흐르는 물을 사쿠라노사와라고 하는 것일까. 평상시에는 대단한 계곡도 아니지만 오늘은 태풍의 영향을 받아 거침없이 바위에 물살이 부딪치는 소리를 내고 있다.

　그 협곡을 따라 아직 포장도 하지 않은 도로가 제법 경사진 언덕을 그리며 달리고 있고. 그 길 양쪽에 점점이 별장이 산재해 있다. 아래쪽에서 그 길을 올라가다보면 오른쪽에 보이는 별장은 물에 인접한 급경사의 절벽 위에 지어져 있으니 오늘 아침의 태풍 때는 몹시 불안했을 것이다. 물 건너편에는 빽빽하게 나무가 우거진 산기슭이 급한 경사를 이루며 자리한다.

왼쪽 별장도 같은 불안에 떨었을지는 알 수 없다. 산기슭의 작은 평지에 소규모 방갈로가 몇 채 있었는데, 그 건물들은 절벽을 등지고 자리해 있어 보기만 해도 간담이 서늘했다. 실제로 절벽이 무너져 내렸던 듯한 흔적도 두세 군데 보였다.

우선 '아사마카쿠시'*라니, 이름을 정말 잘 지었다. 가루이자와라면 어디에서든 보이는 아사마 산이 여기서는 서쪽에 있는 산에 완전히 가려진다. 그것만으로 산과 산 사이에 낀 이 협곡에서는 바람이 그리 강하지 않았을 것이다. 쓰러진 나무는 의외로 적었다.

이 부근에서 임대용 방갈로를 소유한 사람은 히구치 미사오(樋口操)라는 부인이었다.

히구치 미사오의 남편 히구치 기이치(樋口基一)는 전쟁 중 유력한 군수회사의 중역이었다. 이전에 부인은 남편과 함께 덴엔초후에 있는 꽤 커다란 저택에 살고 있었다. 부부 사이에는 아이가 없었고, 게다가 도쿄여자미술학교를 나온 미사오 부

---

* 아사마 산을 가린다는 뜻이다.

인은 세간에 떠도는 말만으로도 좋은 부인이라고는 할 수 없는 인물이었다. 선량하지만 푸념이 많고 자주 히스테리 발작을 일으켜서 남편을 애먹였다. 전쟁이 긴박한 상황으로 돌아가서 도시가 위험에 빠졌을 때 부인은 남편을 덴엔초후의 집에 두고 혼자 이 가루이자와로 이사했다.

덴엔초후에 남은 남편의 뒷바라지는 부인이 친정에서 데려온 후사코(房子)라는 여성이 했다. 히구치는 그때까지 근실하기 그지없는 인물로 통했고, 후사코는 미인형은 아니었다. 오히려 못생긴 여자였다. 이 두 사람이 사고를 칠 거라고는 꿈에도 생각지 못했던 미사오 부인은 그만 뒤통수를 맞고 말았다.

게다가 미사오 부인에게는 아이가 없는데 후사코는 히구치의 아이를 낳았다. 주객은 완전히 전도되고 말았다. 게다가 히구치가 전쟁 후 밀려나 완전히 의기소침해진 데 반해 후사코는 아이를 얻어 사악한 여자의 권력을 보이기 시작했다. 부인은 덴엔초후로 돌아가고 싶어도 돌아갈 수 없게 되고 말았다.

부부는 아직 정식으로 이혼하지 않았다. 아이는 미사오 부인의 아이로 입적되었다. 후사코가 아이를 입적시키려고 안달복달한 나머지 부인의 아이로 입적시킨 것은 뭐니 뭐니 해도 작전 미스였다. 후사코가 아무리 사악하게 권력을 휘두르고 미사오 부인과의 이혼을 강요해도 그것만은 히구치도 허락하지 않았다.

하지만 호적은 어찌 되었든 현실적인 아내의 자리를 후사
코에게 빼앗기고 만 미사오 부인은 생활비를 마련할 방법을
강구하지 않으면 안 되었다. 다행히 그 협곡 일대의 광대한
대지는 미사오 부인의 명의로 되어 있었다. 부인은 대지를 조
금씩 팔아서 그 대금 일부로 자기 땅에 방갈로풍의 작은 별장
을 짓기 시작했다. 임대용 별장은 지금 6채 있다. 여름에 1채
를 임대해서 받는 돈을 한 달 생활비로 쓰면, 12채를 지을 경
우 1년치 생활비를 벌 수 있을 것이다. 그것이 미사오 부인의
이상이었고 앞날을 위한 계획이었다. 다행히 팔 대지는 아직
꽤 많이 남아 있었다.

도도하게 흐르는 물 위로 지나가는 다리를 건너면서 긴다
이치 코스케는 그것이 4시간 정도 전에 건넌 다리라는 사실을
알아차렸다. 다리를 건너면 길이 V자 형태로 갈라질 것이고
오른쪽으로 가면 사쿠라노사와가 나올 것이다. 히비노 경부
보에게 물어보니 그대로였다.

가루이자와도 꽤 넓다. 예전에 가루이자와는 '자전거의 거
리'로 불렸다. 잠깐 물건을 사러 나갈 때도 자전거가 없으면
시간을 맞출 수가 없다. 지금 그 가루이자와는 자동차의 거리
로 바뀌었다. 그럼에도 불구하고 후에노코지 가문의 별장에

있는 사쿠라노사와와 쓰무라 신지의 방갈로가 있는 아사마카쿠시가 이웃 부락에 있다는 사실을 깨닫고 긴다이치 코스케의 가슴은 살짝 뛰었다.

V자 모양 아래 정점을 지났을 때 긴다이치 코스케는 몸을 기울여 자동차 창에서 오른쪽 길을 보았다. 역시 비스듬히 기울어진 졸참나무는 4시간 정도 전에 보았을 때 그대로다. 물은 완전히 걷혔지만 긴다이치 코스케의 마음은 아직도 요동쳤다.

자동차가 V자의 왼쪽 길로 돌진하여 언덕을 올라가 커브를 하나 돌았을 때 멀리 언덕 위에 자동차가 한 대 서 있었고 자동차 옆에 두세 사람이 서 있는 모습이 얼핏 보였지만 앞서 가는 다치바나 시게키의 자동차 그늘에 가려서 더는 보이지 않았다. 좁은 길이다. 소형 자동차로도 간신히 지나는 길이다.

히비노 경부보는 기분이 좋지 않았다. 아까 호시노온천을 나왔을 때 서둘러 저녁식사를 마치자마자 경찰서로 전화를 걸었는데 그때 나가노의 경찰본부에서 야마시타 경부가 출장을 나와 있다는 사실을 전해 들었다. 야마시타 경부는 현에서도 이름 높은 수완가였다. 이렇게 큰 사건이니 현의 경찰본부에서 유력자가 나오는 것도 당연했다.

생각해보면 오토리 지요코의 남편이었던 인물이 지금까지

두 사람이나 변사를 맞았다. 하지만 두 사건 모두 타살이라고 단정하기에는 근거가 부족했다. 과실치사일지도 모르고 어쩌면 자살일지도 몰랐다. 세 번째 희생자에게는 처음으로 청산가리가 사용되었다. 게다가 시체를 옮긴 듯한 정황으로 보아 타살일 가능성이 짙다. 이 사건으로 인해 전의 두 사건도 급전환을 맞이하여 해결을 볼 수 있지 않을까. 그렇다면 이것은 실로 근래 보기 드문 대사건이 된다.

아직 젊은 히비노 경부보가 공명심에 불타 있는 것도 무리가 아니다. 그는 현의 경찰본부에서 유력자가 파견 나오는 것을 피할 생각은 별로 없었지만 담당경찰로서 좀 더 콧대를 세우고 싶었다. '시체를 옮긴 것은 아닐까' 하는 사실을 발견한 것만으로도 수사상 커다란 진전이라고 할 수 있을 것이다. 하지만 그 사실을 찾아낸 것은 자신이 아니라 바로 옆에 앉아 있는 작은 체구의 궁상맞은 남자였다.

히비노 경부보가 입술을 깨물고 있는 것은 전방에 멈춰 있는 자동차 옆에, 특징 있는 안짱다리 남자가 서 있는 것을 알아차렸기 때문이다. 야마시타 경부도 와 있는 걸까. 그런데 곤도 형사 옆에 선 순백의 칼라셔츠를 입은 키 큰 남자는 누굴까.

긴다이치 코스케는 공교롭게도 좌석 반대편에 앉아서 자동차는 보였지만 자동차 옆에 서 있는 사람들까지는 보지 못했다. 그래서 앞에 가는 다치바나 시게키의 자동차가 멈춰 서고, 안에서 다치바나 시게키와 시노하라 가쓰미가 내리고 자신들도 자동차 밖으로 나갔을 때 그곳에 있는 도도로키 경부의 모습을 보고 무심코 소리를 질렀다.

"어, 경부님. 어떻게 여길……?"

"별거 아니올시다. 선생을 찾으러 미나미하라로 갔더니 선생은 외출하셨다고 해서요. 방법이 없어서 이 양반……."

경부는 곤도 형사의 어깨를 두드렸다.

"……을 찾아 잠시 서에 얼굴을 비쳤더니 공교롭게도 야마시타 군에게 붙들렸지요. 선생은 야마시타 군을 아신다고 하더군요."

"안다고 하기도 좀 그렇습니다. 언젠가 호되게 볶였으니까요. 야, 오랜만입니다."

"아하하, 그런 말씀을 하시다니. 볶인 건 제 쪽이죠. 아, 오랜만입니다. 항상 건강하시군요."

"네, 고맙습니다. 그쪽이야말로 건강하셔서 뭣보다 다행이에요. 이번에도 또 이상한 놈이 튀어나왔네 생각지 말아주세요. 전 이걸로 먹고 사니까요."

"말도 안 되죠. 히비노 군, 자네 좋은 분을 붙잡았군. 지도 잘 부탁드립니다."

"야마시타 씨는 이 사람…… 아니, 긴다이치 선생님을 아십니까?"

"그러니까 주임님, 아까 그랬잖아요. 긴다이치 선생님, 일본 전역에 걸쳐 탐정 무사수업을 다니고 있다고요. 참, 그렇지. 긴다이치 선생님, 아까는 실례했습니다. 선생님은 이분과 친밀한 관계라고 들었는데요."

"네, 저로 말할 것 같으면 그 경부님의 그림자 같은 존잽니다."

"아하하, 그런 말을 다 하시네. 헌데 긴다이치 선생, 당신도 팔자가 박복하시구려."

"무슨 말씀이신지……?"

"가루이자와에 정양을 왔나 싶더니 또 황당한 사건에 휘말렸으니 말이오."

"무슨 말씀을. 일복이 많은 거죠. 참, 그렇죠. 일이라고 하니, 이게 쓰무라 씨의……?"

긴다이치 코스케가 돌아본 언덕 왼쪽에는 언덕의 경사를 따라 아사마의 돌이 쌓여 있었고 검은 돌 사이에 싱싱한 빛을 띤 풀고사리 잎사귀가 빽빽하다. 쓰무라 신지의 방갈로는 이 절벽 위의 평지에 아담하게 자리하고 있었다. 시원하기는 더

할 나위 없고 계곡의 여울물을 제외하면 극히 조용했지만 주위의 공기는 어둡고 축축한 경향이 없지 않다. 뒤쪽 산에 절벽이 무너진 흔적이 보인다.

시각은 6시 반, 평소에는 아직 밝은 시각인데 이 산과 산 사이에 낀 협곡에는 벌써 어둠이 드리워져 있다.

"네, 이게 문제의 인물 쓰무라 신지 씨가 빌린 방갈로입니다. 쓰무라 씨는 작년에도 올해도 연속해서 이 집을 빌렸다고 합니다. 저쪽이 주인집입니다. 하지만 주인도 쓰무라 씨도 외출한 것 같습니다."

곤도 형사는 혼자 인근 별장을 돌아다닌 모양이다. 그러고 보니 쓰무라 신지의 방갈로 바로 위쪽에 유달리 훌륭한 별장이 보인다. 무슨 일이 일어났는가 싶어 근처 별장 사람들이 멀찌감치 둘러서서 이쪽을 보고 있다.

"긴다이치 선생님, 여기가 제1현장일 가능성이 크다고요?"

"아, 야마시타 씨. 그런 건 히비노 씨에게 물어보십시오. 히비노 씨, 부탁드립니다."

아까부터 멍하니 있던 경부보는 겨우 정신이 들었는지 두리번거리며 주위를 둘러보았다. 그리고 마찬가지로 어안이 벙벙한 표정의 다치바나 시게키를 보았다.

"다치바나 군, 쓰무라 씨가 있는지 없는지 확인해주지 않겠나? 자네라면 쓰무라 씨가 없더라도 안에 들어갈 수 있겠지."

"다치바나 군이라면 쓰무라 씨의 애제자이니까요. 게다가 저도 쓰무라 씨의 친구로서 안을 조사할 권리가 있어요. 그렇지, 히비노 씨, 긴다이치 선생님. 저희를 도와주세요."

"그 전에 집 주변을 조사해보고 싶은데요."

"알겠습니다. 자, 다치바나 군. 안내하게."

역시 시노하라 이사는 눈치가 빨랐다. 그는 창백해진 다치바나 시게키를 재촉해 도로와 평행한 완만한 언덕을 올라갔다. 이 언덕이라면 틀림없이 자동차로도 올라갈 수 있을 것이다.

두 사람 뒤에서 히비노 경부보와 곤도 형사, 마지막으로 긴다이치 코스케를 사이에 두고 도도로키 경부와 야마시타 경부가 발을 옮겼다. 야마시타 경부는 유도 6단이라고 한다. 단단한 체격이지만 그럼에도 느긋한 느낌이 좋다. 예민한 기색이 조금도 없다. 부하들을 자유자재로 부릴 수 있는 인품이다. 그래도 긴다이치 코스케에게 간단하게 설명을 듣고서는 역시 긴장하고 있다.

언덕을 올라가니 뒤쪽으로 상당히 커다란 절벽이 무너져내린 것과 쓰러진 나무가 두세 그루 지붕에 늘어져 있었는 것이 보였다. 방갈로 자체는 병풍처럼 우뚝 솟은 뒤쪽 절벽이 보호해주었는지 이렇다 할 태풍의 피해는 없었다.

방갈로에는 콘크리트 계단이 3단 있었다. 다치바나 시게키는 가장 먼저 계단을 올라가더니 현관문을 조사해보았다.

"잠긴 상태예요."

"아, 그래. 그럼 일단 불러보게."

"쓰무라 선생님, 쓰무라 선생님."

대답은 없었다. 뒤에서 포치로 올라오던 시노하라 가쓰미가 현관 옆 창문으로 안을 엿보았다.

"아, 저기 파이프가……."

히비노 경부보도 창에 얼굴을 가져다댔는데 그 순간 무심코 얼굴을 찌푸렸다.

창유리 안쪽에는 짙은 녹색 커튼이 쳐져 있었고, 그 커튼을 배경으로 여러 가지 크고 작은 나방이 앉아 있었다. 밖에서 본 나방의 모습은 기묘한 생물로 보여 오싹할 정도로 기분 나쁘다. 개중에는 힐만의 트렁크에서 발견된 적갈색 나방도 여럿 눈에 띄었다.

"창을 부술까요?"

"아, 잠깐 기다려주게."

커튼 끄트머리가 살짝 걷혀 올라간 쪽에서 안쪽 홀을 살피던 히비노 경부보가 갑자기 튕기듯 뒤를 돌아보았다. 뭔가에 놀란 듯 지독히 흥분한 모습이었다.

"긴다이치 선생님, 잠깐 저걸⋯⋯."

"네, 뭐죠?"

"테이블 위에 마도로스파이프가 있습니다. 하지만 그보다 테이블 아래를⋯⋯."

긴다이치 코스케도 몸을 기울여 히비노 경부보가 가리킨 커튼 사이를 보았다. 창이란 창을 죄다 진녹색 커튼으로 뒤덮혀 방 안은 어두웠다. 그 어둠 속을 고요한 냉기가 떠돌고 있었다. 한동안 집중해서 보는 동안 겨우 어둠에 익숙해진 눈에 몽롱하게 보인 것은 어디에나 있을 법한 가구가 놓인 임대용 별장의 살풍경한 모습이었다.

방 중앙에는 직사각형 모양의 테이블이 있었다. 그 위에 있는 재떨이 옆에 마도로스파이프가 한 개 놓여 있었다. 역시 패션에 관심이 있는 쓰무라 신지가 애용할 법한 가늘고 세련된 파이프다. 긴다이치 코스케의 시선은 거기서 테이블 아래로 미끄러져 내려갔는데 그 순간 딱 그 자리에 못 박히고 말았다.

바닥에 성냥개비가 2개, 아니 3개 떨어져 있었다. 꼭지가 붉은 성냥개비도 있고 녹색인 것도 있다. 히비노 경부보를 흥분시킨 것은 그 성냥개비인 것 같았다. 1개는 중간에서 꺾여 있었다.

"히비노 씨."

긴다이치 코스케가 몸을 일으켰을 때 히비노 경부보의 모습은 보이지 않고 옆에 곤도 형사가 긴장한 얼굴로 서 있었다. 도도로키 경부와 야마시타 경부는 계단 중간에 서 있다. 포치 구석에는 다치바나 시게키와 시노하라 가쓰미가 불안한 듯 얼굴을 마주보고 있었다.

"주임님이라면 방금 뒤쪽으로 돌아갔습니다. 긴다이치 선생님, 거기 뭔가……."

"직접 보십시오. 테이블 위에 있는 파이프도 파이프지만 테이블 아래 재미있는 게 놓여 있더군요."

긴다이치 코스케는 곤도 형사에게 자리를 넘기고 도도로키 경부와 야마시타 경부 사이에 섰다.

"두 분께서는 이 사건에 성냥개비가 기묘한 역할을 하고 있단 걸 알고 계시죠?"

"아까 곤도 군에게 들었는데 그게 무슨……?"

"그런데 여기 재미있는 게 있어요. 곤도 씨 다음에 들여다보신 후 의견을 듣고 싶습니다."

긴다이치 코스케는 계단 중간에서 아래를 보았다. 오늘 아침에 태풍이 있었다고는 하지만 포치 아래 왼쪽에 또렷이 타이어 자국이 보였다. 긴다이치 코스케는 아까부터 거기에 신경을 쓰고 있었다. 히비노 경부보도 알아차린 게 틀림없다.

문제는 그 자국이 마키 교고의 차 힐만의 타이어와 일치하느냐다.

긴다이치 코스케가 그에 대해 다치바나 시게키에게 뭔가 물었을 때 곤도 형사가 뭔가에 찔린 것처럼 소리를 질렀다.

"긴다이치 선생님, 긴다이치 선생님, 진짜 살인 현장은 역시 여기였어요. 그 타이어 자국이든⋯⋯."

곤도 형사도 타이어 자국을 알아차린 모양이다. 두 경부도 번갈아 커튼 틈으로 안을 엿보더니 각자 놀란 표정을 감추지 못했다.

"긴다이치 선생님, 이거 아무래도 방갈로 안을 볼 필요가 있을 것 같습니다. 그런데 히비노 군은⋯⋯."

야마시타 경부가 말했을 때 방갈로 오른쪽 옆에서 히비노 경부보의 목소리가 크게 울렸다.

"다치바나 군, 다치바나 군. 잠깐 이쪽으로 와주게."

사람들은 포치를 내려가 그쪽으로 돌아갔다.

"발자국에 주의해주십시오. 거기 구두 발자국이 찍혀 있습니다. 그걸 밟지 않도록."

습한 땅 위에 점점이 가벼운 발자국이 찍혀 있다. 그곳은 차양에 가려진 데다 절벽이 살짝 도드라져 있어서 그 맹렬한 태풍에도 쓸려 내려가지 않은 모양이다. 그 절벽이 안으로 살짝 들어간 자리에서 크게 붕괴된 것 같았다.

하지만 히비노 경부보가 다치바나 시게키를 부른 것은 그 발자국 때문이 아니었다. 지금 모두가 본 홀 측면 창밖에 묘한 것이 매달려 있었다. 얇고 톡톡한 견직 스카프다. 한 변이 40센티미터인 정사각형 크기의 스카프로, 갈색 바탕에 칙칙한 붉은 무늬가 들어 있다.

"앗, 이건……."

다치바나 시게키가 무심코 손을 내밀려는데 날카로운 소리가 들렸다.

"만지면 안 돼!"

히비노 경부보는 주의를 주더니 날카로운 눈으로 상대를 보았다.

"다치바나 군은 이걸 본 적 있나?"

"네, 저, 그건……."

"다치바나 군, 알고 있다면 말하는 편이 좋아요. 이건 굉장히 힘든 사건이 될 것 같으니까."

긴다이치 코스케가 타일렀을 때 시노하라 이사와 마주보고 있던 다치바나 시게키의 얼굴은 창백하게 일그러졌다. 둘 다 아까부터 이 자리의 분위기에 압도당해 있었다.

"네, 저……. 어제 호시노온천에서 다시로 군과 만났을 때 그가 배낭을 메고 있었단 건 아까도 말씀드렸죠."

"아, 들었어. 농구화를 신고 있었다고 했지?"

히비노 경부보는 야마시타 경부에게 땅에 새겨진 구두자국을 가리켰다. 야마시타 경부는 말없이 끄덕였다. 이 사람은 일일이 그 자리에서 꼬치꼬치 캐묻지는 않는다. 나중에 차분하게 보고를 들을 작정인 것이다. 다치바나 시게키의 뺨이 다시금 경련했다.

"그래서……?"

"그 배낭 안에서 이 스카프가……. 아니, 이 스카프인지 아닌지는 모르겠지만 어쨌거나 이것과 같은 모양의 스카프가 조금 튀어나와 있었습니다. 제가 참견을 했어요. '그런 거 볼품없잖아'라고 말하면서 안으로 밀어 넣으려 했더니 '쓸데없는 참견하지 마' 하고 모처럼 제가 밀어 넣은 스카프를 일부러 빼내서 치렁하게 늘어뜨리는 겁니다. 저, 삐딱하긴, 하고 생각했던지라 이 모양을 잘 기억합니다."

그렇다면 다시로 신키치가 어제 여기 온 것은 틀림없는 것 같다. 또 그가 여기 왔더라도 이상할 것은 없다. 쓰무라와는 사제지간이고 어제 호시노온천에서 만나 이야기도 했다. 다치바나 시게키는 아무것도 못 들었다고 하지만 어제 이곳을 방문하겠다는 약속을 했을지도 모른다.

이 견직 스카프는 일단 흠뻑 젖었을 것이다. 땅이 얇아서 빨리 마르기는 했지만 아직 습기를 흠뻑 머금고 있다.

사람들은 그 스카프가 매달린 철사로 눈길을 보냈다. 그 철사는 차양에서 수직으로 늘어져 있었고 끝이 3개로 갈라져 갈고리 형태로 구부러져 있었다. 거기 있는 창에서 손이 닿을 자리에 있는 것을 보니 양말이나 손수건 등을 널어 말리기 위해 만들어진 것이리라. 그 철사 바로 아래 야채절임을 만들 때 누르는 돌 크기의 아사마 돌이 놓여 있고 그 돌에 진흙이 뭉개진 듯한 흔적이 있다.

건물 옆면의 창에도 짙은 녹색 커튼이 달려 있다. 이 창유리 안쪽에 두세 마리 나방이 붙어 있었는데 저쪽 창만큼 많지는 않았다. 커튼 아래 살짝 틈이 있어서 돌은 그 틈 바로 밑에 놓여 있었다.

히비노 경부보는 돌 위에 올라가더니 등을 구부려 커튼 틈으로 안을 엿보았다. 거기서라면 홀 중앙이 거의 한눈에 보인다. 경부보는 철사의 위치를 보고 있다가 다치바나 시게키를 돌아보았다.

"다치바나 군, 자네는 분명히 다시로 신키치와 키가 비슷하다고 했지?"

"네……."

"미안하지만 배낭을 멨다고 생각하고 여기서 안을 들여다 봐주었으면 하는데……. 배낭에서 튀어나온 스카프가 이 철사에 걸리는지 어떤지……."

"알겠습니다."

다치바나 시게키의 목소리는 떨리고 있었다.

이 실험은 성공한 것 같았다. 다치바나 시게키와 비슷한 신장을 가진 인물이 배낭을 짊어진 채 거기서 들여다보면 배낭에서 튀어나온 스카프가 걸리기 쉬운 높이에 이 철사의 갈고리가 늘어져 있다.

"히비노 씨, 다시로 군이 여기서 안을 엿봤다 치고 그 자식, 대체 뭘 본 겁니까?"

시노하라 이사의 목소리도 흥분해 있다.

"문제는 거기 있습니다. 저도 그걸 알고 싶은 겁니다."

히비노 경부보의 목소리는 차갑고 날카로웠다.

다시로 신키치는 여기서 안을 엿보았던 것이다. 그리고 대체 거기서 무엇을 보았을까. 아니, 그보다 다시로 신키치는 그 후 어떻게 된 것일까.

제14장

청산가리

묵직한 침묵이 그곳에 서 있는 사람들을 덮쳐눌렀다. 온몸이 얼어붙을 것 같은 차가운 침묵이었다. 날은 완전히 저물어서 서로 얼굴을 분간하기 힘들 정도였다.

히비노 경부보가 생각난 듯 말했다.

"그런데 다치바나 군, 자넨 아까 집 주변을 돌아보았다고 했는데 이 스카프를 못 봤나?"

"네, 저는……."

다치바나 시게키는 말라붙은 입술을 핥았다.

"집 주변을 한 바퀴 다 돈 것은 아닙니다. 현관에서 왼쪽으로 돌았어요. 그쪽이 부엌문과 가까우니까요. 부엌문도 잠겨 있었습니다. 그래서 뒤쪽으로 돌아가려고 했는데요. 거기에 화살나무 숲으로 이어지는 길이 있습니다. 이제는 절벽이 무너져서 지나갈 수 없게 된 곳이죠. 저, 거미줄투성이가 되는 건 싫어서 거기서 되돌아왔습니다. 설마 여기 이런 물건이……."

그러고 보니 히비노 경부보의 모자에는 거미줄이 조금 걸려 있다.

"야마시타 씨, 이렇게 되면 아무래도 안에 들어가보고 싶은데요."

"괜찮겠죠. 다치바나 군에게 부탁하겠네. 다치바나 군을 불러주지 않겠나? 단, 안에 들어가면 우리를 방해하지 말아주었으면 하네."

"알겠습니다."

사람들은 바깥의 포치로 돌아왔다. 포치 정면에 문이 있었고 문은 잠겨 있다는 사실은 앞에서도 말했다. 그 문의 양쪽에 유리창이 있다. 오른쪽 창은 유리문을 두 장 교차시켜 맞물리는 자리에 금속마개를 꽂아 넣은 원시적인 형태였다. 다치바나 시게키는 경부보로부터 접이형 나이프를 받더니 마개가 있는 부근의 유리 가장자리에 찔러 넣었다.

쫙 소리가 나며 유리 표면에 태양광선 같은 홈이 생겼다. 더 힘을 주자 유리 일부가 맞은편으로 떨어졌다. 다치바나 시게키가 팔을 쑤셔 넣고 안쪽의 마개를 풀자 유리문은 자연스럽게 열렸다. 안은 깜깜했다. 다치바나 시게키를 따라 시노하라 이사가 뛰어 들어갔다.

"들어오십시오."

"주임님, 긴다이치 선생님, 이거."

곤도 형사는 센스가 있었다. 회중전등을 사람 수에 맞게 준비해왔다. 야마시타, 도도로키 경부가 같은 것을 준비해왔음은 말할 필요도 없다.

히비노 경부보가 가장 먼저 뛰어 들어가더니 말했다.

"여러분, 안에 들어가도 움직이지 마십시오. 범행 흔적이 남아 있을지도 모릅니다."

창 유리문을 연 순간 날아오른 나방이, 교차하는 회중전등의 빛줄기 5개 속에 나타났다 사라지는 것이 뭔가를 암시하는 것처럼 불길했다. 방 안은 완전히 어두컴컴했다.

히비노 경부보는 벽의 스위치를 찾아 비틀어보았는데 딸까닥 소리가 났을 뿐, 불은 켜지지 않았다. 정전은 아직 계속되고 있었다.

5개의 회중전등 빛줄기는 제각기 방 안을 훑고 있었지만 이윽고 그것은 방 한가운데 있는 테이블 위에 모였다. 건물 전체가 야가사키에 있는 마키 교고의 산장보다 더 소박했다. 홀 중앙에 있는 의자나 테이블 등은 이 간소한 건물과 잘 조화를 이루고 있었는데, 이곳이 가구가 완비된 임대 별장이기 때문이리라. 임차인은 자신이 쓸 침구와 약간의 살림살이를 자동차에 싣고 도쿄에서 오면 된다.

테이블에는 레이스로 짠 테이블보가 깔려 있고 그 위에 재떨이나 탁상라이터, 꽃병 등이 놓여 있었던 모양이었다. 그 물건들이 죄다 테이블 가장자리로 밀려나 테이블 중앙이 깨끗하게 정돈되어 있었다. 아마도 누군가가 어제 거기에 뭔가를 늘어놓았기 때문일지도 모른다.

단 마도로스파이프만이 정리된 테이블 한가운데 오도카니 놓여 있는 것은 어찌된 영문일까. 이 집 주인은 안에서는 파이프를 쓰지만 밖에서는 궐련을 피우는, 그것도 굉장한 헤비 스모커라던데 재떨이 안은 텅 비어 있었다.

또 한 가지 긴다이치 코스케나 히비노 경부보, 곤도 형사들의 시선을 강하게 끌어당긴 물건이 있었다. 구석에 밀려난 재떨이나 탁상라이터, 꽃병 등과 조금 떨어진 자리에 놓여 있는 청동 촛대이다. 촛대 접시 속에는 먼지로 거무스름해진 낡은 촛농 위에 새로운 촛농이 겹쳐져 있었다.

어젯밤 이 테이블 위를 정리한 인물에게는 재떨이나 탁상라이터는 필요가 없었을 것이다. 테이블보나 꽃병은 오히려 방해되었던 게 틀림없다. 하지만 촛대만은 필요하지 않았을까. 촛대가 있어야 할 위치에 촛대는 놓여 있다. 하지만 이 마도로스파이프는 어떻게 된 걸까. 정리된 테이블의 중앙에 오도카니 놓여 있는 마도로스파이프가 묘하게 암시적이었다.

"다치바나 군."

암흑 속에서 말을 건 긴다이치 코스케는 회중전등 빛을 창가로 돌렸다. 회중전등의 빛줄기 속에서 다치바나 시게키와 시노하라 가쓰미의 창백한 얼굴은 완전히 굳었다.

"아까 자네 말로는 쓰무라 씨의 파이프는 막혀서 사용할 수 없었다고 했었지."

"네. 쓰무라 선생님이 그래서 투덜거리셨어요."

"히비노 씨, 그 파이프 확인해보시죠."

"아, 그렇다. 곤도 군, 한번 해보게."

"오케이."

그렇게 대답하고 곤도 형사가 테이블 옆으로 다가가려고 했을 때 옆방에 불이 켜졌다. 순식간에 일어난 일이라 사람들은 무심코 움찔했지만 긴다이치 코스케는 갑자기 웃음을 터뜨렸다.

"히비노 씨, 정전이 끝났어요. 그 스위치를 켜주세요. 당신은 아까 스위치를 켠 게 아니라 끈 겁니다."

히비노 경부보가 다시 불을 켜자 홀 안에 형광등이 두세 번 깜박이다가 켜졌다. 그때 사람들의 얼굴에는 안심한 기색이 떠올랐다.

"아, 고맙습니다."

야마시타 경부가 싱글싱글 웃었다.

"어둠이란 놈은 사태를 더 심각하게 만들죠. 솔직히 말해 난 무슨 일이 생겼나 싶었어요."

"그렇다면 이 집은 어제부터 오늘까지 불을 켜놓은 상태였단 건가요?"

도도로키 경부도 안심한 얼굴을 하고 어슬렁거리며 방 안을 돌아다녔다. 희뿌연 형광등 빛 속에 보는 홀 안은 간소를 뛰어넘어 썰렁하기까지 했다.

"그렇죠. 하지만 정전 때문에 불이 들어오지 않아서 바깥에 지나다니던 사람도, 오늘 오후 여기 온 다치바나 군도 수상하게 생각하지 않았던 겁니다."

"그렇다면 뭐죠? 정전이 되기 전에 누군가가 여기 돌아왔거나 들렀다, 그리고 테이블을 둘러싸고 누군가와 이야기를 하고 있었는데 갑자기 정전이 되어서 촛대를 어딘가에서 가져왔단 말인가요?"

테이블을 사이에 두고 등의자가 2개 놓여 있다. 그 등의자와 촛대의 위치를 번갈아 보면서 야마시타 경부가 말했다.

"그렇겠죠."

"촛대는 어디에 있었을까?"

"촛대라면 항상 그 선반 위에 놓여 있었습니다. 일종의 장식처럼요."

다치바나 시게키가 가리킨 벽에는 소박한 장식선반이 붙어 있었고, 거기에 엽서 크기의 탁상달력이 세워져 있었다. 그리고 그 달력 왼쪽에 지금 테이블 위에 있는 것과 똑같은 디자인의 청동제 촛대가 놓여 있었고, 게다가 이쪽에는 또 새로운 양초가 세워져 있었다. 이 촛대는 한 쌍이었던 것이다.

가루이자와는 천둥이 많이 치는 곳이라, 번개가 떨어져 정전이 되는 일도 있고 번개가 너무 격렬해서 전력회사에서 사전에 송전을 중단하는 일도 있다. 그래서 준비성 있는 집에서는 이렇게 양초를 마련해 둔다. 쓰무라 신지는 꼼꼼한 성격인 모양이다.

"그렇군요."

야마시타 경부는 촛대 2개를 번갈아 보았다.

"그런데 테이블 위에 있는 촛대의 양초는 어떻게 된 거죠?"

"그 양초라면 야가사키의 현장에 있습니다. 이 촛대, 한 쌍이라 촛대를 가져가지는 못했군요."

히비노 경부도 이해가 간 모양이다.

"그렇군요, 재미있군. 그런데 곤도 군, 자네 뭔가 해야 할 일이 있지 않나?"

"아, 참. 그렇죠."

곤도 형사는 주뼛주뼛 테이블 옆으로 오더니 손수건을 꺼내 슬며시 마도로스파이프를 집어 입에 물고 두세 번 강하게 들이마셨다가 토해내고 있었다.

"이거, 완전히 막혔어요."

"좋아. 그렇다면 긴다이치 선생님, 쓰무라 신지는 어제 이 방갈로에 돌아온 것 같군요. 열쇠가 어디 있든지 간에요."

"그렇군요."

히비노 경부보는 긴다이치 코스케의 옆에 와서 새삼 바닥에 흩어진 성냥개비 3개를 보았다. 적색이 1개, 녹색이 2개, 게다가 녹색 하나는 절반쯤에서 구부러졌다. 어쨌거나 마키교고의 아틀리에에서 발견된 것과 같은 상자에서 꺼낸 모양이다.

"마키 교고 씨는 이쪽 의자에 앉아 성냥을 늘어놓고 있었군요. 촛대의 위치가 그렇게 되어 있어. 그렇다면……."

히비노 경부보는 등의자 좌석으로 시선을 보냈다. 그것은 간소한 형태의 등의자로, 등받이와 좌석에만 드문드문 성긴 무늬를 날염한 무명천 쿠션을 붙였다. 히비노 경부보는 그 쿠션에 바싹 얼굴을 가져다댔다. 이윽고 경부보는 좌석을 문지른 손가락을 보여주었다.

"긴다이치 선생님, 이거⋯⋯."

긴다이치 코스케는 침묵한 채 끄덕였다. 경부보의 손가락 끝에는 다갈색의 분비물 같은 것이 묻어 있었다. 쿠션에도 나방의 체액 같은 것이 끈끈하게 묻어 있었다.

이곳이 진짜 현장이란 사실은 이제 분명해진 듯싶었다. 마키 교고는 여기서 살해당한 것이다. 그는 이 등의자에 앉아 테이블에 성냥개비를 늘어놓고 서로 마주보고 앉은 인물에게 뭔가를 설명하려고 했을 것이다. 그동안 상대는 그에게 청산가리가 든 음식물을 마시게 했다. 대체 누가⋯⋯?

그 질문은 쓸데없는 것이리라. 마도로스파이프가 여기 있는 이상 쓰무라 신지는 어제 여기에 돌아왔다는 말이다. 게다가 마키 교고가 사망했다고 추정되는 오후 9시 전후에는 쓰무라 신지는 충분히 시간을 맞출 수 있었을 것이다. 하지만 그 쓰무라 신지는 지금 어디로 간 것일까?

"다치바나 군, 쓰무라 씨는 운전을 할 수 있나?"

그것은 긴다이치 코스케도 묻고 싶은 말이었다.

"네, 선생님은 도요펫* 코로나를 갖고 계십니다."

"하지만 여기는 없잖나?"

"이렇게 된 겁니다. 선생님은 여기 오셔도 항상 도쿄에 왔다 갔다 하십니다. 잘 나가시니까요. 요전에도 애용하는 도요펫 코로나를 운전해서 도쿄에 돌아가셨는데요. 그때 다른 차를 박았던가, 다른 차가 와서 박았는지 그건 모르지만……."

"쓰무라 씨가 박았어."

시노하라 이사가 웃지도 않고 말했다.

"그럴지도 모르죠. 사고를 자주 치시거든요. 그렇게 덜렁거리는 분이니까요. 그건 그렇다 치고 이번에는 상당히 파손이 심했는지 차는 어디 수리공장에 들어간 것 같더라고요. 그렇다고 현대음악제를 팽개칠 순 없죠. 그래서 이번에는 기차로 오신 겁니다. 엄청 투덜거리셨어요."

"그렇다면 자동차 운전은 할 수 있단 얘기군."

"네, 모범운전자란 얘기는 빈말로도 못하겠습니다만……. 하지만 쓰무라 선생님이 어쨌다는 겁니까?"

다치바나 시게키는 자못 걱정스러운 눈치였다.

"어제 마키 씨가 살해당했다는 건 아까 히비노 씨에게 들었

---

* 도요타의 전 이름.

습니다만, 그 일과 쓰무라 선생님과 무슨 관계가 있는 겁니까? 마키 씨가 살해당했다는 사실과 이 방갈로가 대체 무슨 관계가 있습니까?"

다치바나 시게키의 말투는 차츰 격렬해졌지만 아무도 바로 대답하지 않았다. 한참 지나 히비노 경부보가 한 단어 한 단어 말을 고르듯 대답했다.

"혹시 뭔가 관계가 있다 치고, 쓰무라 씨에게 마키 교고 씨를 살해하지 않으면 안 될 무슨 동기가 있나?"

"말도 안 돼요."

다치바나 시게키와 시노하라 가쓰미가 거의 동시에 외쳤다. 다치바나 시게키가 한층 격한 모습으로 뭔가 말하려는데 시노하라 가쓰미가 가로막았다.

"쓰무라 씨라는 사람은 벌레 한 마리, 나방 한 마리 못 죽일 사람입니다. 그 남자가 살인이라니, 그런 바보 같은……."

하지만 포악한 살인자이면서도 작은 새나 동물을 사랑하는 예는 얼마든지 있다.

"게다가 쓰무라 선생님이……."

다치바나 시게키는 겨우 흥분을 가라앉혔다.

"마키 씨를 정말 오랜만에 만났어요. 제가 안내해서 잘 압니다. 오랜만에 만난 사람을 그날 밤 숙이다니, 그런 바보 같은 생각이 어디 있습니까? 쓰무라 선생님은 바보도 아니고 미치광이도 아닙니다."

"쓰무라 씨는 청산가리를 갖고 있었나요?"

긴다이치 코스케가 옆에서 물었다.

"청산가리……? 그런 뒤숭숭한 물건을 쓰무라 씨가 갖고 있을 리가 없지 않습니까? 우선 청산가리 같은 물건은 우리 같은 보통사람들이 쉽게 손에 넣을 수 있는 물건이 아니잖아요."

"아, 그렇다면 마키 씨는 청산가리로 살해당했군요. 그렇다면 더 이상하잖습니까? 어제 쓰무라 선생님이 마키 씨와 만난 건 마키 씨 쪽에서 찾아왔던 겁니다. 쓰무라 선생님은 전혀 예상도 못 했던 것 같았어요. 만나서 갑자기 살의를 느꼈다 쳐도 청산가리를 어디서 손에 넣는단 말입니까. 아니면 가루이자와 약국에서는 그런 골치 아픈 약을 쉽게 살 수 있나요? 만약 그렇다면…… 만약 그렇다면……."

"만약 그렇다면 다치바나 군, 어쩔 작정이지?"

야마시타 경부가 싱글거리면서 물었다.

"가루이자와 경찰을, 아니, 나가노 현의 경찰을 고소할 거예요. 단속 소홀로 고소할 거예요. 아니, 그 전에 제가 청산가리를 사와서 쓰무라 선생님을 살인자로 만든 놈을 닥치는 대로

죽여버릴 거예요. 죽여버릴 거야!"

그리고 다치바나는 울음을 터뜨렸다. 시노하라 가쓰미의 가슴에 얼굴을 묻고 엉엉 울기 시작했다. 대단히 감동적인 장면이었다.

"다치바나 군."

야마시타 경부가 엄격한 표정으로 말했다.

"가루이자와뿐만 아니라 나가노 현의 경찰, 아니 일본 전역의 경찰은 그리 얼렁뚱땅 일을 하지는 않으니 안심해주게. 히비노 군, 이거 아주 신중하게 하지 않으면 안 되겠어. 상당히 복잡한 것 같으니."

"하지만 쓰무라 씨가 자살할 작정으로 청산가리를 준비했다면……."

"히비노 씨, 당신은 오토리 지요코 씨와의 이혼을 너무 심각하게 받아들이는 것 같군요. 쓰무라 씨는 낙천가예요. 이혼문제에 대해 언뜻 괴로워하는 것처럼 보이긴 했지만 그건 단순한 허세였어요. 쓰무라 씨는 꽤나 그 괴로움을 즐기고 있었습니다."

"시노하라 씨 말씀대롭니다. 쓰무라 선생님이 자살을 결심하다니, 생각할 수 없는 일이에요. 만일에 선생님이 그런 결심을 하고 청산가리까지 준비했다면 저희가 모를 리 없습니다. 선생님은 촐랑거리시는 분이에요. 아주 선량한 촐랑이라고요."

"잠깐, 다치바나 군."

옆에서 끼어든 사람은 긴다이치 코스케였다.

"갑자기 생각나서 하는 질문이니 너무 심각하게 생각하지 말았으면 하는데…… 질문이라기보다 자네 의견을 들어보고 싶어서 얘기하는 걸세."

"네, 무슨 일입니까?

"아, 방금 히비노 씨 말을 듣고 생각난 건데, 다시로 신키치 군 말이야."

"다시로 군이 어떻게 됐습니까?"

"다시로 군은 작년 동반자살을 하려고 했어. 상대 여성만 죽고 자신은 살았지. 모레가 기일일 텐데. 그 시기에 가루이자와에 왔다는 건 동반자살 후 뒤처리, 흔히 말하는 '뒤따르는 동반자살'을 하려는 것일 수도 있지 않나?"

"저도 바로 그런 생각을 했습니다. 그래서 만약 그런 생각을 한다면 그딴 바보짓은 관둬, 하고 말해주고 싶었어요. 하지만 긴다이치 선생님, 그게 뭐가……?"

"다시로 군은 작년 약이 잘 듣지 않아 자신만 살아남아, 남은 자의 부끄러움을 맛보고 말았네. 올해 '뒤따라가는 동반자살'을 할 작정이었다면 좀 더 안전하게 죽을 수 있는 약, 즉 청산가리를 준비했을 거라 생각하지 않나?"

다치바나는 아연했다. 잠시 기가 죽은 기색을 보인 후 다시금 맹렬하게 뭔가 말하려는데 잽싸게 긴다이치 코스케가 가로막았다.

"그렇다고 쓰무라 씨가 다시로 군이 갖고 있던 청산가리를 써서 마키 씨를 살해하지 않았겠냐는 건 아니야. 그런 바보 같은 일이 있을 리 없으니까. 그렇다면 다시로 군에게 마키 씨를 살해할 동기라도 있나?"

"그럴 리 없어요. 다시로는 분명 마키 씨를 몰랐을 겁니다. 적어도 어제까지는……."

"그걸로 됐네. 아까 야마시타 경부님이 말씀하신 대로 거기에 이 사건의 난점이 있는 것 같아. 단지 그것만은 알아주게. 여기가 범죄 현장이라는 사실. 그리고 쓰무라 씨가 어떤 형태로 그것과 관계가 있는 것 같다는 사실, 파이프가 거기에 있는 이상은 말이지. 그리고 다시로 군이 그 창문에서 뭔가를 목격하지 않았을까 하는 사실. 게다가 둘 다 이 집에 없잖아."

이 집에 지금 아무도 없다는 사실은 곤도 형사가 안짱다리를 움직여 집 안을 둘러본 결과 한 보고였다.

"그래서 다치바나 군에게 부탁하고 싶네. 쓰무라 씨와 다시로 군을 둘 다 아는 사람은 자네밖에 없어. 그러니 경찰의 방식에 편견을 갖지 말고 자네는 자네 나름대로 허심탄회하게 우리에게 협력해주었으면 하네. 즉 두 사람에 대한 정보를 잡으면 숨기지 말고 경찰 쪽으로 보고해주었으면 해."

"긴다이치 선생님."

다치바나 시게키는 목이 멘 소리로 말했다.

"저는 쓰무라 선생님이 절대 잘못하지 않았다는 사실을 믿지만 여기서 약속드립니다. 두 사람의 소식을 알게 되면 반드시 긴다이치 선생님께 연락드리겠습니다."

"고맙네. 그런데 다치바나 군, 이 홀에서 뭔가 없어진 건 없나? 어제까지 있었는데 오늘은 없는 것 말일세."

"아, 그거라면 저도 아까부터 신경 쓰고 있었습니다. 그 선반 위에 지금 탁상달력이 놓여 있는 부분에 바르톡*의 사진이 든 액자가 세워져 있었거든요. 선생님은 바르톡의 숭배자여서요."

"어느 정도 크기지?"

"큰 건 아닙니다. 흔한 B6판 잡지 정도 크기였습니다."

다치바나 시게키는 주위를 둘러보았다.

---

* Bela Bartok, 헝가리 출신의 음악가.

"그 외에는 딱히 없습니다. 그 탁상달력은 항상 선반 구석에 있었던 겁니다."

"고맙네. 히비노 씨, 당신 뭔가……?"

히비노 경부보는 곤도 형사와 얼굴을 마주 보았다.

"네, 그럼 안쪽을 보지 않으시겠습니까? 뭔가 없어진 건 없는지. 시노하라 씨도 같이 가시죠."

홀 안쪽에는 8장짜리 다다미방과 다다미 3장이 깔린 도우미의 방, 그 외에도 부엌과 목욕탕과 화장실이 있었다. 그 중 어디에도 쓰무라 신지의 모습은 보이지 않았다.

일본식 방에는 3단으로 접히는 매트리스가 깔려 있었고 그 위에 침구가 깔려 있다. 그 머리맡에는 007가방이 있었는데 그 안에는 쓰무라 신지가 어젯밤 지휘했을 때 입고 있었다던 순백의 와이셔츠나 나비넥타이, 검은 재킷이 들어 있었다. 이 것을 보아도 쓰무라 신지가 어젯밤 일단 이 집에 돌아왔던 것은 분명했다. 그렇다면 쓰무라 신지는 다치바나 시게키가 말하는 이른바 킬러스타일로 사라진 것일까.

부엌은 의외로 깔끔하게 정돈되어 있었다. 홀이나 8장 다다미방이 왠지 방치된 인상을 주는 데 반해 흔한 비유로 '구더기가 끓는다'고들 하는 남자 혼자 사는 집의 부엌이 의외로 정돈되어 있는 점에 긴다이치 코스케는 주목했다.

"긴다이치 선생님, 이거……."

곤도 형사가 싱크대 선반 위에서 성냥갑을 집어 들었다. 지문이 없어지지 않도록 주의 깊게 손수건으로 슬며시 들어 올린 것은 말할 필요도 없다. 그것은 관청에서 쓰는 엽서보다 조금 작은 크기로, 겉과 속에 이것을 기증한 잡화상 이름이 그림으로 들어 있었는데, 그 이름은 아까 마키 교고의 별장에서 발견한 성냥갑과는 달랐다.

곤도 형사가 성냥갑 한쪽 구석을 누르자 안에서 드러난 적색 꼭지는 분명 홀에 흩어진 성냥개비, 그리고 마키 교고의 아틀리에에서 발견된 성냥개비 봉과 같은 종류 같았다. 곤도 형사가 만약을 대비해서 성냥갑의 다른 쪽 끝을 눌러보이자 거기서 드러난 녹색 꼭지도 문제의 성냥과 같은 것인 듯했다.

"곤도 군, 이 성냥갑에서 지문을 채취해두게. 피해자의 지문이 찍혀 있을지도 몰라."

"저쪽 홀에도 지문이 남아 있을 게 틀림없어요. 피해자는 장갑을 끼지 않았으니까요."

그런데 킬러스타일의 쓰무라 신지는 검은 장갑을 끼었다고 한다. 긴다이치 코스케는 등줄기가 오싹해졌다.

"다치바나 군, 쓰무라 씨는 여기서 자취하고 있었던 거지?"

긴다이치 코스케가 다치바나 시게키를 돌아보았다.

"네, 선생님은 도쿄에서도 자취생활을 하고 계셨어요."

"쓰무라 씨의 부엌은 항상 이런 식으로 정돈되어 있나?"

"그럴 리가요. 선생님은 일은 꼼꼼하신 분이지만 생활면에서는 칠칠치 못한 편입니다. 서툰 데다 경솔하기로 유명한 분이니까요. 그런 것치고는 이 부엌, 예상 외로 깔끔하게 정돈되어 있군요."

다치바나 시게키도 이상한 모양이었다.

"이곳에 위스키 글라스나 물병이 나와 있는데 위스키 병이 없는 건 왜지? 쓰무라 씨, 위스키는 뭘 마시나?"

"쓰무라 씨, 위스키에 대해선 사치꾼이라 항상 수입품을 마셨죠. 조니워커 블랙이었어요."

시노하라 가쓰미가 주석을 달았다. 그러고 보니 작년 후에 노코지 야스히사에게 빼앗겼다는 위스키도 조니워커 블랙이었다.

"그렇게 말씀 듣고 보니 위스키 병이 없군요. 선생님, 항상 식기 선반 이쯤에 두셨는데, 설마 어제만 뒤쪽 아이스박스에 넣어두신 건······."

"뒤쪽 아이스박스는 뭔데?"

히비노 경부보가 물었다.

"광 바로 뒤쪽에 절벽이 가까이 있잖습니까. 그 절벽 아래 괜찮은 동굴이 있어요. 선생님은 그곳을 아이스박스라고 부르며 생선이나 식료품 같은 걸 저장해두고 계셨죠. 지금은 절벽이 무너져서 구멍을 가렸지만……."

"절벽이 무너져서 구멍이……? 잠깐 가보지 않겠습니까?"

부엌문이 잠겨서 바깥으로 돌아가지 않으면 안 되었다. 밖은 이미 완전히 어두워져 있었지만 집 안의 전등이란 전등은 전부 켜져 있어서 오히려 아까보다 밝았다.

부엌 바깥 바로 왼쪽에 욕탕 아궁이가 있었고 그와 세트로 작은 광이 있었는데 그 광은 뒤쪽에서 가해진 압력으로 인해 반 정도 앞으로 기울어져 있었다. 이 광 뒤에 폭 2미터 정도의 큰 빈터가 있었는데 그게 뒤에 있는 절벽이 붕괴되어 길이 5미터 정도는 막혀서 지나갈 수 없게 되었다. 절벽이 무너진 탓에 뿌리째 떨어진 잡목이 세 그루, 무성한 가지를 거꾸로 한 채 절벽 아래로 떨어져 있다.

"동굴은 어디쯤 있습니까?"

"저 근처, 광 바로 뒵니다."

"큽니까, 그 동굴은?"

"어른이 몸을 구부리면 들어갈 수 있을 정돕니다. 안은 다다미를 2장 깔 정도든지 그보다 조금 넓은 정도죠. 천연동굴이라던데 안은 빙실처럼 썰렁해서 쓰무라 선생님은 냉장고 대신으로 쓰고 계셨어요."

하지만 회중전등 빛으로 보니 그곳은 절벽이 무너져 쓰러진 나무 탓에 다가가는 것조차 불가능했다.

시각은 이미 7시를 지나고 있다. 쓰무라 신지는 아직 돌아오지 않았다. 킬러스타일로 그는 어디로 간 것일까. 그리고 다시로 신키치는……?

《가면무도회》 2권으로 이어집니다.

옮긴이 **정명원**

1974년생으로 이화여자대학교 신문방송학과를 졸업하였다. 옮긴 책으로 《이누가미 일족》
《옥문도》《팔묘촌》《삼수탑》《혼진 살인사건》《병원 고개의 목매달아 죽은 이의 집》 등이 있다.

가면무도회 1

2014년 11월 10일 초판 1쇄 발행
2015년 12월 1일 초판 2쇄 발행

지은이 | 요코미조 세이시
옮긴이 | 정명원
발행인 | 이원주
책임편집 | 박윤희
책임마케팅 | 임슬기

발행처 | (주)시공사
출판등록 | 1989년 5월 10일(제3-248호)

주소 | 서울특별시 서초구 사임당로 82(우편번호 137-879)
전화 | 편집(02)2046-2852 · 영업(02)2046-2800
팩스 | 편집(02)585-1755 · 영업(02)585-0835
홈페이지 | www.sigongsa.com

ISBN 978-89-527-7215-2(04830)
      978-89-527-4678-8(set)